Ícones

Obras da autora publicadas pela Galera Record

Série Beautiful Creatures (com Kami Garcia)
Dezesseis Luas
Dezessete Luas
Dezoito Luas
Dezenove Luas
Sonho Perigoso

Série Dangerous Creatures (com Kami Garcia)
Sirena

Ícones

Tradução
Mariana Kohnert

1ª edição

— **Galera** —
RIO DE JANEIRO
2014

CIP-BRASIL. CATALOGAÇÃO NA PUBLICAÇÃO
SINDICATO NACIONAL DOS EDITORES DE LIVROS, RJ

Stohl, Margaret, 1967-

S882i   Ícones / Margaret Stohl; tradução Mariana Kohnert. –
1. ed. – Rio de Janeiro: Galera Record, 2014.

Tradução de: Icons
ISBN 978-85-01-06204-8

1. Ficção americana. I. Kohnert, Mariana. II. Título.

14-14769   CDD: 813
CDU: 821.111(73)-3

Título original em inglês:
Icons

Copyright © 2013 by Margaret Stohl, Inc.

Todos os direitos reservados.
Proibida a reprodução, no todo ou
em parte, através de quaisquer meios.
Os direitos morais do autor foram assegurados.

Composição de miolo: Abreu's System
Design de capa: Igor Campos

Texto revisado segundo o novo Acordo Ortográfico da Língua Portuguesa.

Direitos exclusivos de publicação em língua portuguesa somente para o Brasil
adquiridos pela
EDITORA RECORD LTDA.
Rua Argentina, 171 – Rio de Janeiro, RJ – 20921-380 – Tel.: 2585-2000,
que se reserva a propriedade literária desta tradução.

Impresso no Brasil

ISBN 978-85-01-06204-8

Seja um leitor preferencial Record.
Cadastre-se e receba informações sobre nossos
lançamentos e nossas promoções.

Atendimento e venda direta ao leitor:
mdireto@record.com.br ou (21) 2585-2002.

Para Lewis, parceiro de escrita e parceiro da escritora dentro e fora das páginas.

DAI PALAVRAS À DOR.

— William Shakespeare, *Macbeth*

NOTA: ESTE LIVRO, COMO A MAIORIA DOS LIVROS, NÃO TEM SUA CIRCULAÇÃO AUTORIZADA.

Se um Simpa encontrar você com este livro, ele destruirá a publicação e destruirá você.

Considere-se avisado.

ÍCONES/LIVRO I
O PROJETO HUMANIDADE

Impresso a mão
Por volta da primavera de 2080 DDD

PROPRIEDADE DA GRÁFICA CAMPO LIVRE

PRÓLOGO
O DIA

Um pontinho cinza, não muito maior do que uma sarda, marca o lado interno do braço gorducho do bebê. O ponto entra e sai do campo de visão conforme a criança chora, sacudindo o pato amarelo de borracha para a frente e para trás.

A mãe segura o bebê sobre a antiga banheira de cerâmica. Os pezinhos chutam com mais força, retorcendo-se sobre a água.

— Pode reclamar o quanto quiser, Doloria, mas tomará banho mesmo assim. Você vai sentir-se melhor.

A mãe desliza a filha para dentro da banheira morna. O bebê chuta novamente, molhando o papel de parede com estampa azul acima dos azulejos. A água a surpreende, e ela se acalma.

— Isso mesmo. Não há como ficar triste na água. Não há tristeza aqui. — A mãe beija a bochecha de Doloria. — Amo você, *mi corazón*. Amo você e seus irmãos hoje e amanhã e todos os dias até depois do paraíso.

O bebê para de chorar. Ela não chora enquanto é ensaboada e ouve uma canção, rosada e limpa. Não chora enquanto é beijada e enrolada em cobertores. Não chora enquanto recebe cócegas e é aconchegada no berço.

A mãe sorri e retira uma mecha úmida de cabelo da testa morna da filha.

— Durma bem, Doloria. *Que sueñes con los angelitos.* — Ela estica o braço para apagar a luz, mas o quarto é inundado pela escuridão antes de a mulher ser capaz de tocar o interruptor. Na cozinha, a televisão esmorece de súbito, até um ponto do tamanho de um alfinete, depois, até nada.

A mãe grita escada acima.

— Acabou a luz de novo, *querido*! Verifique a caixa de fusíveis. — Ela se volta para o bebê e enfia a ponta do cobertor debaixo de Doloria, de modo acolhedor. — Não se preocupe. Não é nada que seu *papi* não possa consertar.

O bebê chupa a mão fechada, cinco dedinhos do tamanho de minhoquinhas agitadas, quando as paredes começam a tremer e pedaços de gesso rodopiam pelo ar como fogos de artifício, como confete.

Ela pisca quando as janelas se estilhaçam e o ventilador de teto atinge o carpete, e os gritos começam.

Ela boceja quando o pai rola escada abaixo como uma boneca de pano engraçada que não fica em pé.

Ela fecha os olhos conforme os pássaros caídos se chocam contra o telhado como chuva.

Ela começa a sonhar quando o coração da mãe para de bater.

*Eu começo a sonhar quando o coração
de minha mãe para de bater.*

PARABÉNS 1 PARA MIM

— Dol? Você está bem?
A lembrança se dissolve quando ouço a voz dele.
Ro.
Sinto-o em algum lugar da mente, no lugar sem nome onde vejo tudo, sinto todo mundo. A fagulha que é Ro. Agarro-me a ela, aconchegante e próxima, como uma caneca de leite fervido ou uma vela acesa.
Então abro os olhos e volto para ele.
Sempre.
Ro está aqui comigo. Ele está bem, e eu estou bem.
Estou bem.
Penso nisso, sem parar, até acreditar. Até me lembrar do que é real e do que não é.
Lentamente, o mundo físico entra em foco. Estou de pé em uma trilha de terra, meio caminho acima da encosta de uma montanha — olhando para a Missão abaixo, onde as cabras e porcos no campo são pequenos como formigas.
— Tudo bem? — Ro estica a mão e toca meu braço.
Faço que sim com a cabeça. Mas estou mentindo.

Deixei que os sentimentos — e as lembranças — me dominassem de novo. Não posso fazer isso. Todos na Missão sabem que tenho um dom para sentir as coisas — estranhos, amigos, até mesmo Ramona Jamona, a porca, quando está com fome —, mas isso não significa que eu deva permitir que os sentimentos me controlem.

Pelo menos é o que o Padre sempre me diz.

Tento me controlar, e geralmente consigo. Mas, às vezes, eu queria não sentir nada. Principalmente quando tudo é tão arrebatador, tão insuportavelmente triste.

— Não desapareça e me deixe, Dol. Não agora. — Ro me encara e gesticula com as mãos enormes e bronzeadas. Os olhos castanho-dourados brilham com fogo e luz sob o emaranhado escuro de cabelos. O rosto de Ro é todo de feições retas e ângulos austeros — sólido como um carvalho, que se suaviza apenas para mim. Ele conseguiria subir a outra metade da montanha mais uma vez àquela altura, ou descer. Deter Ro é como tentar impedir um terremoto ou um deslizamento de terra. Talvez um trem.

Mas agora não. Agora ele aguarda. Porque me conhece, e sabe aonde fui.

Aonde vou.

Encaro o céu, manchado pelos rompantes de chuva cinzenta e luz alaranjada. É difícil enxergar além do chapéu de aba larga que roubei da chapeleira atrás da porta da sala do Padre. Mesmo assim, o sol poente está em meus olhos, pulsando de trás das nuvens, brilhante e entrecortado.

Lembro-me do que estamos fazendo e de por que estamos aqui.

Meu aniversário. Amanhã é meu aniversário de 17 anos.

Ro tem um presente para mim, mas antes precisamos subir a colina. Ele quer me surpreender.

— Dê-me uma pista, Ro. — Impulsiono-me colina acima atrás dele, deixando um rastro retorcido de galhos secos e terra atrás de mim.

— Não.

Viro-me para olhar montanha abaixo de novo. Não consigo evitar. Gosto da aparência das coisas vistas daqui de cima. Tranquilas. Menores. Como uma pintura, ou um dos quebra-cabeças impossíveis do Padre, exceto pelo fato de não haver nenhuma peça faltando. Abaixo, a distância, consigo ver o trecho amarelado de campo que pertence a nossa Missão, então o limiar de árvores verdes, depois o azul profundo do oceano.

Lar.

A vista é tão serena que quase não dá para saber sobre O Dia. É por isso que gosto daqui. Se não sair da Missão, não precisa pensar nele. No Dia e nos Ícones e nos Lordes. No modo como nos controlam.

Em como somos impotentes.

A essa altura dos trilhos, longe das cidades, nada jamais muda. Essa região sempre foi selvagem.

Uma pessoa consegue sentir-se segura aqui.

Mais segura.

Levanto a voz.

— Vai escurecer em breve.

Ro está no fim da trilha, mais uma vez. Então ouço um farfalhar na vegetação e o som de pedras rolando, e ele aterrissa atrás de mim, ágil como uma cabra-montesa.

Ro sorri.

— Eu sei, Dol.

Seguro a mão calejada dele e relaxo meus dedos. Instantaneamente, sou inundada pela sensação de Ro — o contato físico sempre torna nossa conexão muito mais forte.

Ele é tão aconchegante quanto o sol atrás de mim. Tão quente quanto eu sou fria. Tão áspero quanto sou delicada. Esse é nosso equilíbrio, apenas um dos fios invisíveis que nos unem.

É quem nós somos.

Meu melhor e único amigo e eu.

Ele remexe no bolso e então coloca algo em minhas mãos, ficando tímido de repente.

— Tudo bem, vou me apressar. Seu primeiro presente.

Olho para baixo. Uma única conta de vidro azul rola entre meus dedos. Uma cordinha fina de couro se fecha em um círculo ao redor dela.

Um colar.

É do azul do céu, dos meus olhos, do oceano.

— Ro. — Inspiro. — É perfeito.

— Ele me fez lembrar de você. É a água, vê? Assim sempre pode mantê-la consigo. — O rosto de Ro fica vermelho enquanto ele tenta explicar, as palavras detendo-se em sua boca. — Eu sei... como ela faz você se sentir.

Tranquila. Permanente. Intacta.

— Grande me ajudou com o cordão. Era parte de uma sela. — Ro tem um olhar clínico para coisas assim, coisas que outras pessoas não veem. Grande, o cozinheiro da Missão, é igualzinho, e os dois são inseparáveis. Maior, a esposa de Grande, faz o que pode para manter os dois longe de problemas.

— Amei. — Passo o braço em volta do pescoço de Ro em um abraço improvisado. Não é bem um abraço, mas um entrelaçar de braços, como fazem amigos e familiares.

Ro fica sem graça mesmo assim.

— Não é seu presente completo. Para isso, você precisa subir mais um pouco.

— Mas nem é meu aniversário ainda.

— É a véspera do seu aniversário. Achei que seria justo começar esta noite. Além do mais, esse tipo de presente fica melhor depois do pôr do sol. — Ro estende a mão com um olhar malicioso.

— Vamos. Só uma pequena pista. — Semicerro os olhos para ele, e Ro dá um sorriso.

— Mas é surpresa.

— Você está me fazendo subir tudo isso no meio de um monte de arbustos.

Ele gargalha.

— Tudo bem. É a última coisa que você esperaria. A última coisa mesmo. — Ro saltita um pouco no lugar, e percebo que ele está praticamente pronto para disparar montanha acima.

— Do que você está falando?

Ro sacode a cabeça e estende a mão de novo.

— Você vai ver.

Pego a mão dele. Não tem como fazer Ro falar quando não quer. Além disso, é gostoso sentir a mão dele na minha.

Sinto as batidas do coração de Ro, a pulsação da adrenalina. Mesmo agora, quando ele está relaxado e caminhando, e somos apenas nós dois. Ro é uma mola comprimida. Não tem um estado de repouso, não de verdade.

Não Ro.

Uma sombra cruza a lateral da colina, e instintivamente mergulhamos para nos esconder sob a vegetação. A nave no céu é brilhante e prateada, reluzindo os últimos raios do sol poente de maneira intimidadora. Estremeço, embora não esteja sentindo frio algum e esteja com o rosto enterrado no ombro quente de Ro.

Não consigo evitar.

Ro murmura ao meu ouvido, como se estivesse falando com um dos filhotinhos do Padre. É mais o tom de voz do que as palavras — é assim que se fala com animais assustados.

— Não tenha medo, Dol. Está se dirigindo para a costa, provavelmente para Goldengate. Jamais vêm de tão longe para dentro do continente, não aqui. Não estão vindo nos pegar.

— Você não sabe disso. — As palavras soam sombrias em minha boca, mas são sinceras.

— Eu sei.

Ro me abraça, e permanecemos desse jeito até o céu ficar limpo.

Porque ele não sabe. Não com certeza.

As pessoas se escondem nesses arbustos há séculos, muito antes de nós. Antes de haver naves no céu.

Primeiro, os índios chumash viveram aqui, depois, os *rancheros*, então os missionários espanhóis, depois os californianos, daí os norte-americanos, depois os camponeses. Eu faço parte deste último grupo, pelo menos desde que o Padre me trouxe para cá quando bebê, para La Purísima, nossa velha Missão do Campo, para as colinas além do oceano.

Estas colinas.

O Padre conta como uma história; ele estava com uma equipe em busca de sobreviventes na cidade silenciosa depois de O Dia, mas não havia sobreviventes. Quarteirões inteiros da cidade estavam serenos como a chuva. Finalmente, ele ouviu um som minúsculo — tão pequeno que achou que o estivesse imaginando —, e lá estava eu, chorando, com o rosto arroxeado, no berço. Ele me embrulhou em seu casaco e me trouxe para casa, da mesma forma que agora traz cachorros perdidos.

Também foi o Padre que me ensinou a história dessas colinas quando nos sentávamos à fogueira à noite, juntamente às constelações e às fases da Lua. Os nomes das pessoas que conheceram nossa terra antes de nós.

Talvez devesse ser assim. Talvez isso, a Ocupação, as Embaixadas, tudo isso, talvez seja apenas mais um pedaço da natureza. Como as estações do ano, ou como a lagarta se transformando em casulo. O ciclo da água. As marés.

Chumash rancheros *espanhóis californianos norte-americanos camponeses.*

Às vezes repito os nomes do meu povo, de todo o povo que viveu em minha Missão. Digo os nomes e penso: *sou eles, e eles são eu.*

Eu sou a Misíon La Purísima de Concepción de la Santísima Virgen María, fundada em Las Californias no dia da Festa da Imaculada Conceição da Sagrada Virgem, no Oitavo Dia do Décimo Segundo Mês do Ano de Nosso Senhor de Mil Setecentos e Oitenta e Sete. Trezentos anos atrás.

Chumash rancheros *espanhóis californianos norte-americanos camponeses.*

Quando digo os nomes, eles não se foram, não para mim. Ninguém morreu. Nada acabou. Ainda estamos aqui.

Eu ainda estou aqui.

É tudo que desejo. Ficar. E que Ro fique, e o Padre. Que fiquemos em segurança, todos aqui na Missão.

Mas, quando olho montanha abaixo de novo, sei que nada permanece, e o rompante dourado e o dissolver de tudo me dizem que o sol está se pondo.

Ninguém pode impedi-lo de se pôr. Nem mesmo eu.

MEMORANDO DE PESQUISA:
PROJETO HUMANIDADE

SIGILO ULTRASSECRETO/
SOMENTE PARA APRECIAÇÃO DA EMBAIXADORA

Para: Embaixadora Amare
De: Dr. Huxley-Clarke
Assunto: Pesquisa Ícone

Ainda não conseguimos ter certeza de como os Ícones funcionam. Sabemos que, quando os Lordes vieram, 13 Ícones caíram do céu, sendo que cada um pousou em uma das megacidades da Terra. Até hoje, ainda não conseguimos nos aproximar o suficiente para examiná-los. Nosso melhor palpite é que os Ícones geram um campo eletromagnético imensamente poderoso capaz de interromper a atividade elétrica até determinado raio. Acreditamos que esse campo permita que os Ícones adulterem ou desativem toda tecnologia moderna. Aparentemente os Ícones também conseguem suspender todo e qualquer processo ou reação químicos dentro do campo.

Nota: Chamamos isso de "efeito suspensão".

O próprio Dia se revelou a demonstração máxima dessa capacidade, quando, conforme já sabemos, os Lordes ativaram os Ícones e extinguiram toda a esperança de resistência ao fazerem de exemplo Goldengate, São Paulo, Köln-Bonn, Cairo, Bombaim e a Grande Pequim... as chamadas Cidades Silenciosas.

Ao fim do Dia, os colonizadores recém-chegados tomaram total controle de todos os grandes centros populacionais nos Sete Continentes. Estima-se que um bilhão de vidas tenham sido dizimadas em um instante, a maior tragédia da história.

Que o silêncio lhes traga paz.

PRES2NTES

Assim que chegamos ao topo da encosta, o céu já estava escuro como as berinjelas do jardim da Missão.
Ro me puxa para cima no último lance de rochas.
— Agora. Feche os olhos.
— Ro. O que você fez?
— Nada ruim. Nada *muito* ruim. — Ele olha para mim e suspira. — Não dessa vez, pelo menos. Vamos lá, confie em mim.

Não fecho os olhos. Em vez disso, olho para as sombras além das árvores desfolhadas adiante, onde alguém construiu um barracão com placas velhas de sinalização e alumínio enferrujado. Há uma capota de um velho trator cobrindo as pernas em um pôster desbotado que anuncia o que parecem ser tênis de corrida.
DO IT.
É o que dizem as pernas sem um corpo, em palavras brancas reluzentes que se estendem sobre a fotografia.
— Você não confia em mim? — repete Ro, mantendo os olhos no barracão, como se estivesse me mostrando seu bem mais valioso.

Não há ninguém em quem eu confie mais. Ro sabe disso. Ele também sabe que odeio surpresas.

Fecho os olhos.

— Cuidado. Agora, abaixe-se.

Mesmo de olhos fechados, percebo quando entro no barracão. Sinto o teto de palha roçar em meu cabelo e quase tropeço nas raízes de árvores que nos cercam.

— Espere um segundo. — Ro me solta. — Um. Dois. Três. Feliz aniversário, Dol!

Abro os olhos. Estou segurando a ponta de um fio com luzes coloridas minúsculas que brilham como se fossem estrelas retiradas do próprio céu. As luzes ondulam a partir de meus dedos por todo o recinto, em um tipo de círculo brilhante que começa em mim e termina em Ro.

Aplaudo, com as luzes nas mãos e tudo.

— Ro! Como...? Isso é... elétrico?

Ro faz que sim.

— Gostou? — Os olhos dele estão brilhando, tal como as luzes. — Está surpresa?

— Nem em mil anos eu teria adivinhado.

— Tem mais.

Ele se afasta para um lado. Ao lado de Ro há uma geringonça esquisita com dois círculos metálicos enferrujados conectados por uma barra de metal e um assento de couro descascado.

— Uma bicicleta?

— Mais ou menos. É um gerador a pedais. Vi em um livro que o Padre tinha, pelo menos o planejamento para fazer um. Levei uns três meses para encontrar todas as peças. Vinte dígitos, só pela bicicleta velha. E olhe ali...

Ele aponta para dois objetos sobre uma tábua. Pega o fio de luzes da minha mão, e eu me movimento para tocar um artefato metálico liso.

— *Pan-a-sonic?* — Pronuncio as letras borradas na lateral do primeiro objeto. É algum tipo de caixa, e a pego, virando-a nas mãos.

— Isso é um rádio — responde Ro, orgulhoso.

Compreendo o que é assim que ele diz as palavras, e quase deixo o objeto cair. Ro não percebe.

— As pessoas usavam para ouvir música. Não tenho certeza se funciona. Ainda não testei.

Solto o rádio. Sei o que é. Minha mãe tinha um. Lembro-me porque, no sonho, fica mudo todas as vezes. Quando O Dia chega. Toco meus embaraçados cachos castanhos, envergonhada.

Não é culpa dele. Ele não sabe. Jamais contei a qualquer pessoa sobre o sonho, nem ao Padre. Mostra o quanto não quero mesmo me lembrar.

Mudo de assunto.

— E isto? — Pego um retângulo prateado pequenino, não muito maior do que a palma da minha mão. Há a imagem de um pedaço de fruta solitário desenhado em um dos lados.

Ro sorri.

— É algum tipo de célula de memória. Toca músicas velhas, bem nos seus ouvidos. — Ele pega o retângulo da minha mão. — É incrível, como ouvir o passado. Mas só funciona quando tem energia.

Balanço a cabeça.

— Não entendo.

— Esse é o seu presente. Energia. Está vendo? Eu empurro os pedais assim, e a fricção cria energia.

Ro fica de pé nos pedais da bicicleta, então senta-se, empurrando furiosamente. O fio de luzes coloridas brilha no recinto, ao meu redor. Não consigo evitar rir, é tão mágico — e Ro parece tão engraçado e suado.

Ro sai da bicicleta e se ajoelha diante de uma caixinha preta. Vejo que o fio de luzes está conectado precisamente à lateral dela.

— Esta é a bateria. Ela armazena a energia.

— Bem aqui? — Começo a entender as enormes ramificações do que Ro fez. — Ro, não devíamos estar mexendo com esse tipo de coisa. Você sabe que usar eletricidade do lado de fora das cidades é proibido. E se alguém descobrir?

— Quem vai nos encontrar? No meio de uma Missão do Campo? No alto de uma colina de cabras, perto de uma fazenda de porcos? Você sempre diz que gostaria de saber mais sobre como era, antes de O Dia. Agora pode.

Ro parece sincero, de pé ali, diante da pilha de porcarias, de fios e do tempo.

— Ro — digo, tentando encontrar as palavras. — Eu...

— O quê? — Ele parece na defensiva.

— É o melhor presente do mundo. — É tudo que consigo dizer, mas as palavras não parecem ser suficientes. Ele fez aquilo por mim. Se pudesse, ele reconstruiria por mim cada rádio, cada bicicleta e cada célula de memória do mundo. E, se não pudesse, mesmo assim tentaria, se achasse que eu queria isso.

Esse é Ro.

— Mesmo? Você gostou? — Ele se acalma, aliviado.

Amei, do mesmo jeito que amo você.

É isso que quero dizer a ele. Mas é Ro e é meu melhor amigo. E ele preferiria ter lama esfregada de seus ouvidos a ter palavras sentimentais enfiadas neles, então não digo nada. Em vez disso, abaixo-me no chão e examino o restante dos meus presentes. Ro fez uma moldura de arame retorcido para minha fotografia preferida de mamãe — aquela com olhos escuros e uma cruz dourada minúscula no pescoço.

— Ro. É linda. — Passo o dedo por cada nó torcido do cobre.

— Ela é linda. — Ele dá de ombros, envergonhado. Então apenas concordo com a cabeça e sigo para o presente seguinte, um livro velho de histórias, roubado da estante do Padre. Não é a primeira vez que fazemos isso, e sorrio de modo conspirador para Ro. Finalmente, pego o tocador de música, avaliando os fios brancos. Eles têm partes macias nas pontas, e coloco uma delas em minha orelha. Olho para Ro e rio, colocando a outra na orelha dele.

Ro aperta um botão redondo na lateral do retângulo. Uma música altíssima irrompe no ar — dou um salto e meu fone sai voando. Quando o coloco de volta, quase consigo sentir a música. O ninho de papelão, compensado e latão ao nosso redor está praticamente vibrando.

Deixamos a música abafar nossos pensamentos e nos distraímos com cantoria e gritos — até que a porta se escancara e a noite entra aos tropeços no barracão. A noite e o Padre.

— DOLORIA MARIA DE LA CRUZ!

É meu nome verdadeiro — embora ninguém deva saber ou dizê-lo —, e ele o brande como uma arma. Deve estar muito furioso. O Padre, com o rosto vermelho e tão baixo quanto Ro é moreno e alto, está com uma cara de quem seria capaz de detonar nós dois só com mais uma palavrinha.

— FURO COSTAS!

Só que dei a vez dos fones de ouvidos a Ro, e a música está tão alta que ele não consegue ouvir o Padre. Ro está cantando junto, muito mal, e dançando de um jeito ainda pior. Fico congelada enquanto o Padre arranca o fio branco do ouvido de Ro. O Padre estende a outra mão, e Ro larga o tocador de música prateado nela.

— Vejo que assaltou o armazém mais uma vez, Furo.

Ro baixa o olhar.

O Padre arranca as luzes da caixinha preta, e uma fagulha dispara pelo recinto. O Padre ergue uma sobrancelha.

— Você tem sorte por não ter queimado metade da montanha com esse contrabando — diz ele, olhando para Ro com determinação. — De novo.

— Muita sorte — dispara Ro. — É o que penso todos os dias, logo antes do amanhecer, quando acordo para alimentar os porcos.

O Padre deixa o fio de luzes cair como se fosse uma cobra.

— Você percebe, é claro, que uma patrulha dos Simpa poderia ter visto as luzes na montanha de lá dos trilhos?

— Você não se cansa de se esconder? — Ro exibe um olhar furioso.

— Depende. Você não se cansa de viver? — O Padre o encara de volta. Ro não diz nada.

O Padre exibe o mesmo olhar de quando faz a contabilidade da Missão, debruçado sobre os livros que ele enche com fileiras de números minúsculos. Dessa vez, ele está calculando punições e multiplicando-as por dois. Puxo a manga da camisa dele, parecendo penitente, uma habilidade que dominei quando era pequena.

— Ro não teve a intenção, Padre. Não fique bravo. Ele fez isso por mim.

O Padre segura meu queixo com uma das mãos, e sinto os dedos dele em meu rosto. Num piscar de olhos, sinto-o. As primeiras sensações que me atingem são preocupação e medo — não pelo Padre em si, mas por nós. Ele quer ser uma muralha ao nosso redor e não consegue, e isso o deixa louco. Em geral, ele é paciente e cauteloso; é um globo girando com um dedo traçando estradas em um mapa velho. O coração dele bate mais claramente do que o da maioria das pessoas.

O Padre se lembra de tudo — já era adulto quando os primeiros porta-naves chegaram —, e a maior parte do que se lembra é das crianças que ajudou. Ro e eu, e todos os outros que moraram na Missão até serem entregues a famílias.

Então, em minha mente, vejo algo novo.

A imagem de um livro toma forma.

O Padre o está embrulhando com mãos cuidadosas. Meu presente.

Ele sorri para mim, e finjo não saber no que está pensando.

— Amanhã conversaremos sobre coisas maiores. Hoje não. Não é sua culpa, Dolly. É véspera do seu aniversário.

E, com isso, ele dá uma piscadela para Ro e passa o braço coberto pela batina ao meu redor, daí ambos sabemos que tudo está perdoado.

— Agora venham jantar. Grande e Maior estão esperando, e, se os fizermos esperar muito mais, Ramona Jamona não será mais convidada à nossa mesa, mas se transformará no prato principal.

Enquanto deslizamos de volta para a encosta, o Padre xinga os arbustos que se agarram em sua batina, e Ro e eu rimos como as crianças que éramos quando ele nos encontrou. Corremos pela escuridão aos tropeços, em direção ao brilho amarelado da cozinha aconchegante da Missão. Dá para ver as velas de cera de abelha caseiras reluzindo e as serpentinas de papel cortadas à mão que pendem das vigas.

O jantar de véspera do meu aniversário é um sucesso. Todos da Missão estão ali — quase uma dúzia de pessoas, contando os lavradores e funcionários da igreja —, todos apinhados ao redor de nossa longa mesa de madeira. Grande e Maior usaram todos os pratos rachados do armário. Deixam-me sentar na cadeira do Padre, uma tradição de aniversário, e comemos ensopado de batata com queijo, meu preferido, e o famoso bolo de açúcar de Grande, daí cantamos canções antigas à lareira até a lua estar alta e nossos olhos ficarem pesados, então por fim caio no sono em meu cantinho morno habitual diante do fogão.

Quando o velho pesadelo chega — minha mãe e eu e o rádio ficando mudo —, Ro está ali ao meu lado, no chão, dormindo, ainda com migalhas no rosto e galhos nos cabelos.

Meu ladrão de porcarias. Escalador de montanhas. Construtor de mundos.

Recosto a cabeça nas costas dele e ouço-o respirar. Imagino o que o dia seguinte trará. O que o Padre quer me contar.

Coisas maiores, foi o que ele disse.

Penso em coisas maiores até sentir-me pequena demais e cansada demais para me importar.

AUTÓPSIA DO TRIBUNAL DE CIDADE DA EMBAIXADA

SIGILO ULTRASSECRETO

Realizada pelo Dr. O. Brad Huxley-Clarke, DFHV
Nota: conduzida a pedido pessoal da Embaixadora
Amare
Instalação de exames n° 9B de Santa Catalina
Ver também DBPF contígua em arquivo adendo.

Descrição dos Bens Pessoais da Falecida

Falecida classificada como vítima do levante da Rebelião do Campo.
Sabe-se ser Pessoa de Interesse para a Embaixadora Amare.

Sexo: Feminino.

Etnia: Indeterminada.

Idade: Estima-se entre o meio e o fim da adolescência. Pós-adolescente.

Características Físicas:
Levemente abaixo do peso. Cabelos castanhos. Olhos azuis. Pele caracterizada por descoloração indicativa de exposição elementar. Exibe marcadores proteicos humanos e baixo peso corporal indicativo de dieta predominantemente agrária. Manchas nos dentes consistentes com hábitos de consumo das culturas dos Campos locais.

Marcas Físicas Distintivas:
Marca ▆▆▆ discernível ▆▆ aparece na parte interna do pulso direito do espécime. A pedido da Embaixadora, um espécime ▆▆▆▆▆da ▆▆▆▆▆▆▆▆▆▆ foi removido, em observância aos protocolos de segurança. ▆▆▆▆▆▆▆▆▆▆▆.

Causa da Morte: ▆▆▆▆▆▆▆▆▆▆▆▆▆▆▆▆▆▆▆▆▆▆.

Sobreviventes: Família não identificada.

Nota: Corpo será cremado após processamento no laboratório.

Projeto da Instalação de Lixo de Cidade da Embaixada: Aterro ▆▆▆▆▆▆.

PIETÀ DE LA 3 PURÍSIMA

Sentimentos são lembranças.

É nisso que estou pensando enquanto estou de pé ali na capela da Missão, na manhã do meu aniversário. É o que o Padre diz. Ele também diz que capelas transformam pessoas normais em filósofos.

Não sou uma pessoa normal e, ainda assim, não sou nenhuma filósofa. E, de qualquer forma, aquilo do qual me lembro e o modo como me sinto são as únicas duas coisas das quais não tenho como escapar, não importa o quanto eu queira.

Não importa o quanto eu tente.

Por enquanto, digo a mim mesma para não pensar. Concentro-me em tentar enxergar. A capela está escura, no entanto o portal que dá para fora está ofuscantemente claro. As manhãs são sempre assim na capela. A luzinha ali irrita e faz meus olhos arderem.

Assim como na Missão em si, na capela você pode fingir que nada mudou durante centenas de anos, que nada aconteceu. Não é como no Buraco, onde dizem que os prédios caíram em ruínas, e os soldados Simpa controlam as ruas com medo, e você não pensa em mais nada além do Dia, todos os dias.

Los Angeles, é assim que o Buraco costumava se chamar. Primeiro Los Angeles, depois Cidade dos Anjos, então Cidade Sagrada, depois, o Buraco. Quando eu era pequena, era assim que pensava na Câmara dos Lordes, como anjos. Ninguém mais os chama de *aliens*, porque eles não são isso. São familiares. Jamais os vemos, mas jamais conhecemos um mundo sem eles, Ro e eu não. Cresci achando que eram anjos porque quando houve O Dia eles mandaram meus pais para o céu. Pelo menos foi isso que os missionários do Campo me contaram, quando tive idade suficiente para perguntar a respeito.

Para o céu, não para os túmulos.

Anjos, não *aliens*.

Mas só porque algo vem do céu, isso não significa que seja um anjo. Os Lordes não vieram dos céus para nos salvar. Eles vieram de algum sistema solar longínquo para colonizar nosso planeta, esse foi O Dia. Não sabemos como eles são dentro das naves, mas não são anjos. Destruíram minha família no ano em que nasci. Que tipo de anjo faria isso?

Agora nós os chamamos de Câmara dos Lordes — e a Embaixadora Amare, ela nos diz para não temê-los —, mas tememos.

Assim como a tememos.

Quando O Dia ocorreu, os mortos tombaram silenciosamente em seus lares, jamais viram o que os acertou. Jamais conheceram nossos novos Lordes, ou chegaram a saber qualquer coisa sobre o modo como podiam usar os Ícones para controlar a energia que fluía pelos nossos corpos, por nossas máquinas, por nossas cidades.

Sobre como eram capazes de interrompê-la.

De qualquer forma, minha família se foi. Não havia motivo para eu ter sobrevivido. Ninguém entendeu por que sobrevivi.

O Padre tinha suas suspeitas, é claro. Foi por isso que ele me pegou.

Primeiro a mim, depois Ro.

Ouço um ruído vindo da extremidade da capela.

Semicerro os olhos e dou as costas para a porta.

O Padre mandou que me chamassem, mas ele está atrasado. De relance, vejo o olho da madona na pintura da parede. O rosto dela é tão triste, acho que sabe o que aconteceu. Acho que ela sabe de tudo. É parte daquilo que o Embaixador-geral do planeta, Hiro Miyazawa, chefe das Embaixadas Unidas, chama de velho estilo da humanidade. O modo como acreditávamos em nós mesmos — como sobrevivíamos a nós mesmos. Aquilo ao qual aspirávamos quando achávamos que havia alguém lá em cima.

E não *algo*.

Olho de volta para a madona por mais um momento, até a tristeza irromper e a dor irradiar por mim. Ela pulsa em minhas têmporas, e sinto minha mente vacilar, chegando ao limiar da inconsciência. Tem algo errado. Algo deve estar errado, só isso explica o surgimento tão repentino da dor familiar. Pressiono a têmpora com a mão, desejando que pare de doer. Inspiro fundo, até conseguir enxergar com clareza.

— Padre?

Minha voz ecoa pela madeira e pelas pedras. Parece tão pequena quanto eu. Um animal trombou em minha perna, um dos muitos que adentram na capela, e minhas narinas ficam repletas de odores — pelos, couro e cascos, tinta e mofo e esterco. Meu aniversário cai no dia da Bênção dos Animais, a qual começará em poucas horas. Fazendeiros e rancheiros locais virão para que o Padre abençoe seu gado, do mesmo jeito que vêm há trezentos anos. É tradição dos camponeses, e somos uma Missão do Campo.

Ao surgir à porta, o Padre sorri para mim, prosseguindo para acender as velas cerimoniais. Então o sorriso dele desaparece.

— Onde está Furo? Grande e Maior não o viram esta manhã.

Dou de ombros. Não posso prestar contas de todos os segundos do dia de Ro. Ele poderia estar roubando todos os bolos de cereal desidratado do estoque de emergência de Grande. Poderia estar perseguindo os burros de Maior. Esgueirando-se pelos trilhos em direção ao Buraco, para comprar mais peças para a velha *pistola* detonada do Padre, disparada apenas na véspera de Ano-novo. Poderia estar conhecendo gente que não quer que eu conheça, aprendendo coisas que não quer que eu saiba. Preparando-se para uma guerra que jamais travará contra um inimigo que não pode ser derrotado.

Ele está por conta própria.

O Padre, preocupado como sempre, não está mais prestando atenção em si ou em mim.

— Cuidado... — Puxo o cotovelo dele, desviando-o de uma pilha de cocô de porco. Por pouco.

O Padre estala a língua e se abaixa para dar alguns tapinhas no queixo de Ramona Jamona.

— Ramona. Na capela não. — É só fingimento, na verdade ele não se importa. A enorme porca cor-de-rosa dorme no quarto do Padre nas noites frias, todos sabemos. O Padre ama a mim e a Ro do mesmo modo que ama Ramona, apesar de tudo que fazemos e independentemente de qualquer coisa que ele diga. É o único pai que já conhecemos, e, embora eu o chame Padre, penso nele como meu *padre*.

— Ela é um porco, Padre. Vai fazer onde quiser. Não consegue entender o que você diz.

— Ah, bem. A Bênção dos Animais acontece apenas uma vez por ano. Podemos limpar o chão amanhã. Todas as criaturas da Terra precisam de nossa oração.

— Eu sei. Não me importo. — Olho para os animais, pensando. O Padre se afunda em um banco baixo e dá tapinhas na madeira ao seu lado.

— Mas podemos reservar alguns minutos para nós. Venha. Sente-se.

Obedeço.

Ele sorri e toca meu queixo.

— Feliz aniversário, Dolly.

O Padre estende um embrulho de papel marrom amarrado com barbante. O objeto se materializa da batina, um ilusionismo clerical.

Segredos de aniversário. Meu livro, finalmente.

Reconheço o embrulho dos pensamentos dele, do dia anterior. O Padre o estende para mim, mas seu rosto não está repleto de alegria.

Apenas tristeza.

— Tome cuidado com ele. Não o perca de vista. É muito raro. E é sobre você.

Abaixo a mão.

— Doloria. — Ele diz meu nome verdadeiro, e enrijeço, preparando-me para as palavras que temo que virão. — Sei que não gosta de falar sobre isso, mas está na hora de conversarmos sobre tais coisas. Existem pessoas dispostas a machucar você, Doloria. Não cheguei a lhe contar de verdade como a encontrei, não a história toda. O motivo de você ter sobrevivido ao ataque, e sua família não. Acho que está pronta para ouvir agora. — O Padre se aproxima. — Está pronta para saber por que escondi você. Por que você é especial. Quem você é.

Temi por esta conversa desde meu aniversário de 10 anos. O dia em que o Padre me contou pela primeira vez o pouco que sei sobre quem sou e como sou diferente. Naquele dia, comendo bolo açucarado com manteiga caseira gordurosa e chá, ele falou comigo lentamente sobre a tristeza que tomava conta de mim, tão pesada que meu peito estremecia como o de um animal assustado, e eu não conseguia respirar. Falou sobre a dor que pulsava em minha cabeça ou surgia entre minhas escápulas. Sobre os pesadelos que eram tão reais a ponto de eu ter medo de Ro entrar e me encontrar fria e imóvel na cama em qualquer manhã.

Como se realmente fosse possível morrer por causa de um coração partido.

Mas o Padre jamais me contou sobre a origem dessas sensações. Isso é algo que nem ele sabia.

Eu queria que alguém soubesse.

— Doloria.

Ele diz meu nome de novo, para me lembrar que sabe meu segredo. É o único, Ro e ele. Quando estamos sozinhos, deixo Ro me chamar de Doloria — mas mesmo ele quase sempre me chama de Dol, ou mesmo Dodo. Para todo mundo, sou simplesmente Dolly.

Não Doloria Maria de la Cruz. Não uma Chorona. Não uma pessoa marcada pela marca cinza solitária em meu pulso.

Um círculo minúsculo da cor do mar durante a chuva.

A única coisa que é realmente eu.

Meu destino.

Dolor significa "dor" em latim ou grego ou alguma outra língua de muito, muito antes do Dia. ADD. Antes de tudo mudar.

— Abra.

Olho para ele, hesitante. As velas tremeluzem, e uma brisa entra devagar no salão. Ramona fareja mais perto do altar, o focinho procura por traços de mel em minha mão.

Passo o dedo pelo papel, afrouxando o barbante. Sob o embrulho vejo que não é bem um livro, está mais para um diário: a capa é grossa, de aniagem dura, feita em casa. É um livro do Campo, não autorizado, ilegal. Mais provavelmente preservado pela Rebelião, apesar de e por causa das regulamentações da Embaixada. Tais livros costumam ser sobre assuntos que os Embaixadores não reconhecem dentro do mundo da Ocupação. É muito difícil encontrá-los, e são extremamente valiosos.

Meus olhos se enchem de lágrimas quando leio a capa. *Projeto Humanidade: as crianças Ícone.* Parece que foi escrito a mão.

— Não — sussurro.

— Leia. — O Padre meneia a cabeça. — Eu deveria mantê-lo em segurança para você, certificar-me de que leria quando tivesse idade suficiente.

— Quem disse isso? Por quê?

— Não tenho certeza. Descobri o livro com um bilhete no altar, não muito depois de trazer você para cá. Apenas leia. Está na hora. E ninguém sabe tanto sobre o assunto quanto esse autor em especial. Foi escrito por um médico, parece, de próprio punho.

— Sei o bastante para não ler mais. — Olho ao redor à procura de Ro. Desejo desesperadamente que ele entre na capela. Mas o Padre é o Padre, então abro o livro em uma página que ele marcou e começo a ler sobre mim mesma.

Ícone doloris.

Dolorus. Doloria. Eu.

Meu propósito é dor, e meu nome é tristeza.

39

Um pontinho cinza o revela.

Não.

— Ainda não. — Ergo o rosto para o Padre e sacudo a cabeça, enfiando o livro no cinto. A conversa acabou. Minha história pode esperar até que eu esteja pronta. Meu coração dói de novo, mais forte dessa vez.

Ouço ruídos estranhos, sinto mudança no ar. Olho para Ramona Jamona, em busca de algum apoio moral, mas ela está deitada a meus pés, dormindo profundamente.

Não, dormindo não.

Um líquido negro forma uma poça debaixo dela.

O animal frio em meu peito acorda, sobressaltado, estremecendo de novo.

Uma sensação antiga retorna. Tem algo realmente errado. Estalos baixinhos preenchem o ar.

— Padre — falo.

Mas quando olho para ele, não é meu Padre. Não mais.

— Padre! — grito. Ele não está se mexendo. Ele não é nada. Ainda está sentado ao meu lado, ainda sorri, mas não respira.

Ele se foi.

Minha mente funciona devagar. Não consigo entender. Os olhos dele estão vazios, e a boca está aberta. Foi-se.

Tudo se foi. As piadas dele. As receitas secretas — a manteiga que fazia mexendo o creme com pedras lisas e redondas — as fileiras de jarros de chá de ervas — se foram. Outros segredos também. Meus segredos.

Mas não consigo pensar nisso agora, porque atrás do Padre — do que Padre era — há uma fileira de soldados mascarados. Simpas.

Simpatizantes da Ocupaçao, traidores da humanidade. Soldados da Embaixada, obedecendo às ordens dos Lordes, escondidos atrás de máscaras de vidro reforçado e coletes pretos, de pé sobre a sujeira de porco e projetando longas sombras sobre a paz fúnebre da capela. Um deles usa asas douradas no casaco. É o único detalhe que vejo, além das armas. As armas não fazem barulho, mas, mesmo assim, os animais entram em pânico. Estão gritando — o que é algo que eu não sabia, que animais podiam gritar.

Abro a boca, mas não grito. Vomito.

Cuspo sucos esverdeados e poeira cinza e lembranças de Ramona e do Padre.

Só consigo ver as armas. Só consigo sentir ódio e medo. As mãos pretas enluvadas se fecham em torno do meu pulso, dominando-me, e sei que em breve não terei mais de me preocupar com meus pesadelos.

Estarei morta.

Quando meus joelhos falham, só consigo pensar em Ro e em como ele vai ficar irritado comigo por tê-lo abandonado.

TRIBUNAL DE CIDADE DA EMBAIXADA AUTÓPSIA VIRTUAL: DESCRIÇÃO DOS BENS PESSOAIS DA FALECIDA (DBPF)

SIGILO ULTRASSECRETO

Realizada pelo Dr. O. Brad Huxley-Clarke, DFHV
Nota: conduzida a pedido pessoal da Embaixadora Amare.
Instalação de exames nº 98 de Santa Catalina.
Vide Autópsia do Tribunal anexa.

Conteúdo da bolsa pessoal, rasgada, feita pelo exército, encontrada com a falecida.

Vide fotografias em anexo.

1. Aparelho eletrônico, prateado e retangular. Aparentemente algum tipo de tocador de música pré-Ocupação, contrabandeado.

2. Fotografia de mulher, de feições e estatura similares às do corpo. Possível familiar morto?

3. ███████████████████████████████████████.

4. ███████████████████████████████████████
   ███████████████████████████████████████.

5. Couro de plantas secas. Embasa descoberta de provável vegetarianismo da falecida.

6. Uma conta de vidro azul. Significado desconhecido.

7. Um pedaço de tecido de musselina, manchado com material biológico e natural consistente com atadura corporal, presumivelmente no pulso, o que é costumeiro para ▮▮▮▮▮▮▮.

TRILHOS 4

Estou viva.

Quando abro os olhos, estou em um trem — sozinha em um vagão de transporte da prisão, cinza como o metal de uma arma, impulsionado por um velho motor a vapor alimentado com carvão. Nada além de quatro paredes alinhadas com bancos de metal, parafusados ao chão. Uma porta à minha esquerda, uma janela à minha direita. Um monte de retalhos antigos no canto. É só isso. Devo estar nos trilhos, em disparada para o Buraco. As águas azul-claras da baía de Porthole entram e saem do meu campo de visão, pontuadas ritmicamente por antigos postes de comunicação desorganizados. Eles irrompem da terra como inúmeros dedos inúteis de esqueletos.

Observo meu reflexo na janela. Meus cabelos castanhos estão escuros e soltos, e sujos de poeira e bile. Minha pele está pálida e mal cobre o punhado de ossinhos que formam minha figura. Então vejo meu reflexo mudar, e, na janela de vidro reforçado, pareço tão triste quanto a madona na pintura. *Porque o Padre está morto.*

Em minha mente, tento me agarrar ao rosto dele, às rugas nos olhos, à pinta na bochecha. Ao topete nos cabelos ralos. Tenho medo de perder isso, de perder o Padre — até mesmo a lembrança. Amanhã, ou mesmo hoje.

Assim como a todo o restante, não há como me agarrar ao Padre.

Não mais.

Volto o rosto para a baía e consigo sentir a bile revirando-se dentro de mim, forte como as marés. Em geral, a água me acalma. Hoje, não. Hoje, enquanto agarro a conta de vidro azul junto ao pescoço, o oceano fica quase irreconhecível. Imagino aonde os trilhos estão me levando. *Para minha morte? Ou pior?*

Vejo um lampejo dos carros enferrujados e abandonados na estrada que ladeia a ferrovia, jogados fora como se a vida tivesse parado e o planeta tivesse congelado, basicamente o que aconteceu no Dia. Depois que a Câmara dos Lordes chegou, com as porta-naves, e os 13 Ícones caíram do céu, cada um deles pousando em uma das maiores cidades do mundo.

O Padre diz — dizia — que costumava haver pessoas por toda a Terra, espalhadas. Havia cidadelas, cidades pequenas, cidades grandes. Não há mais. Quase toda a população do planeta vive a até uns 150 quilômetros de uma megacidade. O Padre explicou que isso aconteceu porque muito do mundo foi destruído pelas pessoas, pela elevação das águas, das temperaturas, por secas, enchentes. Algumas partes da Terra são tóxicas devido à radiação de guerras gigantescas. As pessoas ficam nas cidades porque estamos quase sem lugares para viver.

Agora tudo de que as pessoas precisam para viver é produzido nas cidades ou perto delas. Energia, comida, tecnologia — está tudo centralizado nas cidades. O que facilita muito o trabalho dos Lordes.

Os Ícones regulam tudo com um pulso eletrônico. O Padre nos contou que os Ícones são capazes de controlar a eletricidade, o poder que flui entre os geradores e as máquinas, e até mesmo os impulsos elétricos que conectam cérebros e corpos. Eles conseguem impedir toda atividade elétrica e química a qualquer momento. Foi isso que aconteceu com a Goldengate, no Dia. E com São Paulo, Köln-Bonn, Grande Pequim, Cairo, Bombaim. As Cidades Silenciosas. Por isso cedemos aos Lordes e deixamos que tomassem nosso planeta.

Mas lá fora, nos Campos, assim como na Missão, temos mais liberdade. Quanto mais longe se vai, mais os Ícones perdem força. No entanto, os Lordes e Embaixadores permanecem no controle, pois são os donos dos recursos. Eles possuem armas que funcionam. E não há energia elétrica no Campo, nenhuma fonte de energia. Mesmo assim, tenho esperança. O Padre sempre tentava me reconfortar — tudo tem um limite. Tudo tem um fim. A vida continua além das fronteiras das cidades e das frequências dos Ícones. Eles não podem desligar tudo. Não controlam nosso planeta inteiro. Ainda não.

Não há nada que funcione nos Campos que não seja puxado por um cavalo ou empurrado por uma pessoa. Mas pelo menos sabemos que nossos corações estarão batendo de manhã, nossos pulmões estarão bombeando ar, nossos corpos estarão estremecendo de frio. O que é mais do que sei sobre eu mesma amanhã.

A pilha de retalhos geme no chão. Eu estava errada. Não estou sozinha. Há um homem, deitado com o rosto para baixo, jogado diante de mim. Ele tem cheiro de remanescente, que é como a Embaixada nos chama, mais um pedaço de lixo inútil como eu. Ele até mesmo cheira como se vivesse com os porcos — porcos bêbados.

Meu coração começa a acelerar. Sinto adrenalina. Calor. Ódio. Não apenas dos soldados. De algo mais.

Ro está aqui.

Fecho os olhos e o sinto. Não consigo vê-lo, mas sei que está próximo. *Não*, penso, embora ele não consiga me ouvir. *Deixe-me, Ro. Vá para algum lugar seguro.*

Ro odeia os Simpas. Sei que, se ele vier atrás de mim, a violência estará em seu encalço, e nós provavelmente seremos mortos. Como o Padre. Como meus pais e os de Ro. Como todo mundo.

Também sei que ele virá atrás de mim.

O homem senta-se, gemendo. Parece que vai vomitar, pois ele inclina-se contra a lateral oscilante do vagão. Eu me aprumo, aguardando junto à janela.

Os postes de comunicação passam apressadamente. Os trilhos fazem uma curva, e o contorno do litoral de Porthole aparece, com o Buraco logo adiante. Algumas pequenas embarcações toscas flutuam na água, mais perto da margem. Além delas, erguendo-se sobre a água, está o Buraco, a maior cidade na costa oeste. A única, desde que a Goldengate foi silenciada. Não olho para o Ícone, embora eu saiba que está ali. Está sempre lá, pairando, do alto da colina sobre a cidade, uma navalha no horizonte liso. Aquilo que um dia fora um observatório foi estripado e transformado pela irregularidade negra que se projeta da estrutura. É também um lembrete, aquele marco perturbadoramente não humano, enviado por nossos novos Lordes para perfurar a terra e nos mostrar que não estamos no controle.

Que nossos corações batem apenas com a permissão deles.

Se eu não tiver cuidado, consigo sentir todas elas, as pessoas no Buraco. Elas me inundam, sem aviso. Todos no Buraco, todos na Embaixada. Simpas e remanescentes, e até mesmo a Embaixadora Amare. Luto contra eles. Tento limpar a mente. Desejo não sentir — já senti demais. Tento fechar o vazamento. Se permitir que entrem, creio que me perderei. Perderei tudo.

Chumash rancheiros *espanhóis californianos norte-americanos camponeses.* Recito as palavras, diversas vezes, mas dessa vez não parecem ajudar.

— Dol!

É Ro. Ele está aqui agora, bem do lado de fora da porta. Ouço um chacoalhar e vejo o crânio de um Simpa se chocar contra a porta de vidro reforçado e então desaparecer da minha vista. Onde ele bateu, fica uma mossa. Ninguém mais poderia destruir um Simpa dessa forma, não usando apenas as mãos. Ro já deve estar fora de controle para ter arremassado o homem com tanta força. O que significa que não tenho muito tempo. Eu me coloco de pé e me movimento pelo vagão, até a porta. Ela não se abre, mas sei que Ro está bem do lado de fora. Através da porta de vidro reforçado, consigo ver um lampejo do corredor estreito.

— Ro! Ro, não! — Então ouço gritos. Tarde demais.

Por favor. Vá para casa, Ro.

Os gritos ficam mais altos, e o trem freia. Fico de pé e tropeço, quase pisando no outro prisioneiro, o remanescente. Ele rola e olha para mim, uma pilha de sujeira e trapos, o rosto tão coberto de lama que não consigo saber o que é ou de onde é. A pele dele é da cor da casca de uma árvore.

— Seu *Ro* vai fazer com que vocês dois sejam mortos, sabe. — A voz é debochada. Ele tem sotaque, mas não consigo identificar... só sei que não é das Califórnias. Talvez nem mesmo das Américas.

Ele se mexe de novo, e vejo a ferida que percorre seu rosto inteirinho. Foi espancado, e posso imaginar por quê. Eu mesma desejo chutá-lo por caçoar de Ro, mas não o faço. Em vez disso, procuro pela atadura sob a manga de minha camisa e a aperto mais ao redor do meu pulso e do meu segredo.

Um pontinho cinza da cor do oceano.

O Padre se foi. Agora apenas Ro sabe que ele existe.

A não ser que seja esse o motivo para os Simpas terem vindo.

Não posso me preocupar com isso por muito tempo, pois o homem responde à própria provocação com um falsete esquisito, o qual imagino que ele pense me representar.

— Eu sei. Sinto muito por isso, amigo.

Encaro o sujeito, os olhos azuis penetrantes em meio à sujeira no rosto. Ele continua falando:

— Não é bem um plano, não é? Derrubar o vidro reforçado velho, espancar alguns patetas.

O homem se põe ao meu lado, sorrindo. Ele é mais alto do que eu, o que não diz muito. Percebo, sob os retalhos, que o corpo dele é musculoso e compacto. Parece um soldado, mais até do que os Simpas.

— Sou Fortis. — O homem estende a mão. Ela fica parada no ar.

Empurro a porta de novo, mas está trancada. Fortis verifica o ambiente e volta a falar sozinho. Ele sacode a cabeça quando, mais uma vez, responde à própria pergunta em falsete.

— Prazer em conhecê-lo, Fortis. Sou a menininha camponesa. Sinto muito pelo tiroteio do lado de fora da sua porta, hã? Não quis acordá-lo. Ou matá-lo. — Fortis assobia para si.

Não o interrompo e não olho para ele. Estou ocupada demais tentando ouvir o ruído de armas. E estou tentando discernir Ro em meio à bagunça de outras emoções correndo soltas, acima e abaixo dos trilhos. Ele não é apenas uma fagulha, não mais — ele é uma fogueira ardendo. E há tantas fogueiras revoltas agora, hoje, mais do que nunca. O calor está me sobrepujando.

Mas ele está ali. Fecho os olhos. *Ainda está no trem*. Não foi embora — não consigo ouvi-lo, mas consigo senti-lo.

O remanescente, Fortis, quem quer que ele seja, se aproxima de mim.

Congelo.

— A questão é a seguinte, camponesinha. Pelo que vejo, você fez alguma coisa um pouco especial para ser promovida para este luxuoso vagão de carga de primeira-classe, neste conjunto de trilhos. — O homem inclina a cabeça em direção à porta. — Você não é como o restante dos remanescentes nos vagões atrás de nós, todos seguindo para os Projetos. Você é diferente.

Agora entendo o que venho sentindo, além da presença de Ro. Por que era tão difícil distinguir a raiva dentre as outras fagulhas vermelhas. É claro. O trem está cheio de remanescentes a caminho dos Projetos, os campos de trabalhos forçados coordenados pela Embaixada. Não é surpreendente que eu esteja sentindo a presença de tanto ódio. Ninguém sabe o que estão construindo no porto. Mas é enorme, e o estão construindo há anos.

— Seu colega Ro está ocupado. Não consegue derrubar os trilhos sozinho, não há uma pessoa em todo o Campo capaz de fazê-lo. Eles não têm as ferramentas certas, têm? E vou dizer uma coisa sobre este lugar. Não dá para arrombá-lo para entrar. Somente explodi-lo para sair. — Fortis abre o casaco em frangalhos, e vejo uma coleção de armas em meio às tramas de tecido cru. — Bum. — Ele dá batidinhas em uma banana de dinamite e abotoa o casaco, sorrindo. — Das antigas. Agora. Vamos tentar de novo. Sou Fortis.

50

— Quem é você? — digo, finalmente, e minha voz parece rouca e baixa, bem diferente da imitação que ele fez de mim. — Achei que fosse um remanescente.

— Não exatamente. Também não sou um pateta de um Simpa se é o que quer saber. Sou um homem de negócios, e este é o meu negócio.

— É um Merc?

— E se for? Quer que eu a ajude ou não? — Fortis parece impaciente.

Dou de ombros.

— Quanto? — Nem sei por que me dou ao trabalho de perguntar. Mercs são notoriamente caros; não se importam com nada ou com ninguém, não podem bancar esse tipo de coisa. O que significa que não trabalham de graça, e não tenho meios para pagar.

— Cem dígitos lhe garante uma explosão pequena na lateral dos trilhos. Quinhentos dígitos, uma diversão completa. Mil dígitos...? — Ele sorri. — Você e seu rapaz jamais estiveram aqui. Você jamais existiu, e eles jamais a verão de novo. — Ele fala depressa, como se estivesse tentando me vender livros contrabandeados, tônicos milagrosos ou Simpatecnologia roubada.

Mesmo assim, seria um pedido audacioso. Uma explosão para fugir dos trilhos. Até mesmo para um Merc.

— Como?

— Segredos de mercenário, camponesinha.

— Não tenho nada.

Ele me olha de cima a baixo. Sorri. Estica o braço em minha direção de maneira inquisidora, e eu coro ao sentir a mão de Fortis em minha cintura, logo acima do quadril. Dou um tapa na cara dele.

— Você é nojento.

Fortis revira os olhos e arranca meu presente de aniversário do cinto, erguendo-o com um floreio. Tinha me esquecido dele.

— Não achei que você fosse uma Skin, amor. Você é muito, bem... magricela. — Ele sorri. — Seria como tentar dar um beijo em uma cenoura. — Ele estremece, tentando não gargalhar.

Eu já tinha ouvido falar das tais garotas que vendem o corpo no Buraco. É uma ideia terrível.

— Cale a boca.

Fortis me ignora, folheando o livro como se fosse feito de ouro em vez de papel envelhecido.

— Crianças Ícone, hein? Parece feito a mão. Caro. E altamente ilegal, aliás. Eu estaria fazendo um favor a você tirando-o de suas mãos. Eles a deixariam mais tempo na prisão só por ter um livro do Campo como este. — O homem se inclina de novo. — Você não quer que a Embaixadora saiba que você está com a rebelião, camponesinha.

— É só um livro. — Dou de ombros, mas ao mesmo tempo ouço as palavras do Padre ecoando em minha mente. *Não o perca de vista*. Encaro o precioso papel nas mãos sujas do Merc.

— E você será apenas uma pilha de ossos antes que tenha a chance de explicar. — O homem ergue o rosto do livro.

— Não estou com a rebelião. Não estou com ninguém. Sou apenas... — Dou de ombros, como se houvesse uma palavra que pudesse me descrever. — Sou ninguém. Só uma camponesinha, como você disse. — E, quando digo isso, percebo que ele está certo. Sem a ajuda do mercenário, provavelmente vou acabar nos Projetos, morta ou coisa pior.

Que importância um livro idiota desses teria agora?

É hora de decidir, e, nesse momento, decido. Pego o braço do homem e o puxo com o máximo de força possível.

— Não sou ninguém, jamais estive aqui. Jamais existi. Ro e eu, os dois.

Fortis me encara, seus olhos reluzindo, azuis, por trás do rosto sujo.

Como o mar. Como os meus.

Ele assente para mim, mas o obrigo a dizer as palavras. Quero ter certeza.

— Leve o livro. É suficiente. Temos um acordo?

— Não apenas um acordo... uma promessa. — O homem enfia meu livro dentro do casaco, e minha história desaparece entre as armas e explosivos caseiros. — Seu segredo está a salvo comigo, amor. Assim como seu livro. Agora desça.

Antes que eu possa dizer outra palavra, Fortis ergue a dinamite e acende o pavio.

MEMORANDO DE PESQUISA:
PROJETO HUMANIDADE

SIGILO ULTRASSECRETO/
SOMENTE PARA APRECIAÇÃO DA EMBAIXADORA

Para: Embaixadora Amare
Assunto: Origens dos Ícones
    Texto escaneado: *NEW ENGLAND JOURNAL*

ASSASSINO DE PLANETAS EM NOSSA DIREÇÃO?
29 de dezembro, 2042 • Cambridge, Massachusetts
Cientistas do Minor Planet Center em Cambridge anunciaram hoje a descoberta de um asteroide enorme cuja trajetória passa perigosamente perto da Terra.

O asteroide, chamado 2042 IC4, ou Perses, tem data de impacto/chegada ao alvo entre 2070-2090.

Cientistas estimam que o tamanho do asteroide seja tão grande quanto 6,5 quilômetros de diâmetro, o que fontes oficiais alegam ser grande bastante para criar um evento de extinção.

Paulo Fortissimo, conselheiro científico especial do presidente, diz que não devemos entrar em pânico: "Preciso revisar os dados, mas o tamanho e a velocidade do asteroide são meramente uma estimativa, e as chances de essa coisa acertar a Terra ainda são relativamente baixas. Mesmo assim, podem ficar seguros de que o observaremos de perto."

DISTRAÇÕES

A explosão faz mais do que abrir a porta.

A explosão sacudiu os trilhos com tanta força que o vagão parece ter descarrilado. Meus ouvidos estão zunindo. O chão não está mais debaixo de mim, e sim ao meu lado. O teto se foi, e, através do buraco irregular que sobrou, consigo enxergar o lado de fora.

Levanto-me do emaranhado de Fortis, de paredes e piso, dos escombros do que costumava ser o vagão do presídio, e disparo correndo pela abertura.

— Obrigada, Fortis — grita Fortis atrás de mim. — De nada, camponesinha. Disponha.

Corro mais depressa entre os vagões em chamas. Percebo pelas passadas que há Simpas atrás de mim. Provavelmente mais meia dúzia entre os vagões. *Não os senti chegando. Preciso prestar mais atenção.*

Mas, graças ao Merc, estou em vantagem. Preciso chegar à água. É só isso que se passa em minha cabeça. Sei que estarei segura lá porque sei o que encontrarei — e quem. Viro, uma curva mais fechada agora, e desapareço nas gramíneas altas a oeste. Meus pés ficam presos nas rochas, mas avanço aos tropeços. Sei que os Simpas estão em meu encalço, e não olho para trás.

Continuo correndo, seguindo na direção exata onde consigo sentir a fogueira adiante — disparando para o litoral, exatamente como eu. Minha única trajetória certa, minha maior chance de sobreviver.

Ro.

A mão dele agarra meu tornozelo e caio. Sinto o braço de Ro deslizar ao redor de minha cintura, puxando-me para baixo, para a maré. Desabo em direção a ele e me vejo deitada na areia e na água rasa, escondida dos trilhos logo abaixo da elevação gramada do litoral. Algum tipo de caverna costeira.

Sinto que nós dois estamos ofegantes; Ro chegou há apenas alguns segundos. Então ouço um grito e uma agitação na água, e um soldado Simpa cai na elevação, atrás de mim. Giro para sair do caminho dele, com água até os joelhos.

Sei o que acontecerá agora. Alguém morrerá, e não será Ro. Em uma pequena arena, não importa que o Simpa esteja armado e Ro não esteja. Ro irá crucificar o homem.

Antes que eu sequer consiga pensar nas palavras, Ro já está com a arma do Simpa caído e dá uma coronhada no rosto do soldado. O sangue borrifa nas pedras e escorre para a água. Ro ergue o braço para golpear de novo, mas seguro as mãos dele, obrigando-o a olhar para mim.

— Ro.

Ele sacode a cabeça, mas não o solto, e nós dois nos agarramos à arma. Não posso deixar Ro fazer isso consigo.

— Não — digo.

Olho para o rosto do Simpa inconsciente, logo acima da superfície da água, coberto de sangue. O nariz dele provavelmente está quebrado. Ele parece jovem e quase bonito, com os cabelos da cor de raios de sol — embora seja difícil dizer como ele é normalmente, pois já está começando a ficar arroxeado. Mas viro o rosto porque o soldado me distrai demais — preciso afastar a tristeza que se acumula dentro de mim. Tenho pessoas próximas pelas quais devia estar de luto. Uma porquinha e um padre e uma família que jamais conheci. Jogo a arma na água e estendo os braços.

Ro se atira em meus braços, se aninha em mim, como se eu fosse seu lar.

E sou.

Ele não me solta. Está com o rosto vermelho, e nenhum de nós consegue acalmar a respiração. Em vez disso, arquejamos como dois cães da Missão perseguidos por coiotes. O animal com frio e estremecendo em meu peito e a criatura quente e raivosa no dele recostam-se um no outro, e, durante esse momento, não estamos sós.

Enterro o rosto no pescoço de Ro e abraço os músculos enrijecidos que se movimentam sob a pele do peito e dos braços dele. Ro tem cheiro de terra, mesmo agora. Praticamente sinto o gosto da lama. Quando Ro sorri — o que só acontece quando estou por perto, e mesmo assim apenas quando todas as estrelas do céu noturno estão alinhadas —, eu meio que espero ver terra entre os dentes dele.

Ro é camponês até o fim. Ele partiria corações em outro mundo. Não duvido disso. Entrelaço os dedos entre seus cabelos e me agarro a ele. Ouço sua respiração e sei que Ro está tentando fazer o mesmo. Não é tão fácil para ele se acalmar de novo.

Ouço outra explosão, seguida pelo ruído de pessoas correndo em direção ao trem.

Fortis.

Uma segunda explosão. *O Merc cumpre mesmo sua palavra.*

Ro olha para o trem com cautela a fim de se certificar de que nenhum outro Simpa nos seguiu até aqui. Ele meneia a cabeça, indicando que estamos seguros por enquanto. Não falamos até que a gritaria se afasta e os Simpas ficam silenciosos.

— É mais seguro permanecermos escondidos por enquanto. Teremos de esperar eles saírem. Dol... — Pelo jeito como Ro diz meu nome, sei que ele sabe sobre o Padre e sobre Ramona Jamona. Sei que ele estava com medo de ter sido eu. Percebo na voz dele. — Doloria — sussurra ele.

Ro não é diferente de mim com os encantos, recitando os assentadores de La Purísima.

Ele precisa de mim. Ofereço-lhe minha mão. A mão direita.

Ele tateia meu pulso, arranca o pedaço de tecido que o amarra. Depois desata a tira de musselina que envolve meu braço ossudo, tão apertada que esqueço que não é feita de pele.

Agora meu pulso está exposto, e Ro arregaça a própria manga.

Entrelaçamos nossos dedos, e ele desliza o pulso nu até tocá-lo no meu. Permito que os calafrios percorram meu corpo, desde meu braço até o ponto em que meu pé se enterra na areia.

Um pontinho cinza em meu pulso, da cor do oceano sob a chuva.

Dois pontos vermelhos no pulso de Ro, da cor do fogo.

A marca compartilhada de nossos destinos compartilhados, embora não saibamos quais sejam. Se meu nome é Tristeza, o nome dele é Raiva. E o que quer que eu seja, o que quer que Ro seja, é um segredo. Um segredo que poderia matar a nós dois sem que jamais soubéssemos o motivo.

Um segredo que provavelmente matou o Padre.

Gostaria de ter lido o livro do Padre antes de trocá-lo por minha liberdade. Ro teria lido.

Meu cinza toca o vermelho dele.

Vivemos em um mundo com apenas duas pessoas agora. Unidos pelas marcas em nossas mãos e em nossos corações.

Ro dá uma volta com o tecido ao redor de nossas mãos entrelaçadas, pressionando o corpo contra o meu, e sinto os ossos pontiagudos de nossas costelas conforme se encaixam. Somos a imagem espelhada um do outro.

Tristeza pela raiva. Dor pelo ódio. Lágrimas pela fúria.

Transformo-me em Ro, e ele se transforma em mim. Ele toma minha tristeza imensa, a coisa assustada que mora dentro de mim. Ele fará qualquer coisa para mantê-la longe de mim. E eu tomo a raiva vermelha. Sou um dilúvio; o ponto vermelho que é Ro está enterrado sob minha superfície.

Não consigo mantê-lo submerso por muito tempo.

O Padre dizia que Ro era demais para uma pessoa, que, se eu continuasse fazendo isso —, se continuasse permitindo que ele fizesse isso —, talvez não conseguisse voltar. Mesmo assim, deixo a dor de Ro me levar à beira da loucura.

O Padre.

Abro os olhos e descubro, nos braços de meu melhor amigo, que é seguro bastante chorar.

As lágrimas irrompem de meus olhos e escorrem pelo meu rosto. Não tenho poder para detê-las.

Ro segura minha mão, desejando que eu deixe as lágrimas rolarem.

———— • ————

Quando termina, e afastamos as sensações até outro dia, Ro me ajuda a amarrar o pulso. A pele dele não está mais pegando fogo, e ele desdobra a manga da camisa despreocupadamente. Ro não tem tanto medo de sua marca quanto eu. Ele sequer tem medo da patrulha inteira de Simpas, a qual sei que está a apenas um campo de distância — não importa o quanto esperemos.

— Você deveria tomar mais cuidado. Alguém poderia ver — digo.

— Sim? E daí?

— Levarão você embora assim como tentaram me levar. Trancafiarão você no Buraco, em algum lugar. Usarão você. Machucarão você. — Tento não lembrá-lo do que isso significaria para mim, de quanto tenho medo.

— Então, em vez disso, ficaremos nos escondendo, durante a vida inteira? Desse jeito? Até morrermos? — A voz de Ro está amarga.

— Talvez não para sempre. E se o Padre estiver certo e nós formos especiais, mais poderosos do que sabemos? E se foi por isso que os Simpas vieram atrás de mim? — São palavras que eu jamais disse, mas estou desesperada. Preciso manter Ro calmo antes que ele termine morto. — Não podemos fingir que a Missão é um lugar seguro, Ro. Se é que ao menos exista uma Missão para a qual voltarmos. — Engulo em seco.

— Mas por que nos escondermos se somos tão especiais? E se *deveríamos* estar fazendo alguma coisa? E se formos os únicos capazes de fazer alguma coisa? — Ele passa as mãos nos cabelos, incapaz de ficar parado.

Isso é tudo que ele deseja. Salvar o mundo e todos nele.

Nesse momento, só quero salvar a única família que tenho. Queira ele ou não.

Tento mais uma vez:

— O Padre falou que quem somos pode ser usado contra nós se não tomarmos cuidado. Podemos piorar tudo ainda mais.

Ro perdeu a paciência comigo. Ambos estamos circulando perigosamente próximos do limite de nossos temperamentos.

— É, Dol? O Padre também disse que a verdade nos libertaria. Ele nos disse para dar a outra face. Disse para amarmos nosso próximo. E agora ele está morto.

Afasto-me de Ro, mas ele agarra meu braço.

— Eu amava o Padre, Dol, assim como você.

— Eu sei disso.

— Mas ele era de outra época. As coisas que ele dizia, as coisas nas quais ele acreditava, aquilo era uma fantasia. Ele dizia aquelas coisas porque não queria que a gente desistisse. Mas ele também não queria lutar.

— Ro. Não comece.

Ele abranda o tom:

— Não vou abandonar você, Dol. Promessa é promessa.

Ro se lembra; nós dois nos lembramos.

Marca contra marca, nós juramos. Na praia, depois da primeira vez que Ro fugiu. Quando eu era a única capaz de convencê-lo a voltar.

Aquela foi a primeira vez que descobrimos que, quando uníamos as mãos, uníamos os corações. Que a mesma coisa que fazia o coração de Ro acelerar fazia o meu se partir. Quando me senti desejando que a areia nos cobrisse, em minha mente, que abafasse as chamas dentro de Ro, ele se acalmou; nós dois nos acalmamos. Quando nos tocávamos — apenas de leve, marca contra marca —, a dor se voltava contra si mesma.

O fogo se apagava.

Ficamos deitados juntos ali, de mãos dadas, até Ro adormecer. Foi quando eu soube que não conseguiria sem a ajuda dele. E que ele não duraria um dia sem mim.

Ele não consegue impedir o fogaréu sozinho. Ele não se importa. É a coisa mais difícil que sei a respeito dele.

Ro preferiria que o fogaréu queimasse.

Ainda estou perdida em meus pensamentos quando ouço os helicópteros acima. Nós dois sabemos o que significa, mas sou eu quem finalmente diz:

— Helicópteros da Embaixada. Temos de ir embora.

— Dê-me um minuto. — Sacudindo as roupas molhadas, Ro ainda não é ele mesmo. Jamais o vi tão transtornado.

— Tem certeza de que está bem?

— Achei que você estivesse morta, Dol.

Estendo a mão até os grossos cabelos castanhos de Ro. Removo um galho preso atrás de sua orelha. Não revelo o que estou pensando, que eu deveria estar morta, que, em tese, estou morta. *Um porco está morto, e um padre está morto, penso. Por que a sorte deveria desviar deles para me encontrar?*

Porque não iam me matar. Porque tinham vindo atrás de mim.

Imagino.

Imagino se o Padre e o porco não são os sortudos. Então afasto o pensamento e estendo o braço para Ro.

— Não estou morta. Estou bem aqui. — Tento sorrir para ele, mas não consigo. Só ouço o helicóptero, assim como só enxergo o soldado ensanguentado aos meus pés.

— Então achei que eu estivesse morto. — Ro engole uma gargalhada, mas, pelo modo como borbulha no peito dele, é quase um soluço.

— Você quase morreu. Não pode simplesmente sequestrar um vagão de trem e atacar os trilhos daquela forma. Não sei o que você estava pensando. — Puxo a orelha dele do mesmo jeito que faria com Ramona Jamona. Mas as orelhas dela são macias como tecido. As dele estão praticamente cobertas de lama.

— Eu pensei que estivesse salvando sua vida. — Ro não me encara.

Suspiro e passo o braço ao redor dele.

— Queria que não tentasse salvar. Não quando isso colocasse você em risco. E, de todo modo, alguém vai ter de salvar nós dois se não sairmos daqui antes que aquela coisa aterrisse. — Tento afastar Ro, mas ele me puxa mais para perto, enroscando o braço com mais força ao redor da minha cintura.

— Você queria que eu não te salvasse. Mas você sabe que sempre vou te salvar.

— Eu sei, eu sei. — Sorrio, acalmando-me, apesar de tudo. Da caverna, do Simpa inconsciente, do barulho dos helicópteros. — Somos tudo o que temos.

É verdade.

Somos praticamente uma família — a coisa mais próxima que temos disso, de um modo ou de outro.

Mas quando digo tais palavras, percebo que Ro não está olhando em meus olhos.

Está olhando para minha boca.

A fagulha que é Ro se transforma em uma tempestade de fogo. Consigo sentir as palmas das minhas mãos começando a queimar, meus olhos se arregalando. Sei o que ele está sentindo, e não consigo acreditar. Não consigo acreditar que possa conhecer alguém tão bem e não ter sacado aquilo.

— Ro — começo, mas não continuo. Não sei o que diria.

Que o amo mais do que amo minha vida? É verdade. Que já nadamos seminus no oceano sem sequer nos darmos ao trabalho de olhar um para o outro? Também verdade. Que dormimos centenas de noites frias juntos no chão de azulejo, ao pé da lareira da cozinha de Grande na Missão, apenas nós dois — juntamente a uma ninhada ossuda de cães e ovelhas cansados? Que a possibilidade de beijá-lo era equivalente a beijar um dos porcos de Grande?

Isso também é verdade?

Fecho os olhos e tento imaginar como seria beijar Ro. Imagino os lábios dele nos meus. Os lábios dele, os mesmos que já cuspiram sementes de romã diretamente em minha boca.

São macios, percebo-me lembrando.

Seriam macios, percebo-me pensando. *Pelo menos mais macios do que as orelhas dele.*

Tenho medo de abrir os olhos. Sinto as mãos dele em minha cintura, como se estivéssemos dançando. Sinto Ro me puxar devagar para si.

Permito-me ser puxada.

Quase.

Então ouço alguém gemendo e lembro-me de que não estamos sozinhos.

O soldado Simpa está acordando.

MEMORANDO DE PESQUISA:
PROJETO HUMANIDADE

SIGILO ULTRASSECRETO/
SOMENTE PARA APRECIAÇÃO DA EMBAIXADORA

Para: Embaixadora Amare
Assunto: Recrutamento da Rebelião e Material de
Doutrinação
Designação no Catálogo: Prova recuperada
durante batida em esconderijo da Rebelião

De acordo com nosso serviço de inteligência, recrutas da Rebelião são obrigados a memorizar e recitar o seguinte verso, dia e noite:

TREZE GRANDES ÍCONES
CAÍRAM DO CÉU,
QUANDO GANHARAM VIDA,
SEIS CIDADES MORRERAM.
LEMBREM-SE DE 6/6.

OS PROJETOS SÃO ESCRAVIDÃO.
NÃO SOMOS LIVRES.
SILÊNCIO NÃO É PAZ.
LEMBREM-SE DO DIA.

MORTE AOS SIMPAS,
MORTE AOS LORDES.
DESTRUAM OS ÍCONES.
LEMBREM-SE.

QUATRO PONTOS

Abro os olhos.

— Ro — sussuro. Mas ele me solta antes que eu consiga falar, e pega a arma na água.

A realidade sobre onde estamos retorna como uma enxurrada. As pedras arenosas debaixo de nós parecem muito mais pontiagudas, o ritmo raso das ondas vazias parece muito mais frio. Nossa caverna aquosa — apenas uma pequena reentrância no litoral gramado — não oferece qualquer proteção.

Não contra as Embaixadas e seus exércitos.

Não por muito tempo.

Os olhos do Simpa estremecem e se abrem.

Sob mechas úmidas dos cabelos molhados há a mesma cor das colinas atrás da Missão — verde e cinza —, mas também salpicos de dourado. Esperança e tristeza. É assim que ele soa para mim. Como uma moeda rara semienterrada no leito do oceano. Um pedaço de metal quente que, de alguma forma, reflete a luz, mesmo tão abaixo da superfície das ondas.

Estou encarando. Não consigo evitar. Meu coração está acelerado. Estico o braço para o rosto dele, maravilhada. As feições do soldado são o oposto das de Ro; ao passo que Ro tem pinceladas grosseiras e traços rudes, tudo a respeito desse garoto é preciso e fino. Ele é musculoso e compacto, enquanto Ro é forte e largo. Os ossos dele se encaixam como se alguém os tivesse esculpido de metais preciosos, como se os tivesse soprado de vidro.

— Ei — grita Ro. Ele ergue a arma bem acima da cabeça, pronto para golpear. Afasto os olhos do Simpa, afasto a mão do rosto dele.

— Pare. Você não precisa fazer isso. Ele já está machucado demais.

Ro abaixa a arma. Então percebo que não está me ouvindo. Está mirando.

— Por favor — diz o Simpa, embora metade da cabeça dele esteja sob a água e bolhas estejam saindo de sua boca, engasgando-o enquanto o rapaz fala. — Não me mate. Posso ajudar.

— Por que ajudaria? É você quem nos está caçando.

O Simpa não tem resposta para isso.

Aproximo-me dele, agitando a água, tomando o cuidado de ficar entre o Simpa e a arma de Ro.

— Dol, por favor. Saia daí e deixe-me fazer isso. Ele está nos enganando. É um truque.

— Como você sabe?

Ro olha de mim para o Simpa.

— Consegue extrair alguma coisa dele? Senti-lo?

Inclino-me para mais perto do Simpa e tiro a mão fria dele da água.

Fecho os olhos e tento sentir o que ele está sentindo.

Pela primeira vez, sinto-me igual à fagulha de Ro — igualmente forte.

Sinto os dois, e não é difícil discernir as emoções.

Ódio e raiva vindos de Ro.

Medo e confusão vindos do garoto.

E outra coisa.

Algo que muito raramente encontro.

Borbulha para a superfície, irradiando dele, preenchendo a caverna. Consigo praticamente enxergar a emoção.

Reconheço o que é apenas porque já senti por Ro, e também já senti em Ro. Em Ro e no Padre. E, às vezes, em Grande e em Maior.

Amor.

Minha cabeça está latejando. Solto a mão do garoto e pressiono minhas palmas contra minha cabeça com o máximo de força possível. Obrigo-me a respirar até conseguir controlar de novo os sentimentos, porém mal os domino. Até que a brancura reluzente seja contida.

Então abro os olhos, arquejando.

— Ro... — Mal consigo falar.

— O que é? O que sentiu? — Ro vem para meu lado, mas seus olhos não deixam o Simpa.

Não sei o que dizer a ele. Jamais senti algo assim e não sei como colocar em palavras, não de um jeito que Ro vá compreender.

Não de um modo que ele queira ouvir.

Olho com mais atenção para o Simpa. Arranco um botão do casaco dele, livrando-o das linhas que o prendiam ali. É feito de latão e tem uma logo que até mesmo um camponês reconheceria. Uma forma de cinco lados, um pentágono, cercando a Terra. Dourado em um campo escarlate. A Terra presa pelo que parece uma gaiola.

O botão muda tudo.

— Ele não é um Simpa. — A náusea embrulha meu estômago, e, embora esteja falando com Ro, não consigo desviar o olhar do botão em minha mão.

— Do que você está falando? É claro que ele é um Simpa. Olhe só para ele. — Ro parece irritado.

— Ele não é apenas um Simpa. É do escritório da Embaixadora.

— O quê?

Meneio a cabeça, girando o botão entre os dedos. Brilhante como uma pepita de ouro e mais valioso do que qualquer coisa que possuo. O mais próximo que cheguei de ver a Embaixadora Amare foi quando vi o rosto dela estampado na lateral de um vagão que percorria os trilhos.

Até conhecermos esse garoto.

O Simpa ferido abre e fecha os olhos. Depois os revira. O garoto está abatido demais para falar, mas acho que sabe o que estamos dizendo.

Ro se agacha na água ao meu lado. Ele tira a lâmina curta do cinto, aquela que usa apenas para esfolar coelhos e partir melões na Missão.

Ro hesita, olhando para mim. Ajoelho-me ao lado do garoto — pois é isso que ele é. Pode ser um Simpa, mas também é apenas um garoto. Não é muito mais velho do que Ro ou eu, ao que parece.

— Então esta coisa... esta coisa é importante para a Embaixadora? — Ro leva a faca ao queixo do Simpa. Os olhos do Simpa se abrem, arregalam-se. — Que engraçado, pois qualquer coisa importante para a Embaixadora é basicamente lixo inútil, até onde sei.

Ele traça uma linha pela garganta do Simpa.

— Não é, Dol?

Engulo em seco e não digo nada. Acho difícil respirar. Não sei o que pensar.

Ro não tem esse problema. Nunca.

Ele ergue e baixa a lâmina, cortando diversas vezes.

Não consigo olhar até que Ro se vira para mim, erguendo a prova da última violência que praticou. Um punhado de botões de latão da Embaixada.

— O quê?

— Evidências do que temos. Agora decidimos. Nós o matamos aqui ou o levamos de volta para La Purísima? — Ro não está se referindo à Missão. Ele está falando dos rebeldes do Campo.

Engasgado, o garoto tenta sentar-se e sair da água. Puxo a cabeça dele e a apoio em meus joelhos.

— Como conseguiríamos colocá-lo de volta nos trilhos? Viu quantos Simpas estavam lá? Seria impossível roubar um vagão sem que nos vissem. Se é que os trilhos estão funcionando.

Ro pensa, esfregando a lâmina na perna.

— É, e, se você estiver certa sobre o Botões de Latão aqui, a coisa só vai piorar.

— Campo e Latão. Não é uma boa mistura. — Tento não pensar no que acontecerá com o garoto quando voltarmos para a Missão. Se voltarmos para a Missão. No que Ro fará com ele. No que deixarei Ro fazer com ele.

Balanço a cabeça, aproximando o garoto do meu colo, na água.

— Não.

— Afaste-se dele, Dol.

— Não faça isso.

— Agora.

A voz de Ro está falhando. Vejo que a mudança de situação é demais para ele. Ele perde controle conforme nós perdemos controle.

E nós perdemos.

Perdemos quando vi aquele botão.

— Por favor. — Estou falando com Ro, mas olhando para o garoto.

Os olhos se fixam em mim, mas apenas por um instante.

Ele estica a mão para mim, um gesto desesperado, como um guaxinim preso em uma das armadilhas de Maior, debatendo-se contra a porta de metal pela última vez antes de se render.

Levo um susto, e Ro aproxima a arma do rapaz.

Um pontinho de luz vermelha — o mecanismo de mira da própria arma Simpa do garoto — dança no meio do nariz do soldado.

O garoto não reage.

Talvez não ache que Ro vá mesmo dar cabo à coisa.

Eu sei que ele vai. Já fez isso antes. Simpas são uma ameaça pessoal à existência de Ro. E à minha.

A mão do garoto se estende de novo, para mais perto de mim.

— Estou avisando. Não se mexa. — Ro urra as palavras, e, como sempre, o tom dele diz tudo.

Os dedos do garoto se estendem devagar, tocando meus joelhos na água.

— Minha Sagrada Senhora. — É tudo que consigo pensar em dizer.

Ali, sob o punho de couro semidesabotoado da camisa, sob a manga rasgada de uma jaqueta militar da Embaixada, sob a camisa ensanguentada do uniforme, encharcada com água do mar...

Quatro pontinhos azuis, formando um quadrado perfeito.

Naquele segundo, o mundo de duas pessoas, o meu e o de Ro, se estilhaça em um mundo de três.

Agora entendo o que estava sentindo.

Agora entendo quem é o garoto. Ou, mais especificamente, o que ele é.

É uma Criança Ícone, como Ro e eu.

Há mais de nós.

Meu coração está acelerado. Eu sabia que havia histórias — rumores sobre outras Crianças Ícone —, no entanto jamais acreditei de fato que poderia haver mais delas, além de mim e de Ro.

Será que o Padre sabia?

Se eu ao menos eu tivesse lido o livro quando tive a oportunidade.

— O que é?

Ro não percebeu ainda.

Minha mente está acelerada.

Ele me mostrou as próprias marcas.

Por quê?

Será que viu a minha, aqui na água?

Será que estava consciente quando Ro e eu entrelaçamos as mãos?

Não.

Eu estava lá quando Ro o golpeou no rosto com a arma, nocauteando-o.

Eu estava lá quando ele caiu.

Vi os olhos dele se revirarem antes de qualquer outra coisa acontecer.

Não.

Ele me mostrou porque sabia sobre mim.

Ele sabe sobre nós.

Ele sabe.

— Qual é o problema? — Ro segura a arma com mais afinco.

— Eles vieram atrás de nós, Ro.

— E claro que vieram. O que acha que foi tudo aquilo lá atrás, no trem? Eles mandam os Simpas gordos e preguiçosos para nos arrastar para os Projetos idiotas, exatamente como os demais remanescentes. Eu disse ao Padre que precisávamos nos armar, que precisávamos de defesas melhores. Ele não quis ouvir.

Balanço a cabeça e tento de novo:

— Eles nos encontraram, Ro.

Levanto o pulso do rapaz e tiro a atadura do meu.

A semelhança é inegável. A distância do pontinho desde a palma da mão, o tamanho da marca. Ao lado um do outro, combinamos perfeitamente.

Exatamente como Ro e eu.

MEMORANDO DE PESQUISA: PROJETO HUMANIDADE

SIGILO ULTRASSECRETO/
SOMENTE PARA APRECIAÇÃO DA EMBAIXADORA

Para: Embaixadora Amare
De: Dr. Huxley-Clarke
Assunto: Mitologia das Crianças Ícone
Subtópico: Enfurecido
Designação no Catálogo: Prova recuperada
durante batida em esconderijo da Rebelião

O que se segue é a reimpressão de uma página recuperada em papel espesso e caseiro, a qual se acredita ter sido rasgada de um tratado de propaganda antiembaixada intitulado *Crianças Ícone Existem!* Provavelmente impresso a mão por um culto fanático ou por uma facção da Rebelião do Campo.

Tradução do texto escaneado a seguir.

FURIOSO (*Ícone furoris*)

Um Furioso pode usar a fúria para canalizar força física incrível, como se fosse adrenalina fora de controle. Há rumores de que um Furioso é capaz de dominar a mente de modo semelhante, como um botão de *reset* em um disco rígido, e saturar o sistema nervoso com tanto caos que ele entra em colapso. Acredita-se que um Furioso tenha expectativa de vida menor do que a média.

FURIOSO, VENHA LUTAR POR NÓS!

FECHE OS PROJETOS!

LIBERTE O POVO!

DEIXE A LIBERDADE ECOAR!

UMA DECISÃO 7

— Quatro pontinhos. Sabe o que quer dizer? Há mais delas por aí, Ro. Mais além de nós dois. — Olho para ele.

Ro observa o garoto em meus braços. Ele não abaixa a faca. Não abaixa a arma do Simpa. Ele segura cada uma delas com mais força ainda.

Sinto uma labareda vermelha e quente de puro ódio que jamais senti. Pelo menos não de Ro.

— Três — diz Ro finalmente.

Ele aponta para mim.

— Um.

Aponta para si.

— Dois.

Aponta para o garoto.

— Quatro. E quanto ao Três? O que fizeram com ele?

O garoto fica calado. Ele apenas olha. Então movimenta a cabeça, inquieto, e, um instante depois, ouço o motivo.

Helicópteros da Embaixada acima, mais perto do que antes. As pás vibram, baixas e ruidosas. Querem se certificar de que sabemos que estão vindo. Em massa.

— Droga. Droga. Droga — murmura Ro, limpando o rosto com a manga da camisa. — Precisamos de mais tempo.

Olho para baixo, para o garoto ferido, e sinto o pânico dele aumentar.

— Precisamos tirá-lo daqui.

— Por quê? — A voz de Ro é fria e áspera.

— Ro.

— Ele é um deles.

— Olhe para o pulso dele, Ro. Não poderia ser um deles, nem mesmo se quisesse.

— Por que não? — Ele está tão inflexível quanto a pedra que tem vontade de jogar em mim no momento.

— Porque é um de nós.

Antes que Ro possa responder, o garoto se esforça para se levantar. Firmo as costas dele, mas mal consigo me erguer; o garoto é peso morto.

— Dê-me a arma — diz ele, com a voz rouca. — Agora.

Ro gargalha.

— Eu devo ter batido em você com mais força do que pensei. Está dizendo absurdos.

— Devolva minha arma. É sua única chance de sobreviver.

— Sério? Com o que você está me ameaçando? Com a arma que não tem?

— Estou tentando salvar você. Se o virem com minha arma, você morrerá. Vocês dois. — O garoto não olha para mim. Deslizo os braços para baixo, soltando-o. Agora, com dificuldade, ele fica de pé sozinho, cambaleante.

— Qual é o seu nome, Botões? — Ro sorri sem um traço de cordialidade.

O garoto hesita.

Deixo o braço recair sobre o ombro dele.

— Está tudo bem. Sabemos que você é da Embaixada. Apenas diga quem é.

— Meu nome é Lucas Amare.

Mordo o lábio para não arquejar.

Ro irrompe em uma gargalhada.

— Ah, muito bom. Isso é excelente. Você é contrabando humano como nós, e sua mãe é a Embaixadora? — Ele sorri para mim, como se estivéssemos compartilhando uma piada excepcional. Do tipo: já ouviu aquela sobre as três Crianças Ícone e a Embaixadora?

Ro fala mais uma vez, sacudindo a cabeça:

— Lucas Amare é uma Criança Ícone? E você achando que nós tivéssemos segredos, Dol.

Só consigo encarar.

Ro está certo. Não somos contrabando, não exatamente, mas é como se fôssemos. O que quer que sejamos, é algo que o Padre se esforçou muito para esconder, não apenas da Embaixada, mas de todos, até mesmo de Grande e Maior. E agora encontramos esse Simpa, que também é uma Criança Ícone, morando na Embaixada?

Não faz nenhum sentido.

Sei o que Ro está pensando. De maneira alguma o filho da Embaixadora, da diaba em pessoa — o único elo terreno do Buraco com o Embaixador-geral do planeta, EGP Miyazawa, e, além dele, com a Câmara dos Lordes —, pode ter alguma coisa em comum conosco. Não importa quantas marcas compartilhemos.

E, assim, o mundo volta a ser do jeito que Ro gosta que seja. Um mundo de dois.

— Não é um segredo. Não de minha mãe. Ela sabe que estou aqui. — Lucas parece na defensiva.

— Aqui, nesta caverna de água horrorosa? Ou aqui, caçando crianças inocentes do Campo? — Ro está quase gargalhando. Ele não consegue acreditar em nossa sorte, que tenhamos tropeçado em algo tão valioso.

Alguém tão valioso.

— Descobri que vocês dois seriam levados. E eu quis... quis ajudar.

— Ajudar a nós? Ou a eles?

O garoto abaixa os olhos.

Ro dá um risinho de escárnio.

— Entendi.

Os helicópteros estão ficando mais ruidosos. Parece que estão pousando bem acima de nós. Inclino a cabeça para fora da abertura da caverna e consigo ver a ponta das hélices, talvez a uns 15 metros de altura.

— Isso levou tempo demais. Os helicópteros. — O menino Simpa, Lucas, diz aquilo em que estou pensando: — Voltaram para buscar reforços.

— Que bom. Eles vão precisar — diz Ro de maneira sombria.

Coloco-me entre os dois, apoiando as mãos no buraco da arma.

— Saia, Dol. — Ro sacode a arma de modo exasperado.

— Não posso. Lucas está certo.

— Vai ouvir o Botões agora?

— O nome dele não é Botões, e confio nele. Consigo senti-lo, Ro. Você me pediu para fazer isso.

Ro contrai a boca em uma careta. Ele não gosta da ideia de me ver vasculhando a mente de Lucas Amare, isso é óbvio. Ignoro-o.

Tento mais uma vez.

— Precisa acreditar em mim. Podemos confiar nele.

— Você não sabe de nada, Dol. Não sabemos como ele trabalha, o que é capaz de fazer. Talvez essas marcas sejam falsas. Talvez ele esteja controlando você com algum tipo de endorfina da Embaixada, todos os cientistas do Buraco são obrigados a trabalhar em uma ou outra arma sigilosa.

— Seus novos amigos da Rebelião do Campo lhe contaram isso? — Ro está irritado, mas agora eu também estou.

— Talvez. Mas, de qualquer forma, ele foi enviado aqui para nos prender... Ele mesmo já admitiu isso.

Os helicópteros da Embaixada estão tão barulhentos agora que Ro precisa gritar. Mesmo assim, mal consigo ouvi-lo. Puxo a arma com ambas as mãos.

— Solte, Ro.

— Não, *Doloria de la Cruz*. Por favor.

— Solte, *Furo Costas*. Por favor.

Estou implorando. É isso que dizem os olhos dele, mesmo que seja orgulhoso demais para usar tais palavras. Estou implorando a Ro também, a cada puxão no cano da arma.

Lucas nos observa.

— Dou minha palavra. Não deixarei que nada aconteça a vocês.

— Cale a boca, Botões. — Ro está entrando em pânico, o que é perigoso.

Apoio a outra mão no pulso dele.

— Podemos fazer isso. Precisamos. Não temos escolha.

Agora vejo cordas caindo na água ao nosso redor. Os Simpas estão prestes a descer do céu, juntamente à chuva.

Então digo as palavras que Ro menos deseja ouvir:

— Precisamos confiar nele. Não temos para onde ir.

— Dê-me a arma, Ro. — Lucas está gritando agora. Ele estende as mãos. Sinto que Lucas está afetando Ro. Sinto o calor se desdobrando, a descarga da influência dele.

Lucas é inebriante.

Os dedos de Ro apertam mais a coronha. Confuso, ele dá um passo para trás, tentando se preparar. Mas já sei que será em vão.

Ro solta a arma. Cambaleio devido ao peso da arma, quase derrubo Lucas. Entrego a arma a ele e me afasto no momento em que a caverna se enche de Simpas.

Armados e mascarados.

Agora as marcas de mira estão em nossas testas, dançando entre nossos olhos.

— Demoraram. Levem-nos, rapazes. Estou detonado. Camponeses teimosos. Precisei mantê-los aqui a tarde inteira. — Lucas sai das rochas, trôpego, espirrando água. Ele para, equilibrando-se. — Uma coisa. Não deixem que ninguém fale com eles sem minha permissão. — Ele lança um olhar significativo para Ro. Não é preciso ler mentes para saber o que está dizendo. *Cale a porcaria da boca.*

Então é minha vez.

— E cuidado com a garota. Precisa de cuidados médicos. Os dois precisam. Mandem-nos diretamente para Doc quando pousarmos.

Lucas fala com autoridade, mais do que a idade dele aparenta, mais autoridade do que possui de fato. Os Simpas o saúdam quando ele passa. Só eu sei que Lucas mal tem forças para segurar a arma.

— Sr. Amare. — Um homem de olhar irritado usando um casaco militar pesadamente condecorado para ao lado de Lucas.

Reconheço as asas na jaqueta dele, e a bile irrompe em minha garganta.

Ele estava lá, na capela. É um dos Simpas que matou o Padre. O líder deles.

Engulo em seco. Tento recuperar o fôlego, mas parece que não há oxigênio suficiente no ar.

Observo-o falar. As palavras são civilizadas, mas o tom de voz não. Lucas fica vermelho, e percebo que aquelas palavras servem para lembrá-lo de que ele não é um soldado Simpa, afinal de contas. Apenas aspira ser um.

Lucas assente.

— Coronel.

Os olhos do homem pairam sobre Lucas, observando o sangue no rosto do garoto. As roupas molhadas. A fraqueza oscilante no corpo dele, como não está de pé direito.

A cabeça do coronel é completamente careca, e uma cicatriz irregular interrompe o brilho da pele dele. Como se alguém tivesse usado uma faca para cortar até quase o topo da cabeça, como se o coronel fosse uma abóbora de Halloween.

O casaco dele tem um colarinho esquisito, como o de um padre. Vejo de relance que não tem nada a ver com nenhuma igreja, em nenhum planeta.

Ele não reconhece nossa presença, ainda que eu saiba que sente que o estou encarando. Hesitante, tento alcançar o coronel com a mente, mas sinto um choque de frio, como se tivesse sido repelida por água congelante.

Ele passa os dedos pela borda sem botões da jaqueta de Lucas. Lucas não diz palavra. Então, devagar, o coronel ergue os olhos para mim. São da cor de gelo sujo.

Estremeço e paro de tentar enxergar por trás deles.

Lucas e o Homem Abóbora se voltam para o helicóptero à espera, brilhante e prateado e estampado com letras e números que, de algum modo, significam riqueza e importância. O helicóptero é decepcionantemente pequeno para algo que vale mais do que um ano dos salários somados de todos no Buraco.

Conforme escalam, percebo uma garota esguia de pé ao lado do helicóptero. Ela veste o mesmo casaco de uniforme de Lucas, mas os cabelos são prateados e austeros, com uma faixa de franja sobre a testa. É possível que eu sequer a tivesse visto em meio à multidão de Simpas que cercava o helicóptero.

Mesmo assim, eu vejo, não por causa da aparência dela, a qual é muito marcante, mas pelo modo como os olhos dela seguem Lucas.

Como um predador com a presa em mira. Uma cobra-coral, talvez, ou uma cascavel.

Fecho os olhos. Não consigo senti-la, não em meio ao caos e barulho do lugar.

Em um segundo, a oportunidade some. A garota passa a seguir Lucas e o coronel, e eles se erguem até as nuvens com alguns giros ofuscantes de hélices, sem sequer se despedirem.

Olho para Ro, ao meu lado, enquanto o algemam. Ele resiste, mas um guarda Simpa chuta a parte de trás de suas pernas, e ele cai desajeitadamente. Outro Simpa puxa Ro, ostentando uma expressão ameaçadora.

— Quer briga, rapaz?

Os outros riem. Ro está fervilhando e olha para mim de modo acusatório. Sustento o olhar dele, implorando. Ele se vira e sacode a cabeça, então entra no transporte. Está arrasado, os olhos, escuros e molhados. Tento me lembrar se é a primeira vez que o vejo chorar.

Acho que é.

Espero que não esteja errada por confiar em Lucas e deixá-los nos levar. Espero que Ro não esteja certo.

Lá fora, na chuva, conforme embarco no transporte, não consigo sentir nada além de medo.

MEMORANDO DE PESQUISA:
PROJETO HUMANIDADE

SIGILO ULTRASSECRETO/
SOMENTE PARA APRECIAÇÃO DA EMBAIXADORA

Para: Embaixadora Amare
De: Dr. Huxley-Clarke
Assunto: Mitologia das Crianças Ícone
Subtópico: Amante
Designação no Catálogo: Prova recuperada
durante batida em esconderijo da Rebelião

O que se segue é a reimpressão de uma página recuperada em papel espesso e caseiro, a qual se acredita ter sido rasgada de um tratado de propaganda antiembaixada intitulado *Crianças Ícone Existem!* Provavelmente impresso a mão por um culto fanático ou por uma facção da Rebelião do Campo.

Tradução do texto escaneado a seguir.

AMANTE (*Ícone amoris*)

Um Amante possui o carisma inato que assegura que ele será seguido até os confins do mundo, ao ponto que se torna difícil diferenciar a predileção do controle mental. Tal como ocorre com o Chorão, as gamas superiores dos efeitos/habilidades do Amoris são desconhecidas.

AMOR, AJUDE A HUMANIDADE

A VENCER.

LUTE CONTRA OS OPRESSORES

PATETAS.

ABAIXO OS SIMPAS TRAIDORES!

— Dol, acorde. Você cochilou. — Viro-me e vejo Lucas, o rosto emoldurado pela água, bruto em todos os sentidos.

— Onde está Ro? — Olho ao redor para procurar por ele, mas só consigo ver Lucas. Os olhos dele e faixas largas de areia e mar.

— Ele está bem. É com você que estou preocupado. — Lucas puxa a manga da camisa e estende o pulso exposto. — Quero que se sinta melhor, Dol. — Quatro pontinhos. Quatro pontinhos azuis.

O sangue se foi. Assim como a camisa dele.

Lucas coloca a mão por dentro da bainha do meu suéter, puxando-o. Ele lança uma olhadinha questionadora antes de puxar o suéter delicadamente pela minha cabeça. Estremeço.

Lucas não parece notar. Ele pega meu braço frio e desnudo. Desamarra e arranca minha atadura, deixando-a pender na metade do meu braço, desfeita. Sinto calafrios nos pontos que a mão de Lucas percorre.

— Diga alguma coisa. — Agora Lucas entrelaça os dedos aos meus. — Estive esperando por você esse tempo todo. Sei que você sente o mesmo.

Ele começa a enrolar o tecido em nossos braços. Enquanto trabalha no tecido, nossos cotovelos se tocam, e então nossos antebraços. Nossos pulsos. Entrelaçamos os dedos com mais firmeza. Os dedos dele se enterram nas costas da minha mão, aproximando-se...

Até que fecho a mão. Porque não posso deixá-lo fazer isso.

Há apenas milímetros de ar entre nossas marcas, mas poderiam muito bem ser quilômetros.

Não consigo me soltar. Não posso fazer isso com meu melhor amigo, a única pessoa que já permiti sentir como é ser eu.

E agora não é Lucas quem segura minha mão, mas Ro. E estamos de volta à reentrância na caverna. Dá para ouvir as ondas ao redor.

Ro se inclina para perto de mim, olha para minha boca, e, de repente, só consigo sentir o gosto de romã...

Acordo e encaro sementes de romã.

Não.

Não são sementes de romã. São azulejos de teto, com centenas de pontos minúsculos neles. E as ondas não são ondas. Não quebram, apenas murmuram. Uniforme e incessantemente.

Máquinas. É barulho de máquina.

Fecho e abro os olhos de novo. Não sei onde estou a princípio. Sei que não estou vestindo minhas roupas. O roupão de tecido branco é grosso e felpudo, e acho que ainda estou sonhando. Quero dormir de novo, mas não consigo. Estou presa em algum lugar no meio-termo. Meus olhos estão pesados, e meu corpo parece lento e denso.

Estou tão cansada. Uma onda de náusea inunda meu corpo, e minha cabeça lateja. Então fecho os olhos e me obrigo a me lembrar.

O Padre. Os trilhos. O Merc. Ro. Lucas.

Abro os olhos, corando, lembrando-me do sonho. Lembrando-me da sensação dos dedos dele na minha pele, do modo como os cabelos dourados e sujos de Lucas pendiam sobre seus olhos. Então lembro-me do restante, da parte que não é sonho.

O helicóptero da Embaixada. A ilha de Santa Catalina. A Embaixada.

Ao perceber onde estou, sento-me na cama estreita. Porque não estou na Missão; estou na Embaixada, na ilha de Santa Catalina. A horas de distância de qualquer lugar onde já estive, e no coração da Ocupação, no que diz respeito ao Buraco. O Buraco e todos nele e ao redor dele. Eu posso muito bem ter passado a noite na própria Câmara dos Lordes.

Tento me lembrar dos detalhes. Na mente, refaço o trajeto do helicóptero até o quarto. O caminho nebuloso até a ilha, segurando a vontade de vomitar devido à turbulência. Santa Catalina entrando no campo de visão em meio à névoa baixa que paira sobre a água. Os muros da Embaixada se erguendo das pedras, as janelas se erguendo mais altas nas muralhas.

O que veio depois das pedras e dos muros?

As docas, lotadas de Simpas uniformizados? O pôster da Embaixadora, do tamanho do prédio, vestindo a jaqueta militar carmesim, aquela que ela usa em todas as fotos?

Os médicos. Devem ter me injetado alguma coisa, porque é aí que as lembranças se desfazem.

Ro sumiu. É a última coisa de que me lembro. A mão de Ro sendo retorcida para se afastar da minha. Não consigo senti-lo em lugar algum. Devem tê-lo levado embora, para uma cela diferente da prisão, ou para outro quarto de hospital.

Olho para minhas mãos. Algum tipo de amarra — algemas, acho — deixou marcas vermelhas profundas, mas não estou algemada agora. E minha atadura... estou sem ela. Tento não entrar em pânico, mas sinto-me nua sem ela.

Quando me deito de volta contra o travesseiro macio, tenho quase certeza de que o local não é uma prisão. Pelo menos não oficialmente. O quarto é simples, de aspecto militar. Um enorme retângulo cinza. Fileiras de janelas altas cobrem uma parede, e listras de persianas horizontais evitam que eu veja o que há do lado de fora. Cinza e branco, branco e cinza. Não parece haver nenhuma outra cor — exceto pelas luzes que apitam e piscam nas paredes. Além disso, há espaço para muito mais camas — conto no mínimo três, a julgar pelas marcas nas paredes. Mas há somente uma cama no quarto e eu estou nela.

Finalmente, vejo que minhas roupas estão perfeitamente dobradas em uma pilha sobre uma cadeira. Mais um alívio, minha bolsa de couro gasto está ao lado, no chão. É desconcertante vê-la ali, exposta, em vez de escondida sob minhas roupas como normalmente fica. O montinho de roupa é tudo o que possuo nesse mundo.

Quase.

Alguém as tirou de mim. Alguém me embrulhou nesse roupão. Alguém também me etiquetou como um coiote causador de problemas: há um fio preso na ponta do meu dedo médio. Agito-o; o fio está conectado a uma pequena máquina que apita de forma agradável. Há telas acesas nas paredes ao redor, como corações pulsantes envolvidos em peles plásticas. Levo apenas um segundo para perceber que aquelas luzes piscando em especial — as brancas — correspondem aos movimentos do meu dedo preso ao fio.

A Embaixada sabe quando mexo sequer um dedo.

Penso no barbante de luzes que Ro me deu de aniversário. Em como o Padre teve medo de sermos vistos.

Em como ele estava certo por temê-los.

Agito os dedos de novo, mas, quando a parede se acende, vejo algo ainda mais preocupante. Logo abaixo do adesivo do fio, vejo um curativo em meu pulso direito.

Conforme examino meu braço, o zumbido da máquina fica mais alto...

— Os médicos não tocaram na sua marca se é isso que a preocupa. Você parece preocupada.

A voz vem de trás de mim. Viro-me na cama, mas não há ninguém ali.

— Foi apenas um procedimento de rotina. Protocolo padrão da Embaixada, amostra de DNA. Tudo saiu conforme esperado.

Levanto-me com dificuldade. O chão está frio sob meus pés.

— Desculpe-me. Não quis surpreendê-la. Estava esperando por um momento apropriado para me apresentar, pois você estava muito envolvida na fase REM do seu sono.

Volto-me para a porta, arrancando o pregador do dedo e o curativo da pele. Meu braço parece bem, apenas um pequeno borrão de sangue ao lado da marca. Solto o ar.

Verifico o recinto, mas não há sinal de onde a voz poderia estar vindo. Então vejo uma pequena grade redonda chacoalhando ao meu lado, na parede.

— Lucas já discutiu comigo duas vezes esta manhã sobre o assunto. — Sobressalto-me ao ouvir o nome. — Permita-me esclarecer: eu não a estava observando dormir. Eu estava *monitorando* seu sono. Para fins de diagnóstico. Gostaria que eu explicasse a diferença?

Lembro-me do sonho.

— Não. — Minha voz parece deslocada. Pigarreio. — Obrigada, Quarto.

Equilibro-me com uma das mãos na parede. Vejo outras grades — no teto, nas paredes, acima da cama. Ao que parece, o quarto foi feito exatamente para esse tipo de conversa.

Sem rosto. Sem corpo. Uma emboscada.

— Fins de diagnóstico? — É melhor, penso, manter a voz falando até eu conseguir descobrir mais.

A coisa falando. Porque realmente não é uma pessoa, e a voz não é uma voz. Não tem entonação, ênfase. Sem sotaque. Cada palavra é um acorde de ruídos maquinais, barulho sintético. Como a camponesa que sou, jamais ouvi tal coisa.

— Pode interessar a você saber que na verdade está com uma febre baixa. Estou curioso para saber se isso é habitual em uma Chorona.

Pigarreio de novo, tentando parecer calma.

— Uma o quê? — De jeito nenhum que vou contar a alguém na Embaixada alguma coisa a meu respeito.

— É assim, para ser bem preciso, que você é chamada, não é? Uma pessoa jovem com sua classificação de gênero? Um Ícone da Tristeza? Uma Chorona... esse seria o coloquialismo correto do Campo?

— Não sei do que você está falando. — Minhas palavras ecoam pelo quarto vazio. Pego as roupas na cadeira.

— Entendo por que está confusa. É importante compreender o contexto, o qual, é claro, é um problema que acho quase particularmente irônico. Porque eu mesmo não tenho um contexto físico.

Minha calcinha e camiseta estão estranhamente rígidas. Foram lavadas, e não nas velhas banheiras da Missão. Cheiro as roupas. Cheiram a spray desinfetante. Toco os cabelos com a percepção repentina de que estão limpos também. Fui lavada, secada e esfregada. Parece errado. Sinto falta da sujeira, minha segunda pele confortável de lama e poeira.

Sinto-me exposta.

— Quem é você? — Visto as calças militares por baixo do roupão. — Por que estou aqui?

— Sou Doc. É assim, para ser mais exato, que Lucas me chama. A companheira dele, Tima Li, me chama de Orwell.

— Companheira?

— Colega de classe. Compatriota dele. Acho que estava lá quando você foi recuperada.

A garota no helicóptero. Faço uma careta, pensando no olhar dela.

— Entendi.

A voz faz uma pausa — mas apenas por um momento.

— A Embaixadora Amare me chama de Computador. — Congelo à menção do nome da Embaixadora. Como se pudesse esquecer que ela estava ali. — O Wik da Embaixada me reconhece pelo meu código binário. Gostaria de saber qual é? Eu ficaria feliz em contá-lo a você.

— Não, obrigada, Doc. — Acrescento o nome dele por impulso. De alguma forma, a não humanidade dele é reconfortante. Não se pode ser solidário se você não é capaz de se solidarizar.

Visto o suéter grosso de lã. Um presente dos teares da Missão, feito de cinquenta cores diferentes de tiras de lã. Um suéter de remanescente, perfeito para uma remanescente como eu.

— Não há de quê, Doloria.

Um novo arrepio percorre meu corpo à menção de meu nome verdadeiro. O nome que apenas o Padre conhecia, e Ro. E agora essa voz, ecoando pelas paredes da Embaixada. Eu poderia estar falando com qualquer um. Eu poderia estar falando com a Embaixadora.

Suspiro e enfio os pés nos coturnos.

— Você pegou a pessoa errada, Doc. Meu nome é Dolly.

— Não suporto ouvir meu nome inteiro ser pronunciado na Embaixada. Mesmo que por uma voz sem corpo. Pego minha atadura e começo a envolver o pulso com o tecido.

— Você ainda não me disse o que estou fazendo aqui.

— Respirando. Perdendo células escamosas da pele. Bombeando sangue oxigenado nos ventrículos. Gostaria que eu continuasse?

— Não, quis dizer... por que estou aqui?

— Na Terra? Nas Califórnias? Em...

— Doc! Na Embaixada. Neste quarto. Por que aqui? Por que agora?

— Estatisticamente, sou menos bem-sucedido com indagações que empregam a palavra *por quê*. Como Humano Virtual, minhas habilidades interpretativas são, de certa forma, limitadas. Como Médico Virtual, não tenho autorização necessária para lhe fornecer uma resposta conclusiva. Fui reprogramado como um Dispositivo Fisiológico Humano Virtual, ou DFHV, por um engenheiro-sênior da Divisão Secreta de Tecnologia da Embaixada.

— Divisão Secreta de Tecnologia? DST? — A Embaixada e seus acrônimos idiotas.

— DST. Era como meu amigo chamava. O engenheiro. Acredito que seja uma piada.

— É uma piada.

— Você acha engraçada?

Penso a respeito.

— Não. — Pego minha bolsa e a enfio pela cabeça. Então, hesitante, coloco a mão dentro dela e coloco uma última coisa: o colar de aniversário, o cordão de couro com a conta azul solitária. O presente de Ro.

Caminho até a janela. Doc ainda está falando.

— Gostaria de ouvir outra piada?

— Tudo bem.

Passo a mão por baixo da persiana. Do lado de fora, a neblina está espessa como na noite anterior. Não consigo enxergar nada além da muralha longínqua da Embaixada e do ar entediante e cinzento que paira sobre ela.

— Meu nome é Dr. Orwell Bradbury Huxley-Clarke, DST, DFHV. Meu nome é uma piada, não é? — Doc parece orgulhoso.

Faço uma careta para a janela emperrada.

— São nomes de escritores, de antes do Dia. George Orwell. Ray Bradbury. Aldous Huxley. Arthur C. Clarke. Li histórias deles. — Em *Grandes mentes do futuro: uma antologia*. Ro roubou o livro da biblioteca pessoal do Padre no ano em que nós dois fizemos 13 anos.

Tento empurrar uma segunda janela com as mãos. Também está trancada. Sigo para tentar a seguinte.

— Sim. Alguns deles escreveram sobre máquinas capazes de falar. Minha família, ou meus ancestrais. Era assim que meu amigo gostava de dizer. Meu avô é um computador chamado Hal.

— De um livro.

— Sim. Meu avô é fictício. O seu, imagino, seja biológico?

— O meu está morto.

— Ah, sim. Bem. Meu amigo tem um senso de humor esquisito. Tinha.

Não há mais janelas para tentar abrir. Só resta a porta, embora eu suspeite que esteja trancada.

Se Doc está me monitorando, ele não menciona. Tento me lembrar de onde estamos na conversa.

— Tinha? — Sigo em direção à porta.

— Ele abandonou a DST, por isso invoco o tempo passado. Meu amigo se foi. É como se estivesse morto. Para mim.

— Entendo. Isso deixa você triste?

— Não é uma tragédia. Estou familiarizado com tragédias na literatura. *Édipo em Colono* é uma tragédia. *Antígona* é uma tragédia. A *Ilíada*.

— Não ouvi falar. — É verdade. Li todos os livros que o Padre me permitiu encontrar, e a maioria daqueles que ele não sabia termos encontrado. Nenhum dos que a voz mencionou, no entanto.

— Traduzo os textos originais do latim e do grego antigo. Uso mitologia clássica para embasar minha compreensão da psique humana. Um dos parâmetros de minha programação.

— Isso ajuda? — pergunto, com os dentes trincados. A porta parece estar emperrada. Ou, mais provavelmente, trancada. — Livros velhos? — Chacoalho a maçaneta, mas ela não cede.

É claro.

— Não. Ainda não.

— Sinto muito. — Empurro com mais força.

— Eu não sinto. Sou máquina. — A voz faz uma pausa.

Bato o corpo contra o metal. Nada.

— Sou máquina — repete Doc.

Desisto, olhando para a grade redonda no teto.

— Isso foi outra piada, Doc?

— Sim. Achou engraçada?

Ouço um ruído e viro-me para olhar a porta. A maçaneta começa a virar sozinha, e sinto uma onda de alívio.

— Achei, na verdade. Bastante.

Agarro a maçaneta usando ambas as mãos e escancaro a porta daquilo que a placa informa ser a Instalação de Exames nº 9B de Santa Catalina.

Então sei que não vou a lugar algum, pois Lucas Amare e um punhado de soldados Simpa estão parados em meu caminho.

AUTÓPSIA VIRTUAL DO TRIBUNAL DE CIDADE DA EMBAIXADA: TRANSCRIÇÃO DE MÍDIA RELACIONADA À FALECIDA (TMRF)

SIGILO ULTRASSECRETO

Reunido por Dr. O. Brad Huxley-Clarke, DFHV
Nota: Transcrição de Mídia conduzida a pedido
pessoal da Embaixadora Amare.
Instalação de Exames n° 9B de Santa Catalina
DIÁRIO DE CIDADE DA EMBAIXADA, Baixas Califórnias
Escritório de Crime Urbano

CAMPONESA ENCONTRADA MORTA, ACREDITA-SE EM SUICÍDIO

Santa Catalina
Autoridades locais ficaram frustradas ao descobrir o corpo de uma jovem do Campo flutuando nas águas no limite da ilha de Santa Catalina. O quartel-general da Embaixada, o qual abriga oficiais de alta patente, assim como a Embaixadora, expressou desconhecimento em relação às circunstâncias da morte da jovem.

A vítima, cujo nome não foi divulgado para a mídia por questões de segurança, morava na ilha e estudava no Instituto de Santa Catalina.

"Sabemos tanto quanto vocês", observou o Dr. Brad Huxley-Clarke, que supervisionou a autópsia. Ele se recusou a comentar mais

"Ela parecia devidamente feliz", disse o coronel Catallus, instrutor da jovem morta. "Pelo comportamento dela, não era possível concluir que havia algo errado." Quando pressionado por mais detalhes, ele observou que a jovem "aparentemente amava animais" e era uma "pessoa tolerantemente boa".

A EMBAIXADORA

— Vai a algum lugar? — Lucas sacode a cabeça, quase imperceptivelmente, assim que fala. Sequer tira os olhos dos meus, e entendo imediatamente. *Não estou aqui como amigo.*

— Quem, eu? — Meus olhos se detêm nas armas dos soldados, presas aos quadris. Xingo a mim mesma por não ter escondido a bolsa sob o suéter, como sempre. — Só pensei ter ouvido alguma coisa aqui fora. E acho que ouvi.

Meu coração está acelerado. Não posso fugir. Não posso me libertar. Quanto a Lucas — *Confie em mim, disse ele.* Olho para o garoto de novo. *A quem está enganando?*

O nariz dele está roxo e azulado — independentemente do quão perfeitamente esculpido é. Há feridas arroxeadas em formato de meia-lua sob cada olho verde-acinzentado. Obra de Ro no dia anterior — disso eu me lembro.

— Podem nos dar um minuto? — diz Lucas aos soldados. Eles obedecem, movimentando-se por não mais do que 3 metros no corredor. Assim que saem do alcance, Lucas abaixa a voz: — Achou que não haveria guardas na frente da sua porta? Tenho circundado a área durante a manhã inteira. Eles estão colados em você desde que chegou.

É claro que estão.

— Então o que faço?

— Faz? — sussurra Lucas, mas noto a frustração na voz dele. Então ele olha de volta para os guardas e sorri, erguendo uma maçã. Uma maçã de verdade, vermelha, redonda e brilhante, como se tivesse acabado de colhê-la de uma árvore. — Está com fome? — Lucas ergue a voz, deixando-a ecoar pelo corredor em direção aos soldados.

Meu estômago ronca.

Ele se volta para mim, as palavras saem rápida e silenciosamente de novo:

— Não há nada a fazer. Você não entende.

— Ah, entendo — digo entre dentes. — Entendo perfeitamente. — Ele nos disse para confiar e agora estamos presos.

— Olha, mesmo que pense que vai fugir, e desejo bastante sorte quando tentar passar pelos guardas, pelas paredes e pela baía de Porthole, não tem jeito de impedi-los. Eles conseguem o que querem, a qualquer preço. Acredite em mim.

— Ela — digo. Não consigo evitar.

— O quê?

— Ela. A Embaixadora. Sua mãe consegue o que quer.

Nossas vozes estão ficando mais altas. Lucas cerra as mãos quando pronuncio as palavras, e finjo não perceber que a maçã está tremendo. Ele está tão assustado quanto eu.

Lucas envolve minha mão sobre a maçã.

— Pegue. — A descarga de calor do toque dele desliza para dentro de mim, e sinto-me relaxar, apesar de tudo. Enfio a maçã no bolso.

Lucas suspira e tenta novamente:

— Olha, sei como vocês camponeses se sentem.

— Sabe? Porque acho difícil imaginar.

— Deixe-me terminar. Sei como vocês camponeses se sentem, mas nem tudo que a Embaixada faz é maligno. Estamos mantendo pessoas em segurança. Você precisa dar uma chance às coisas, queira ou não.

— Não. Não preciso. Não é sua culpa não ser capaz de enxergar as coisas do jeito que são. Sua mãe é a Embaixadora. Mas eu não tenho mãe e não tenho esse problema.

O rosto de Lucas se contorce com ódio.

— Obrigado pela compaixão. Você vai desejar comer essa maçã agora. — Ele gesticula para o fim do corredor, para os soldados, e sinto o peito apertado conforme eles seguem em minha direção.

— Por quê? O que é? — Preparo-me automaticamente, do mesmo jeito que tenho feito há anos. Assim que acordo, verifico os acontecimentos terríveis do dia. Os desastres. As calamidades. Sinto nas mentes das pessoas ao redor antes mesmo de colocar um pé no chão.

— Vim buscar você, Dol. A Embaixadora mandou chamá-la.

Meu rosto fica vermelho, e quero sair correndo. Voando. Nadando, se necessário. Todas as células do meu corpo estão gritando para que eu me mexa, mas sei que não vai adiantar. Não tenho chance alguma.

— Agora?

— Seriam apenas os guardas. Eu disse a ela que você preferiria me ver. — Lucas desliza a mão para dentro do meu bolso, deixando que os dedos rocem os meus. Então ele enfia a maçã na minha mão. — Espero que não esteja errado.

Devolvo a maçã, pois ele estava errado. Ele está.

Ele está errado sobre tudo.

— Lucas Amare.

O sussurro se espalha como uma onda silenciosa conforme entramos na faixa externa mais ampla do escritório da Embaixada. Não vejo quem o iniciou. Não importa. Provavelmente há vinte cabeças curvadas sobre vinte mesas, e poderia ter sido qualquer uma delas.

Inclino-me para mais perto de Lucas.

— Eles sabem?

Ele ergue uma sobrancelha.

— Que sou filho da Embaixadora?

— Não. A outra coisa.

Ele semicerra os olhos e sacode a cabeça.

E quanto a mim? O que sabem?

Mas não consigo perguntar e, em vez disso, concentro-me em suprimir a vontade de tocar a mão dele, de desvendar mais daquilo que Lucas está sentindo. No momento preciso não saber o que ele está sentindo. Preciso não saber o que qualquer um está sentindo. Preciso ser forte, e ter esse tipo de contato com as pessoas — principalmente no tipo de mundo em que vivemos agora — é exaustivo demais.

Então mantenho as mãos quietas e meneio a cabeça em resposta.

Seguimos os sussurros, além de uma fileira de administradores e burocratas do lado de fora do escritório da Embaixadora. A maioria deles não ergue o rosto para Lucas, embora eu saiba que podem vê-lo; é o não-olhar que os entrega. Só os vejo nos encarando quando olho para trás.

Não há como não senti-los.

Não consigo evitar as pontadas agudas da ansiedade e da carência deles. O modo como querem agradar a Lucas, conhecê-lo. Eles o seguiriam até um buraco em chamas. É isso que torna Lucas tão perigoso.

Por isso ele é uma Criança Ícone que faz diferença, penso comigo, de um modo que eu jamais farei. Sinto as coisas, pressinto o que as pessoas estão pensando, só isso. Sei o que sinto, o que outros sentem ao meu redor, mas não consigo fazer nada a respeito. Lucas parece ignorar tudo isso, o motim que incita por estar vivo. Sinto inveja.

Não é apenas a mãe dele que faz todos se retraírem quando Lucas passa. Eu também teria medo se fosse um deles.

Uma porta externa se abre, depois uma interna.

O ruído de nossos pés não reverbera conforme seguimos pelo tapete luxuoso e macio que percorre a entrada do escritório da Embaixadora. A porta dela não está aberta.

Até mesmo o filho bate à porta.

Pelo vidro, vejo a Embaixadora erguer o rosto. O cabelo é branco-prateado, como a pelagem de alguma espécie extinta. Talvez de um vison, embora eu só tenha visto um em um livro. São os olhos dela que me convencem, não os cabelos. Os olhos da embaixadora brilham como aqueles de um animal preso em uma armadilha, um momento antes de arrancar o próprio pé a mordidas. Qualquer coisa para escapar. Qualquer coisa para sobreviver. É o tipo de loucura que não é loucura de verdade. É apenas lógico, considerando as circunstâncias. Você seria louco se não a sentisse. Assim como todo mundo no escritório, percebo isso. Todos por quem passamos percebem.

Imagino se eu tenho a tal loucura também. Se sou louca demais para reparar.

Lucas empurra a porta para abri-la, e eu o sigo.

— Querido. Obrigada por vir. Vocês dois. — A Embaixadora acena a cabeça para mim e sorri para Lucas. Sinto nela o ímpeto que Lucas parece causar em todos que o veem. Só que nela é diferente, pois foi quem o criou. A Embaixadora é a dona dele. Quando olha para o filho, sente prazer. É o mesmo amor que sente quando se olha no espelho.

Se é que se pode chamar isso de amor.

Não me lembro de minha mãe, não de fato. Mas não consigo imaginar que tenha sentido o mesmo em relação a mim. Não consigo imaginar que eu fosse apenas um espelho para ela, nada mais. Acho que jamais saberei.

— Sabe por que está aqui? Por que mandei chamá-la? — A Embaixadora olha para mim enquanto coloca uma mecha de cabelo prateado atrás da orelha. A pele dela é impecável, não há uma ruga visível. Os olhos dela, os olhos de animal, são azul-acinzentados, rígidos como aço. Determinados como os trilhos. — Por que meu filho pegou você, na verdade, lá na Missão La Purísima? Indo de encontro ao suposto bom senso dele e ao meu desejo? — Os olhos dela recaem sobre Lucas, então retornam a mim.

— Não, senhor. — A cor se esvai de meu rosto à menção do meu lar e de tudo que perdi. — Senhora. — A Embaixadora lança um olhar cortante para mim. Tento de novo. — Quero dizer, madame Embaixadora.

— Por favor, sente-se.

Sinto-me encolher como se fosse um cão na coleira.

Lucas não se sai muito melhor. Ele senta-se antes de mim. Tento não olhar para a Embaixadora, mas é muito mais difícil agora. A luz da manhã é forte e irrompe pelas persianas entreabertas, lançando listras embaçadas em nossos rostos, nas paredes. É como se o mundo exterior fosse feito de nada além de luz. Até mesmo as luzes do teto são quentes e brancas, e se alastram diretamente sobre mim. Sinto que minha cadeira foi posicionada cautelosamente, para esse propósito expresso, como se eu estivesse em algum tipo de câmara de interrogatório.

Sei que estou.

— Doloria. Posso chamá-la Dolly?

Concordo com a cabeça. É tudo que consigo fazer. Tento não pensar no fato de estar sentada ali, em uma reunião particular com a Embaixadora, com calça militar e coturnos. Tento não pensar no fato de ela saber meu apelido.

Tento não pensar que essa mulher poderia me matar com um gesto.

— Já esteve fora do Campo, Dolly?

Faço que não com a cabeça antes de me lembrar de falar:

— Não. Madame Embaixadora.

Ela se remexe na cadeira, olhando de mim para Lucas novamente, dessa vez devagar.

— Coronel Catallus? Pode liberar as filmagens, por favor? — Ela olha em minha direção, quase como que pedindo desculpas. — Meu chefe de segurança. São necessários dois códigos de liberação de sigilo da Embaixada para ativar o uso de transmissões não autorizadas. Protocolo.

Um homem sai da penumbra, estava de pé atrás da mesa da Embaixadora, meio escondido à sombra de uma palmeira decorativa. É o Homem de Asas de Latão, percebo. Está com um uniforme militar que parece estranhamente religioso. Penso mais uma vez no Padre, meu Padre.

Viro o rosto.

A Embaixadora observa enquanto a tela atrás da mesa se liga com um estalo.

— Não tenho certeza se entende como é, Doloria, servir a dois mestres. Eu mesma faço isso, todos os dias. — Ela vira de costas para mim, encarando as imagens na tela. Uma paisagem urbana cinzenta passa diante da câmera.

— A Câmara dos Lordes depende de mim para manter Cidade da Embaixada ativa e operante, assim como dependem de todos os Embaixadores. O Buraco, como vocês do Campo chamam, é a quinta maior Cidade da Embaixada sobrevivente do planeta. Manter a cidade funcionando não é pouca coisa. E, mais importante, manter os Projetos funcionando é essencial para nossa sobrevivência.

Apenas meneio a cabeça em concordância.

— Nossos Lordes não são mestres cruéis. Durante o tempo que estão aqui, têm sido razoáveis. Jamais nos pediram nada que não pudéssemos fazer. Na verdade, de muitas formas, nossa civilização jamais funcionou melhor. É por isso que o EGP Miyazawa se refere a ela como nossa Segunda Renascença, como imagino que você já saiba.

A Segunda Renascença. O Campo não pensa dessa forma, mas não digo isso a ela.

— Madame Embaixadora. — O coronel entrega um controle remoto a ela. A Embaixadora o pega e aponta. As imagens na tela mudam.

— Esta é a Câmara dos Lordes. Aquele prédio cinza é a nave mãe original. Para usar a terminologia cultural familiar.

Ali está. A Câmara dos Lordes, um parasita escuro e imponente. Eu só tinha ouvido falar dele — jamais vira nada assim. É uma nave do tamanho de uma nuvem de chuva gigante instalada sobre algum tipo de prédio abandonado do governo, perto do antigo Capitólio.

— Vê debaixo dele, aquelas paredes brancas? Aquilo era o Pentágono. Lembra-se do Pentágono?

Balanço a cabeça, assombrada, olhando para Lucas, cujo rosto está completamente inexpressivo. Talvez ele já tivesse visto aquilo milhares de vezes. Não significa mais nada para ele. Ou talvez signifique demais, e ele não pode se permitir sentir nada a respeito — ou perderia o controle, como Ro.

Imagino.

A voz da Embaixadora é sombria.

— Quando chegou à Terra, a Câmara dos Lordes tomou o Pentágono pelo lado de dentro, como um plugue em uma tomada elétrica. Ali. — Ela aponta com o dedo, tracejando as paredes do prédio sob a nave, na tela.

Eu vejo.

A tecnologia alienígena se parece exatamente uma aranha negra gigante que aterrissou no prédio, enroscando cada uma das cinco pontas nas próprias teias negras. Cinco lados. Cinco patas de aranha. O corpo negro da aranha reflete o formato de cinco lados do prédio abaixo. É como se os alienígenas fossem obcecados com simetria, ou algo assim.

Memorizo a forma. Há algo de intrigante nela, de um jeito terrível. Quero me lembrar. Percebo que não é apenas o Pentágono, mas a logo da Câmara dos Lordes e das Cidades da Embaixada, de todas elas. Aquela desenhada ao redor da Terra, em dourado, em um campo de sangue. O mundo preso em uma gaiola.

A mesma logomarca que estava nos botões de latão de Lucas.

A Embaixadora está me encarando, e tento encontrar as palavras para dizer o que estou sentindo. Volto o olhar para a tela.

— É um Ícone? A Câmara dos Lordes? — Ao vê-la ali, mal consigo respirar.

— Tecnicamente, não. Como falei, é a nave mãe deles. Mas quer saber se emite algum tipo de pulsação? Sim, imagino que sim. O EGP Miyazawa acredita que emita, e foi ele quem se aventurou mais perto da estrutura. Ninguém jamais tentou embarcar nela para descobrir.

Encolho-me, pensando no Embaixador-geral cercado por alguma outra forma de vida que parece depender da aniquilação da nossa. Na minha cabeça, eles parecem sombras cinza sem rosto. Ocos. Vazios. Sem emoção.

Os Sem Rosto.

Imagino se conseguiria senti-los. Espero que não. Jamais senti. Jamais quero sentir.

A Embaixadora dá de ombros.

— Não há vida ao redor do prédio, de qualquer forma. Não que tenhamos visto.

Ela já esteve lá. Olho para Lucas. O rosto dele ainda está impassível. Imagino se também já viu.

A Embaixadora toca o controle remoto de novo, e a tela fica branca.

Sem uma palavra, ela pressiona outro botão. Imagens das Cidades Silenciosas enchem a tela. Quarteirões escuros. Fogo nas ruas. Rostos dos mortos, deitados em fileiras, como filmagens de uma guerra. Crianças debruçadas sobre as mesas. Um ônibus cheio de corpos inertes em uma esquina. Cadáveres em um estádio lotado permanecem presos aos assentos de plástico em uma partida de beisebol. Para sempre caídos no lugar, descansando em meio a algo que parece paz — o tipo de paz violenta que veio à Terra com a Ocupação.

Estão como o Padre, lembro-me, caído no banco de igreja ao meu lado.

Estremeço.

Encaramos a procissão de imagens, em silêncio. Finalmente, é Lucas quem fala. Ele olha para mim, e seus olhos estão sombrios, como uma tempestade na água.

— Os corações deles pararam de bater. Morreram onde estavam. Em silêncio. Instantaneamente. Todas as pessoas, de todas as idades. Qualquer um que ficou perto o suficiente dos Ícones.

— Por quê? — A palavra sai num sopro, embora eu saiba por quê. Simplesmente não consigo acreditar que haja uma razão, um significado, para tal destruição.

— Para mostrar que podiam — diz a Embaixadora.

— Que podem.

Ainda podem. Todos sabemos disso. Até mesmo agora, depois de todas aquelas cidades, depois de todos esses anos. Não há esperança, a não ser obedecer.

— E é o que quero dizer quando falo que sirvo a dois mestres. Sirvo ao EGP Miyazawa e aos Lordes, para mantê-los felizes. E ao servir aos Lordes, sirvo ao povo. Recebo alguns luxos, é verdade. Porém, mais importante, você recebe a própria vida. Só estou tentando mantê-la viva. — Ela sorri para mim, o sorriso mais frio que já senti.

Lucas olha de volta para mim, austero.

— Para evitar que aconteça de novo.

— E quanto aos Projetos? — pergunto, pensando nos vagões cheios de remanescentes que estavam comigo nos trilhos.

— Como é? — Ela franze a testa.

— Os escravos remanescentes. Quem serve a eles?

— Um preço baixo, para manter os Lordes em paz. Não acha? — A Embaixadora se inclina para a frente. — Somos todos escravos, Doloria. Você. Eu. Meu filho. Até mesmo o EGP Miyazawa. Não podemos mudar isso.

Ela faz minha pele se arrepiar.

Penso em Lucas e na mãe dele como se pertencessem à Câmara dos Lordes. Penso neles como se tivessem feito um pacto com o diabo. E, mesmo assim, no fundo, percebo que as coisas são mais complicadas do que isso.

Talvez ela tenha tão pouca escolha quanto eu.

O coronel, de pé nas sombras, pigarreia.

— Madame Embaixadora.

A Embaixadora aperta um botão, e as imagens na tela de vídeo somem.

— Já chega. — O tom de voz dela mudou, a conversa comigo terminou. Estou dispensada.

Estranhamente, fico decepcionada de alguma forma — e então, sinto vergonha por me importar.

— Por que estou aqui? — Minhas palavras são tão baixas que até eu não as ouço direito. — O que quer de mim?

— Não duvide que esteja aqui por um motivo. Não faço nada que não seja proteger minha Cidade da Embaixada. Você é minha convidada aqui, por enquanto. Se descobrirmos que não será colaborativa, isso vai mudar. — Não duvido; as marcas de algemas ao redor dos meus pulsos só estão começando a sumir agora.

Ela contorna a mesa e segura meu braço ossudo com sua mão ossuda. Encolho-me quando sinto nossa conexão, mas as imagens vêm até mim em cascata. Ela é toda metal e rebites ásperos. A força da Embaixadora é linda, industrial e aterrorizante. Mesmo assim, consigo sentir seus olhos se movimentando em cima de mim. As palavras dela são baixas — quase um sussurro:

— Existem aqueles incapazes de compreender o conceito delicado de equilíbrio. Comprometimento. Alguns não entendem por que fazemos os sacrifícios que fazemos, ou o que poderia acontecer conosco nas mãos de nossos Lordes insatisfeitos.

Alguns. As Facções do Campo, a Rebelião. Ela não precisa mencioná-los.

— Você vai nos ajudar. Você e meu filho. Até mesmo, talvez, o Furioso.

Ro. *Onde está Ro?*

— Por quê?

— Porque você está entre os sortudos. Não seus irmãos. Não seus pais. Você.

Ela conhece minha família. Então compreendo. É claro que conhece. É a Embaixadora. Ela sabe de tudo.

Ela ergue a outra mão. Aquela que não está tocando meu braço. Há um colar em seus dedos. Uma cruz. É dourada e pequenina. Reconheço-a imediatamente. Minha mãe jamais a tirava, o Padre me contara isso com muito orgulho.

Está em todas as fotografias que já vi dela.

Uma onda de dor irrompe em mim. Fico achando que meu rosto será tomado pelas lágrimas, mas isso não acontece. Elas escorrem por dentro. Percorrem minhas veias onde eu costumava ter sangue, mais salgadas do que a água do mar.

— Você sobreviveu para que pudesse pagar a dívida.

Eu.

A embaixadora repete. Está cada vez mais difícil respirar.

Que dívida?

— Você vai precisar cooperar agora. Compreende? Para evitar que mais coisas terríveis aconteçam, com mais pessoas que você ama.

É uma ameaça, e ela me olha nos olhos quando fala.

— Madame Embaixadora... — começa Lucas.

— Agora não, Lucas — dispara ela, calando o filho.

Meus olhos se voltam para Lucas. Ele olha para o nada, estuda as estampas no carpete.

A embaixadora sorri para mim.

— É uma pena, sabe. O que aconteceu com o Padre. Depois de tantos anos de serviço ao povo.

Ela se inclina. Sinto cheiro de perfume, suor e ar bolorento.

Afasto-me, por reflexo.

— Ele nunca fez nada.

— Ele tinha algo que era meu, algo muito importante. Devia ter sido mais esperto.

Sinto vontade de vomitar. Em vez disso, cuspo as palavras:

— Não sou propriedade sua. Não sou propriedade de ninguém.

A embaixadora gargalha.

— Você não, criança. Embora esconder você de mim tenha sido muito, muito imprudente.

Fico vermelha diante das risadas dela.

— Estou falando de outra coisa. Meus soldados derrubaram sua pequena Missão, pedra por pedra, tentando encontrá-la para mim.

— O quê? — Tento não olhar para ela. Fico olhando para a frente, uma mancha na parede. Meu coração está acelerado.

— É um livro — diz ela, sucinta e precisa.

Não...

— Sobre pessoas como você e meu filho.

Não, não, não...

— Não há outro igual, em lugar algum do mundo. Foi tirado de mim há muito tempo, e eu gostaria muito de tê-lo de volta.

Aquele livro idiota e desgraçado.

O que dizia? O que ele queria que eu soubesse?

Por que ela o quer? Onde está agora?

Permito-me olhar para a Embaixadora.

Uma vez.

— Não sei do que está falando. Jamais vi um livro assim.

Ela se aproxima.

— Pense, Doloria. Leve o tempo que precisar. Acredito que possa se lembrar.

A Embaixadora coloca o colar na minha mão, com força, e me solta. Meus dedos se fecham ao redor dele, e quero correr, soluçando, fugir do escritório dela. Quero gritar e chorar e derrubar tudo que está na mesa.

Porém não o faço.

Pego o colar de mamãe e me afasto. Deixo Lucas, deixo a Embaixadora, deixo o Homem das Asas de Latão e as Cidades Silenciosas para trás. Sinto como se fosse hiperventilar, mas não acontece.

Compreendo.

— Dol, espere! — grita Lucas atrás de mim. Mas sei que não devo parar. Ele mentiu. Eu não devia ter confiado nele. Ele não pode me proteger.

Não sou Lucas Amare.

Não sou a criança de ouro da Embaixadora.

Sou apenas uma camponesinha órfã, aqui para ser usada e descartada, como meu Padre, como meus pais, como todo mundo no planeta.

MEMORANDO DE PESQUISA: PROJETO HUMANIDADE

SIGILO ULTRASSECRETO/
SOMENTE PARA APRECIAÇÃO DA EMBAIXADORA

Para: Embaixadora Amare
De: Dr. Huxley-Clarke
Assunto: Mitologia das Crianças Ícone
Subtópico: Chorão
Designação no Catálogo: Prova recuperada
  durante batida no esconderijo da Rebelião

O que se segue é a reimpressão de uma página recuperada em papel espesso e caseiro, a qual se acredita ter sido rasgada de um tratado de propaganda antiembaixada intitulado *Crianças Ícone Existem!* Provavelmente impresso a mão por um culto fanático ou por uma facção da Rebelião do Campo.

Tradução do texto escaneado a seguir.

CHORÃO (*Ícone doloris*)

Um Chorão é a encarnação humana da tristeza. Por natureza, o Doloris é um empático poderoso, quase telepático. Um Chorão consegue intuir tudo que é pensado ou dito por aqueles ao redor. Em geral, esse poder é também uma maldição, pois o Chorão sente a dor dos outros, e neste mundo há muita dor para se sentir. Ninguém conhece os limites do que, precisamente, um Chorão pode fazer de verdade.

CHORÃO, REVELE-SE, AJUDE-NOS A COMBATER A OCUPAÇÃO! LEVANTE-SE E LUTE! DÊ-NOS ESPERANÇA!

O GATILHO

Assim que saio do escritório da Embaixadora, quatro guardas Simpa vêm para cima de mim.

Estão na minha frente, atrás de mim, em todos os lados. Cutucam e empurram, cada vez mais perto, até eu sentir o calor do suor deles, a respiração, a adrenalina e o medo deles, e não conseguir mais respirar.

Os Simpas me carregam para um corredor com lâmpadas sem luminárias, chiando, e com fileiras de portas cinzentas e de vidro reforçado selado. Está tudo trancado. Tudo tem a intenção de intimidar.

Sou atirada em um quarto pequeno e monocromático com uma mesa monocromática e duas cadeiras cinza. As paredes são um reflexo de mim — de mim, de nada, do nada no quarto.

Estou sozinha.

Percebo que não posso fazer ou dizer nada para me livrar da confusão, ao passo que a Embaixada pode dizer ou fazer o que quiser, contanto que me detenham ali. Não sei por que isso é surpreendente.

O fato de eu estar impotente, como de costume.

Abro a mão e vejo a cruzinha dourada e a corrente frágil. *Minha mãe.*

Minha primeira família, depois Padre. Pergunto-me se só estou viva, como a embaixadora disse, para pagar pelas mortes deles.

Deixo o colar na mesa de metal diante de mim.

Ali, agora, onde não tenho ninguém, sou dominada por sentimentos ligados aos meus pais — à minha mãe.

Centenas de milhares de perdas, as coisas que jamais acontecerão entre nós, contorcidas ao redor da pequena cruz, ao redor de mim — até o quarto ficar cheio delas.

Vejo o bebê, chorando no berço. Minha mãe olhando para cima quando o rádio fica mudo. Meu pai rolando a escada.

Fecho os olhos, mas ainda os vejo. Não consigo parar de enxergá-los. Minhas lembranças me dominaram; não consigo afastá-las, por mais que tente. Não agora. Agora estão me pressionando de volta — e sinto que vou esfacelar.

Vou até a porta e começo a bater. Não paro até minhas mãos ficarem inchadas e feridas, e minha garganta ficar rouca de tanto gritar.

Você não pode fazer isso comigo. Não pode me tratar assim. Não fiz nada para você. Sou um ser humano.

A torrente de palavras sai sem reservas. Não sei o que digo, apenas o que sinto.

O vidro reforçado desliza e se abre sob meus punhos fechados, e flagro-me esmurrando o coronel. A careca reluz sob a iluminação forte, e, por um momento, a cicatriz irregular que circunda a cabeça dele parece um halo negro.

— Não é necessário gritar. Estes quartos têm escutas. Podemos ouvir você claramente se usar o tom de voz normal.

Encaro-o, inexpressiva. Os quartos têm escutas.

— Eu queria gritar. — É tudo que consigo disparar. Não se parece comigo, mas não me sinto como eu mesma.

Estou com raiva demais.

— Bem, então tudo bem. Informação útil, o que, é claro, é o motivo de estarmos aqui hoje. Espero que coopere. — Ele olha para mim de forma significativa.

— Informação útil? Do que está falando? — Encaro-o de modo não cooperativo.

— Por favor, sente-se. Não há motivo para se exaltar. Temos informações suficientes sobre você até agora. Graças àquela pequena exibição.

Quero atirar a cadeira nele, mas, em vez disso, sento-me.

— Meu nome é coronel Catallus. Sou o oficial-chefe da segurança, conselheiro da Embaixadora.

Chefe-brutamontes Simpa, penso.

— Conduzirei seu interrogatório. — O homem ergue algum tipo de tablet reluzente e o sacode diante de mim. — Apenas um digitexto. Não é um instrumento de tortura. — Ele sorri e seus dentes são artificialmente brancos, brancos como ossos. — Agora. Conte-me sobre sua mãe. O pouco que sabe. Pois ela parece ser o gatilho.

Franzo a testa.

— Gatilho?

Não gosto do modo como ele fala. Também não gosto da cara dele, então olho para seu casaco, coberto de emblemas militares. Medalhas. Estrelas. E, mais uma vez, o par de asinhas de latão.

— Todos os estados emocionais têm gatilhos. Puxamos o gatilho, e você atira. É assim que isso funciona.

Ele sorri, mas não para fazer eu me sentir melhor. Ele deseja algo — só não sei o quê.

Ainda não.

Encaro as asas pelo que parece uma eternidade antes de responder:

— Não sou uma arma.

— Eu não disse que você era. — Ele sorri.

— Não tenho um gatilho.

— Tudo bem. Você não acredita que tenha; isso também é útil. — Ele sorri de novo, tamborilando no digitexto, e quero socá-lo no rosto. — Vamos falar sobre seu colar.

O colar. Enfio-o no bolso.

— Não.

— Foi muito gentil da parte da Embaixadora providenciá-lo para você, não acha?

Não respondo.

— Você perdeu seus pais no Dia. Vejo isso em seu arquivo. E isto.

Ele vira o digitexto em minha direção. Ali, na tela de 10 polegadas entre suas mãos, o coronel ergue uma foto da minha casa.

Do que costumava ser minha casa.

Naquilo que costumava ser meu bairro.

Já vi fotos daquele quarto. Fotos de mãos grandes segurando uma pequena eu na água, um bebê de cabelos negros e pele rosada, nu, que parecia mais um sapo. Nessa foto, no entanto, não há bebê. Nenhum pato de borracha. Não há pessoas, pelo menos não onde eu consiga ver.

Só consigo enxergar a ponta da lona que cobre os corpos quando olho com muita atenção para a faixa preta na base da moldura. Ela quase se mistura à estampa escura do rasgado papel de parede azul.

Viro o rosto.

Meus olhos se enchem de lágrimas, e me odeio por ceder a elas. As lágrimas queimam conforme descem pelas minhas bochechas.

— É sua casa, não é? Onde viveu com sua mãe e seu pai?

— E meus irmãos — digo automaticamente. Antes que consiga evitar.

O coronel Catallus dá um sorriso largo, então sei que devo ter dito algo errado.

— É claro. Tinha dois irmãos, certo? Pepi e...

— Angel — respondo, e fecho os olhos. Consigo vê-los, os joelhos sujos e o cabelo sem corte nas fotografias, mas não visualizo seus rostos. Não mais. Onde deveria haver rostos, há apenas sombras pretas e vazias. Assim como a sombra acima das cabeças deles, acima da nossa casa, sobre nossa cidade. Assim como a sombra sobre o mundo, aquela que se estabeleceu acima de todos nós um dia e jamais se foi.

As sombras me dominam. Não quero mais vê-las. Não quero conversar sobre elas. Quero que o Homem de Asas de Latão pare.

Preciso detê-lo, penso.

Preciso e posso.

Reavalio o sujeito diante de mim. Exploro-o com a mente, empurro a frieza que vem quando o toco. Há uma parede de gelo puro onde deveria haver algo vivo dentro dele, e busco uma fenda, qualquer coisa para me deixar entrar.

Conforme eu suspeitava, o gelo não é real — é uma fachada — e cede assim que me concentro. Um empurrão e a boneca de papel atrás da qual a mente dele estava se escondendo cai como uma folha de outono, um floco de neve.

Ela é soprada para longe, e sou deixada com a verdade feia de uma mente feia. Uma vida feia.

Sinto o caminho acima e abaixo, além e através do coronel. Ele é pequeno e assustado, e está encolhido. É falso e sem graça. Dentro dele, quando me estico até o lado de dentro, não há nada. Um espaço vazio com um seixo rolando, fazendo um barulho de chocalho onde deveria haver outra coisa.

Um coração. Uma alma. Não há nada.

Exceto, agora, eu.

— O que está fazendo? — Ele parece surpreso.

Não respondo.

— Doloria. — A voz do coronel é ameaçadora, mas não paro. Estou fazendo coisas que jamais fiz. Encontrei uma nova arma e quero usá-la. Quero machucá-lo com ela.

Vejo os rostos da mãe e do pai mortos do coronel. Dos gatos dele. Ele contrabandeia comida macia para eles do Mercado do Buraco Negro.

Uma garrafa de bebida forte. Uma cadeira vazia.

Há mais. *Vamos lá. Mostre-me*, penso. *Quero ver tudo.* Então vejo.

— Basta!

Abro os olhos.

— Havia uma garota. Você a deixou morrer. Por quê?

Na minha cabeça, vejo o rosto da garota morta, a língua pendendo da boca, e não consigo pensar em mais nada. Ela não morreu do mesmo jeito que o Padre. Silenciosamente, em uma capela. Alguém não chegou e simplesmente tirou as batidas do coração dela. Alguém a machucou, de propósito. Para fazê-la gritar. Para ser cruel.

Ele fez isso. Este homem. Ele gosta de machucar as pessoas, de maneiras que não quero imaginar. Já vi o suficiente.

— Não sei do que está falando. — O coronel estende a mão e pressiona um botão em um painel, desliga as máquinas no quarto e, imagino, corta nossa transmissão para o restante da Embaixada.

Agora qualquer coisa pode acontecer. Estamos sozinhos no quarto. Ele poderia me matar se quisesse. Mesmo assim, não paro. Não posso.

— Quem é ela? Uma Skin? Um acidente?

— Ninguém — responde. — Nada.

— Como eu?

As asas de latão reluzem quando o coronel Catallus se levanta. Ele está lívido de raiva, treme tanto que quase não consegue dizer as palavras.

— Pare agora mesmo, Doloria. Não sou uma Criança Ícone. Não sou eu quem está sendo estudado aqui. — Ele suspira e sorri abertamente. É isso que o coronel Catallus faz com a raiva. Ele sorri. — Se ficar no meu caminho, matarei você. Não tenho problemas em fazer isso.

Estremeço por dentro — porque sei que ele diz a verdade. Mas não lhe darei a satisfação de saber disso.

— Do mesmo jeito que você matou o Padre.

— Você tem muitos gatilhos, Doloria Maria de la Cruz. Mas não se preocupe. Tenho certeza de que encontraremos todos eles. De um modo ou de outro. — Ele contorce a boca. *Por favor, não sorria*, penso. — Será um jogo divertido para nós, não será?

Encaro-o.

Ele senta-se mais para a frente, erguendo a voz.

— Agora saia da minha mente.

— Obrigue-me.

— Saia. Você não pode me tratar assim. Sou um ser humano. — Por um instante, ele me pega desprevenida. Então percebo que está debochando de mim. Está dizendo as palavras que eu disse, ou algo parecido.

— Pare.

O coronel dá de ombros.

— Não sei o que acha que viu, Doloria, mas jamais falará dessas coisas de novo.

— Ou o que...? — questiono, com tom de voz uniforme.

O coronel Catallus sorri de novo, e sinto vontade de gritar. Ele aperta um botão na lateral da porta de vidro reforçado. A parede diante de mim desliza para cima, e vejo que não é uma parede, mas uma vidraça.

Ro está do outro lado dela.

— Ou isto.

Ele pressiona outro botão, e vejo meu próprio rosto projetado na longa vidraça no cômodo de Ro. Enxergo a mim mesma batendo nas portas, gritando um monte de palavras quase ininteligíveis.

— Todos temos nossos gatilhos. — O coronel Catallus exala, aparentemente sentindo-se seguro de novo.

O rosto de Ro está vermelho e suado.

— E Doloria? Tenho bastante certeza de que ele é uma arma.

Ro cerra as mãos em punhos.

Um guarda Simpa, de pé ao lado da porta, parece desejar desesperadamente estar do lado de fora do quarto. Está usando a maior quantidade de coletes e proteções que já vi em uma pessoa. Mas sei por que está ali, por que ele precisava ficar do lado de dentro

Ao alcance de Ro.

Não.

O coronel Catallus sorri, apertando o botão com mais força. Está gostando daquilo, consigo sentir.

A Doloria no quarto com Ro grita cada vez mais alto. Ro cobre as orelhas, balançando-se na cadeira.

Ro, não. Estou bem. Estou bem aqui.

A cadeira sai voando, e, então, a mesa. Agora, as mãos dele estão no pescoço do Simpa. Agora, o Simpa está voando. Ele está com tanta proteção que vai ser difícil matá-lo. Acho que isso só deixa Ro com mais raiva.

Minha janela chacoalha quando o Simpa a atinge. Encolho-me, mas a vidraça aguenta. O coronel Catallus apenas dá um sorriso mais largo.

— Pare. Ro vai matá-lo.

— Isto é ciência, Doloria. Sabe quanto tempo levamos para encontrar vocês?

— Não. — Não consigo tirar os olhos de Ro. O restante parece insignificante no momento.

— Você não faz ideia dos dados valiosos de pesquisa que você e seu amigo estão nos fornecendo.

Uma câmera, no alto, na quina do teto, segue Ro conforme o coronel Catallus fala. Acho que ele está falando, mas não estou ouvindo. Estou observando o Simpa morrer. Ro não consegue enxergar o que está fazendo, e não consegue evitar fazê-lo.

Talvez ele seja uma arma, penso.

Talvez eu seja um gatilho.

O Simpa atinge a parede de novo. Ela sacode com tanta força que acho que vai cair. Um jorro de sangue respinga no vidro entre nós.

Até mesmo o coronel Catallus parece um pouco chocado.

— Conforme eu estava dizendo. Muito valioso. Definitivamente vale o custo.

Ro. Em nome da madona, recomponha-se.

— Por favor. — Olho para o coronel Catallus. — Impeça-o. Farei qualquer coisa.

— Qualquer coisa? — pergunta ele, com um rosto sombrio. Concordo. É claro. Ele só se importa em salvar a própria pele. Quer saber que não tem nada a temer em relação a mim.

— Jamais falarei sobre sua vida pessoal de novo. Juro, coronel.

Ele abre a porta, e saio correndo.

— Ro! — grito. O soldado está congelado no canto do quarto, engasgado com a própria saliva, embora Ro não o esteja tocando. Ele não precisa. Vejo as ondas vermelhas saindo dele, a energia que pulsa pelo quarto.

— Ro!

Os olhos do Simpa giram em minha direção. Ele faz um ruído gutural. Desesperado.

Puxo Ro para mim. Há sangue escorrendo dos olhos do Simpa.

— Furo Costas.

— Doloria — diz Ro. Ele repete meu nome como um cântico, diversas vezes, concentrando as ondas vermelhas em mim.

Não me encolho. Nunca faço isso.

Pego Ro nos braços, envolvo o coração enfurecido dele, embora isso queime nós dois.

MEMORANDO DE PESQUISA:
PROJETO HUMANIDADE

SIGILO ULTRASSECRETO/
SOMENTE PARA APRECIAÇÃO DA EMBAIXADORA

Para: Embaixadora Amare
Assunto: Crianças Ícone
Subtópico: Genética
Designação no Catálogo: Prova recuperada
   durante batida no esconderijo da Rebelião

Anotações feitas à mão, segue transcrição:

GENÉTICA DA EMOÇÃO:

TODA EMOÇÃO É CONTROLADA E MODERADA PELO SISTEMA LÍMBICO DO CÉREBRO.

MAS NOSSO CÉREBRO EVOLUIU E MONTOU SALVAGUARDAS, LIMITES.

ENTÃO NOSSO PODER DE SENTIR É MODERADO, CONTIDO, POR MOTIVOS QUE HOJE ESTÃO OBSOLETOS.

O SISTEMA LÍMBICO DO CÉREBRO É DETERMINADO POR NOSSO DNA.

O MODELO.

SE EU PUDER ALTERAR O DNA, PERSONALIZÁ-LO PARA PROVOCAR O SISTEMA LÍMBICO, POSSO REMOVER O MECANISMO QUE NOS CONTÉM.

CORTAR OS FREIOS. ABRIR AS COMPORTAS.

LIBERAR NOSSO VERDADEIRO POTENCIAL.

PODE SER QUE PRECISEMOS DISSO.

JUNTOS NOVAMENTE

Na escuridão, ouço um ruído, algo batendo em uma porta. Tento atender, tento simplesmente abrir os olhos, mas não consigo.

É o Padre, penso. *Dormi demais e não fiz as obrigações. Os porcos devem estar com fome.* Então deslizo de volta para a escuridão, sabendo que, às vezes, até mesmo os porcos devem esperar.

Ro vai cuidar deles.

Posso confiar em Ro.

A escuridão é densa e tão macia e aconchegante. Ela me assegura de que estou certa, então me vou.

Mais tarde, sinto alguém me sacudindo. Deve ser Grande. Devo estar na frente do fogão.

Abro os olhos. Não estou na Missão. Estou encarando a porta da Instalação de Exames nº 9B. Estou no chão, segurando a saída da tubulação com uma das mãos. Ro está de joelhos, olhando para mim, segurando meus braços.

— Dol, acorde. Você está bem? — Ele está vestido, de calça pelo menos, embora esteja com os cabelos arrepiados. Tem ferimentos abaixo dos olhos, está com as mãos enfaixadas.

—Devem ter dado algo a você. Achei que nunca acordaria.

Ro parece abatido. Observo os olhos dele enquanto ele aguarda eu me lembrar. O guarda e o quarto e o terrível coronel Catallus.

Lembro-me de tudo.

Também sei de algo que Ro não sabe. Não me drogaram. Não precisaram. O modo como me sinto agora — destruída, vazia e exaurida —, é isso o que acontece quando deixo os sentimentos entrarem. Minhas mãos, minha boca, estômago e olhos estão queimando de tão secos. Tento focar a visão, mas só consigo enxergar os fios que me reconectam às paredes do hospital mais uma vez.

Viro a cabeça devagar.

Tem uma bandeja de comida na mesa ao lado da cama.

Ergo a mão. Presa entre os dedos, vejo a delicada corrente de ouro do colar de mamãe.

Não importa.

Não sou uma filha. Não mais, e não para a Embaixada. Sou uma arma, assim como Ro.

Uma lágrima solitária rola pelo canto do meu olho. Fecho os olhos para não ter de vê-la cair.

Aí sinto Ro, aconchegante como o fogão perdido em minha cozinha perdida, abaixando-se no chão ao meu lado, recostando a cabeça em minhas costas.

— Shhh. Estou aqui, Dol. Está tudo bem. Vamos sair dessa. Vou encontrar um jeito de nos levar para casa.

As mãos enormes dele se fecham sobre minha mãozinha, o braço grosso dele se entrelaça ao meu, fininho. Não tem nenhum resto de bolo no rosto de Ro hoje, nenhum galho em seu cabelo.

Mais uma vez, permito-me deslizar para um mundo distante onde não há bebês gritando em berços — nenhum rádio mudo, nenhum pai boneca de pano, nenhuma mãe sem crucifixo.

E todos os corações estão batendo. Todos eles.

Ouço a porta se abrir com um clique e levanto de súbito.

Só tenho um segundo para perceber que Ro está dormindo com o braço todo sobre minha barriga, prendendo-me com metade do corpo.

Então a porta se abre, e Lucas está de pé assomando sobre nós.

— Ah. Desculpe-me. Eu... eu não percebi que estaria interrompendo. — Vejo os gestos dele, desamparados.

Esfrego os olhos.

— Lucas? O que está fazendo aqui? — Olho para ele, confusa, então olho para Ro.

Ro está roncando, uma das pernas se agitando. Provavelmente está caçando coelhos ou Simpas nos sonhos. Consigo sentir o cheiro de Ro, o suor, o cabelo sujo e a pele bronzeada, daqui. Não importa o quanto ele se limpe, ainda cheira a lama, grama e ao oceano.

Volto-me devagar para Lucas, que está supercorado. Não quero encará-lo.

— Você não está interrompendo. Foi difícil pegar no sono. Depois... de tudo. — Não consigo me referir à conversa com o coronel Catallus com mais palavras do que isso. Consigo sentir meus olhos semicerrando-se. — Mas acho que você sabe disso.

Não preciso explicar. Lembro-me de que Lucas não tem motivo para se importar comigo, assim como não tenho motivo para me importar com ele.

Ro se vira, roncando, o que não ajuda em nada.

— Certo. Obviamente. Ele não consegue dormir. — Lucas gargalha, mas não sorri.

Abaixo a voz. Não seria bom para ninguém se Ro acordasse agora.

— Posso ajudá-lo com alguma coisa, Lucas? Há um motivo para você estar aqui?

— Desculpe-me. Por antes. — Ele parece angustiado. — É só que, eu sabia que não tinha como impedi-la...

— Não. — Levanto a mão. Não posso deixá-lo terminar.

— Eles me disseram que vocês estavam de quarentena. — Lucas não consegue dizer mais nada. Que fui capturada e encurralada e testada, e que falhei em todas as etapas. Pelo menos falhei comigo e com Ro.

Porque não consegui impedir que eles vissem o que fazemos. Não mais do que Lucas foi capaz de impedi-los de nos obrigar a fazê-lo.

Então apenas dou de ombros.

— Provavelmente estavam com medo de que fosse contagioso.

— Ser uma Criança Ícone?

— Ser camponês.

— E se for? — Ele me encara por muito tempo. Como se houvesse algum tipo de resposta para tal pergunta. Como se a mãe dele não fosse a Embaixadora. Como se Lucas já não soubesse aonde sua vida inteira o levaria.

Não para o Campo.

Levanto-me, deslizando com destreza de debaixo do braço inerte de Ro.

— Não é. Então pode dizer a eles para não se preocuparem. Diga a ela. Não queremos vocês.

Empurro-o porta afora e a fecho antes que as lágrimas venham.

———— • ————

Faz dois dias desde nossa "conversa" com o coronel Catallus.

Não vieram nos buscar de novo. Nem o coronel Catallus, nem a Embaixadora.

Nem sequer um Simpa.

Ro fica no meu quarto comigo. Provavelmente sabem que ele está aqui, mas, se sabem, não mencionaram nada a respeito.

No primeiro dia, estamos exaustos e não fazemos nada além de dormir. Na segunda manhã, no entanto, estamos famintos, e não há sinal de nenhuma bandeja de comida por vir.

E é aí que Ro e eu decidimos que é hora de pensar estrategicamente. Precisamos de um plano além do ódio. Precisamos encontrar um jeito de sair daqui.

Hora de nos aventurarmos além da Instalação de Exames nº 9B de Santa Catalina.

Caminhamos pelos longos corredores da Ala Médica, olhando para a frente, mantendo-nos em um lado do corredor.

— Não fale com ninguém — diz Ro. — Só precisamos pôr as mãos em uma bandeja de comida.

— Precisamos de mais do que isso — falo.

Ele assente.

— Mas primeiro, comida. Provavelmente deveríamos estocar. Não podemos simplesmente sair andando daqui, e não sabemos quanto tempo pode levar para achar um jeito de fugir.

— Não fale sobre isso — digo, abaixando a voz. — Não aqui dentro.

Aponto para a grade redonda no teto.

— Entendi.

O salão cuja porta diz REFEITÓRIO está cheio de gente quando entramos. Médicos, oficiais, guardas Simpa. É enorme, e o teto é de vidro reforçado, emendado por tiras de metal que lembram a carcaça de um animal morto e apodrecido em nosso campo.

As janelas deixariam a luz entrar, se houvesse luz. Há apenas nuvens. Então o vidro deixa o cinza entrar.

Vejo Lucas à mesa quase no centro do salão. Só de vê-lo, tropeço em uma cadeira, quando passo por ele, mas trato de me recompor.

Ro deixa a mão roçar na minha, permitindo que eu sinta a presença dele.

— Calma aí, Dodo. Pegaremos apenas duas bandejas e iremos embora.

Engulo um sorriso. Ro não me perguntou coisa alguma sobre Lucas, não diretamente, mas também não disse nada. Para ser sincera, não há muita coisa sobre a qual Ro e eu queiramos conversar nesses últimos dias. A "conversa" dele com o Simpa provavelmente foi mais difícil de suportar do que a que tive com o coronel Catallus.

De um modo ou de outro, não são conversas que teremos novamente. Não se pudermos evitar.

Lucas olha nos meus olhos. Ele se apruma ao lado da garota de cabelo prateado, aquela do helicóptero. Ela pareceu quase um fantasma naquele momento, e também não aparenta ser real aqui; agora que consigo fitá-la com mais atenção, vejo que é esbelta como um bambu selvagem. Os dedos tamborilam enquanto ela fala, movimentando-se com uma ênfase diferente a cada palavra. Eles contam histórias, os dedos dela, como uma dança. É hipnotizante.

Minha mente se estende até ela, e vejo flashes de coisas terríveis. Desastres e criaturas. Tempestades, avalanches e incêndios. Afasto-me, e ela se vira em minha direção.

Estranho.

A garota não deveria ter sentido, não deveria ter sentido nada. A maioria das pessoas não consegue sentir. No entanto, parece que ela sentiu, assim como o coronel Catallus durante aquele teste idiota. Sei que Ro consegue me sentir quando me conecto a ele. Aparentemente Lucas também conseguia.

Mas por que ela consegue?

A garota é dolorosamente linda, e só agora, quando ela fixa os olhos em mim com determinação, percebo que a estou encarando.

Ro me puxa, com carinho, para mais perto dos balcões de comida. Um lembrete. Ele está ali. Relaxo de encontro a ele, deixo o calor no estômago irradiar pelo meu corpo.

Momentos depois, quando minha bandeja está cheia, sigo Ro em direção à porta.

— Ao chegar à porta, deixe as bandejas, apenas carregue o máximo que conseguir. — Ele fala baixinho, apenas para mim.

— Depressa — digo. Não me sinto confortável falando sobre nosso plano de fuga, mas dado o burburinho da hora do almoço no salão, não tenho certeza se Doc consegue nos ouvir.

— Aonde vocês dois vão?

Lucas está parado entre nós e a porta. Parece presunçoso, como se tivesse nos surpreendido cometendo algum crime antiembaixada — e, de certo modo, foi isso mesmo que ocorreu.

— A lugar nenhum. De volta aos nossos quartos. — Não sorrio.

Ro dá um passo e fica ao meu lado.

— Há muitos Patetas por aqui, Botões. Um cara poderia perder o apetite.

Lucas franze a testa.

— As bandejas não podem ser retiradas do refeitório. Regras da Embaixada. — Ele está sendo babaca. E sabe disso.

Fechei a porta, penso. *Ele está magoado. Eis o motivo disso.*

Tento alcançar Lucas, mas sinto apenas uma faixa gélida de névoa escura.

— O quê, vai nos denunciar para a mamãe? — questiona Ro, quase grunhindo.

— Não. Não para ela. — Lucas sorri. — Doc? Poderia trancar as portas do refeitório? Parece haver uma falha de protocolo.

Ouço a voz de Doc antes que consiga interromper.

— Iniciando sequência de trancamento agora. Portas trancadas, Lucas. Notificando funcionários da Embaixada a respeito da falha de protocolo. Oficiais serão enviados em breve.

Ro fica tenso. Consigo ver o que se passa na mente dele. Está a três segundos de sair correndo.

Balanço a cabeça devagar.

Não. Agora não.

Precisamos ver o que acontece por aqui.

Precisamos saber o que está acontecendo.

Lucas gesticula para a mesa atrás de si. Os únicos assentos vazios no salão inteiro estão na mesa dele. É claro. Provavelmente ele providenciou isso.

Ou talvez ninguém ouse sentar-se com Lucas.

Só a garota de cabelo prateado.

Ro suspira.

— Apenas coma depressa.

Não quero comer.

Sei que, se for até lá, terei de conhecer uma garota que tem coisas terríveis na mente, e serei obrigada a conversar com Lucas, que me entregou para a mãe dele.

Mais pessoas novas, com vidas complicadas e emoções complicadas a respeito das quais não terei escolha, a não ser senti-las, ou pelo menos fazer o esforço exaustivo de não senti-las.

Quero fugir.

Em vez disso, sigo Lucas em direção à mesa.

Ro chuta uma cadeira e desliza até a mesa, soltando as bandejas, as quais estão empilhadas com fatias crocantes de pão, pedaços de queijos macios, frutas inteiras e punhados de nozes.

Lucas olha para as duas bandejas de Ro, uma sobre a outra, com uma camada de tigelas e pratos abarrotados de comida em cada uma delas.

— Não se contenha. Você deveria tentar comer alguma coisa.

— E você tem um futuro de verdade como comediante, Botões. — Ro dá uma mordida em uma enorme fatia de pão.

Ninguém mais diz uma palavra. A garota parece querer furar a cara de Ro com o garfo.

Sento-me entre Ro e Lucas, em frente à garota de cabelo prateado. Pergunto-me se conseguirei comer qualquer coisa, sentada tão perto de uma presença inquietante. Até mesmo as roupas dela são cinza e prateadas, das cores do salão reforçado com aço ao redor. Como se ela vestisse uma camuflagem institucional.

Lucas ignora Ro, fala somente comigo.

— Fico feliz por você estar se sentindo melhor. Coma. Esperaremos por vocês se quiserem. Daí poderíamos mostrar o lugar, ou algo assim. Quero dizer, se vocês quiserem.

Ele está testando o terreno, fingindo estar tudo bem. Como se não tivesse acabado de nos trancar no salão, ou nos entregado para a Embaixadora. Mas quero que Lucas saiba como nos sentimos.

As águas estão turbulentas.

— Não estou com fome. — Estou faminta, mas sei que estou certa; minha capacidade de comer juntamente àquelas pessoas naquele salão era equivalente à minha capacidade de voar.

A garota de cabelo prateado nos observa, mas não para de se remexer, como se fosse toda uma constelação de atitudes em vez de uma pessoa apenas. Viro o rosto, mas ainda consigo senti-la. Por dentro, ela não é uma pessoa tranquila, ou feliz. Mantenho os olhos abertos, não me permito piscar. Se piscar, creio que verei os desastres por trás dos olhos dela de novo. A garota não quer que eu os veja, isso eu sei. Imagino o que esteja escondendo.

— Você é a garota que Lucas encontrou. Vi você, naquele dia na praia. Nos trilhos. — É uma acusação, quase um crime. Ela fala o nome de Lucas como se fosse um feriado da Embaixada, a palavra ecoa no enorme espaço vazio.

Feliz Natal. Feliz Ano-Novo. Lucas Amare.

Até onde sei, o aniversário dele é mesmo um feriado por aqui.

— Dol — diz Lucas. — O nome dela é Dol.

— Sério? Que nome estranho. — A garota não sorri, e percebo que não está brincando.

— É? — Não retribuo o sorriso. Ela não parece se importar também.

— Orwell? Conte-nos sobre essa tal, Dol, por favor? — A garota levanta a cabeça ao falar, erguendo a voz em direção ao centro da mesa.

Vejo a grade circular antes de ouvir a voz de Doc. A garota fala com ele de um jeito diferente, de modo mais confortável. Ele não pode machucá-la, esse Doc sem corpo. Faz sentido que a garota prefira Doc ao restante de nós.

— Claro, Timora. O que gostaria de saber? — Doc diz o nome da garota com precisão, enfatizando todas as sílabas igualmente. Ti-mo-ra. Ro quase dá um salto na cadeira. Faz três dias, mas ele não consegue se acostumar à presença imaterial de Doc. A vida no Campo faz isso com as pessoas.

A garota me examina, de cima a baixo.

— Comece com a ficha criminal dela, Orwell. Imagino que seja longa.

— Começarei agora.

— Ti-mo-ra? Entendo por que é tão sensível com relação a nomes. — Dou de ombros. Não consigo resistir.

— É apenas Tima — diz Lucas, e bebe de uma caneca. Ele lança um olhar significativo a Tima. — E, como eu disse, esta é Dol.

— Tanto faz — respondemos em uníssono, então nos olhamos, sobressaltadas.

Ro ergue o rosto enquanto enfia ovos com batatas na boca, e faz uma pausa para ver meu olhar.

Tima pega uma caneca prateada, e, pela primeira vez, vejo o braço dela. Está costurado com fio colorido de bordar, com um padrão definido. Cicatrizes — mais permanentes do que henna ou tinta — erguem cada fio, formando linhas finas que em breve cobrirão a costura em si.

É uma tatuagem de sangue. É a primeira vez que vejo uma. Não reconheço o desenho, mas três cores diferentes de linha serpenteiam em três espirais conjuntas. *Tipo um ying e yang*, penso, *mas com três partes.*

Não consigo evitar: imagino a sensação da agulha se enfiando na pele, puxando a linha até apertar. A dor é assustadora.

Minha pulsação começa a acelerar. Timora me flagra olhando para a tatuagem.

— Quem fez isso com você? — A estampa machuca meus olhos.

Ela percorre a linha com o dedo.

— Eu mesma fiz isso comigo.

Ro assobia.

— Você é uma *chica* assustadora. E acho que acabo de perder o apetite.

A garota o ignora.

— É uma tríade, um símbolo gnóstico. Os três níveis de existência. Sabe, a alma do mundo?

— O mundo tem alma? — Não sei nada sobre a alma do mundo, embora goste de como soa. O mundo que conheço parece um lugar bastante desalmado.

— Algumas pessoas acham que sim. Costumava ter. — A garota me corta com um olhar e tamborila na mesa de novo. Ela se volta para a grade. — Alguma sorte, Orwell?

— De la Cruz, Doloria Maria. Data de nascimento, 2070. Peço desculpas, Tima. Todos os registros adicionais estão lacrados.

— Isso é interessante. Deveria haver mais. — Tima franze a testa.

— Peço desculpas de novo, Tima. Sua pesquisa foi suspensa por uma comunicação prioritária direcionada a vocês quatro. Seu instrutor solicita sua presença na sala de aula. Lucas, vou anular seu comando e destrancar as portas agora.

— Ótimo — diz Lucas. Ele olha para Tima com irritação.

Ela suspira.

— Entendo. Então não devemos xeretar. Tanto faz. Ele poderia simplesmente dizer.

— Quem? — pergunto, meu coração se acelera instantaneamente. Ro ergue o rosto, como se sentindo minha agitação, e desconfio que ele consiga senti-la de fato.

Lucas não responde. Em vez disso, afasta o prato.

— Quem? — pergunto de novo, embora já saiba.

É Tima quem responde:

— Você o conheceu. Coronel Catallus. Ele se diz nosso professor, mas está mais para carcereiro sádico.

Quero disparar salão afora, mas obrigo-me a ficar quieta. Tento me acalmar.

Em vez disso, encaro o prato de Tima. Está vazio, à exceção de um ovo cozido com um único corte no topo. O resto da casca está completamente intacto e completamente oco. Não há um pedacinho de ovo. *Quem come um ovo assim?*, penso. *Quem se importa tanto com o consumo apropriado de um ovo? Por outro lado, quem costura a própria pele?*

Me flagro perguntando-me o que mais ela é capaz de fazer.

— Não — diz Ro, com calma. Ele sequer apoia o garfo. — Não vamos ver aquele psicopata.

— Ele está certo — falo baixinho.

Se já não estivéssemos planejando partir, certamente partiríamos agora. Uma conversa com o coronel Catallus não é algo que podemos arriscar suportar duas vezes.

— O que ele fez a vocês? — O rosto de Tima se contorce quando ela fala, desviando os olhos. O prateado do cabelo dela brilha, a luz refletindo milhares de pequenos gestos que ela provavelmente não percebe que faz. É como um pássaro. Como um pássaro nervoso e arisco.

Não posso contar nada a Tima.

— Tivemos uma conversa, acho.

— Você está mentindo. Ele não consegue se controlar, principalmente agora que é o trabalho dele.

— O quê?

— É por isso que vocês estão aqui, vocês sabem. Para os testes. — Tima olha para Lucas, e ele olha para o prato, envergonhado, como se eles conseguissem imaginar exatamente o que aconteceu entre mim, Ro e o coronel Catallus.

— Isso é verdade, Botões? — Ro ergue o rosto, ainda sorrindo. Ele está tentando não deixar Tima afetá-lo.

Concentro-me com mais intensidade e vejo um lampejo da verdade por trás de Tima — uma série de imagens que se alteram, uma após a outra. Tima, contorcendo-se de dor, observando, impotente, enquanto Lucas é testado na sala ao lado.

— É verdade — digo, sem olhar para nenhum dos dois.

Ro encara Tima, e sinto a irritação dele. A onda de raiva.

— E daí se ele tentou nos cutucar? Não é da sua conta, então pare.

Tima retribui o olhar de Ro. Ela, que tem medo de tantas coisas, a ponto de chegarem a encher meu cérebro, não tem medo dele. Por mais que odeie admitir, estou impressionada.

Então ela se inclina para a frente, tirando uma caneta do bolso. Tima escreve duas palavras nas costas das próprias mãos.

Ela pega o prato com uma das mãos e a caneca com a outra, estendendo-os para mim.

— Importa-se de levar meu prato, camponesa? Fica ali atrás, na cozinha.

Quero atirá-los nela, até que vejo as mãos.

Uma diz COZINHA.

A outra diz LIXO.

Deve haver uma porta na cozinha. Algum lugar onde jogam o lixo. Algum tipo de saída.

Tima nos está ajudando a fugir.

Fico surpresa. Vejo um lampejo de ódio nos olhos dela, no entanto, e compreendo.

Ela sente por Lucas o mesmo que sinto por Ro.

Família que não é família.

Um amor tão forte, que não dá para saber onde você termina e a outra pessoa começa.

Entendo.

Ela quer ajudar, não porque tem pena de nós, mas porque nos quer fora dali.

Ro olha para mim, inquisidoramente, quando vê as mãos de Tima. Lucas empurra a cadeira para trás, sacudindo a cabeça.

— Para quê isso, Tima? Não adianta.

Tima gesticula em direção à grade mais próxima, erguendo a voz para que Doc ouça.

— O *motivo* disso é que ela é uma camponesa inferior. Assim como o garoto. Deveriam saber qual é o lugar deles. Enquanto estiverem aqui, podem agir como o lixo que são. Até alguém jogá-los fora com o lixo.

A saída do lixo. É isso que ouço. Há um caminho para fora desta ilha. Tima o encontrou na mente, fácil assim, enquanto estávamos sentados ali. *Eles jogam o lixo fora. Fujam enquanto podem.*

Tima ergue a voz.

— Eu disse para levar o prato. Agora.

Afasto-me da mesa. Ro pega o prato e a caneca das mãos de Tima e então me segue.

Tima segura meu braço antes que eu vá.

Não tenho certeza do que se passa entre nós, um momento de confiança ou ódio, ou outra coisa totalmente diferente. Mas ela me deixa ver mais uma coisa.

Tima gira o braço devagar em minha direção. A tatuagem de sangue sai do meu campo de visão; espero por outra. Mas não espero isso.

Três pontos prateados no pulso dela.

É uma de nós — e não uma de nós — também. Como Lucas.

É a terceira Criança Ícone.

Medo.

Só aí começo a compreender. Tima pode não ter medo de Ro, mas eu tenho todo direito de ter medo dela.

Embora pareça assustada, ela é letal — talvez mais letal do que Ro. Se eu ficar no caminho dela, virá atrás de mim. Calculista. Precisa. Uma costura cuidadosa por vez.

Tima fecha os olhos, e vejo a verdade.

Vejo sangue, morte e caos. Vejo até onde ela irá pela pessoa que ama.

O medo é uma coisa perigosa.

Pego o braço de Ro e disparo em direção à cozinha, antes que Tima mude de ideia. Ele corre tão depressa quanto eu, talvez mais.

Ro também viu a marca de Tima.

MEMORANDO DE PESQUISA: PROJETO HUMANIDADE

SIGILO ULTRASSECRETO/
SOMENTE PARA APRECIAÇÃO DA EMBAIXADORA

Para: Embaixadora Amare
De: Dr. Huxley-Clarke
Assunto: Mitologia das Crianças Ícone
Subtópico: Temido
Designação no Catálogo: Prova recuperada
  durante batida em esconderijo da Rebelião

O que se segue é a reimpressão de uma página recuperada em papel espesso e caseiro, a qual se acredita ter sido rasgada de um tratado de propaganda antiembaixada intitulado *Crianças Ícone Existem!* Provavelmente impresso a mão por um culto fanático ou por uma facção da Rebelião do Campo.

Tradução do texto escaneado a seguir.

TEMIDO (*Ícone timoris*)

Um Temido usa o medo e a ansiedade para motivar perfeccionismo tático na batalha, embora raramente participe diretamente do combate. Alguns acreditam que a energia e a adrenalina geradas pelo medo extremo de um Temido possa, de fato, perturbar a atmosfera ao redor, criando, com efeito, uma zona-tampão.

TEMIDO, SAIA

E AJUDE-NOS A LUTAR!

SUA MENTE PODE NOS LIBERTAR!

PRECISAMOS DE VOCÊ

DO NOSSO LADO.

LONGO CAMINHO PARA CASA
12

De nosso ponto de vantagem, escondidos atrás das portas abertas da entrada, consigo ver que a cozinha é dez vezes maior do que a da Missão, com fogões do tamanho de fornalhas, todos feitos de metal, em vez de tijolo e pedra. A fumaça sobe por tubos de ventilação gigantes que parecem embocaduras prateadas, no lugar das usuais lareiras e chaminés.

E Grande não está de pé vigiando a chaleira.

A tristeza cresce dentro de mim, porém a afasto.

Agora não.

Olho para uma grade na parede ao lado dos tubos de ventilação. Doc. Olho ao redor em busca de outros sinais de vigilância, mas há coisas demais acontecendo dentro do enorme salão para eu ter certeza.

Ro dispara para os fundos do salão. Abaixo a cabeça e o sigo, deslizando debaixo dos enormes balcões metálicos, onde armazenam o que parece ser equipamento de esterilização.

Por enquanto, passamos despercebidos.

— E agora? — sussurro.

— Você viu as mãos dela — Ro olha para além do canto do balcão que nos esconde. — Ela é uma esquisita.

— E?

— Precisamos descobrir onde armazenam o lixo.

Dou de ombros.

— Então vamos seguir qualquer coisa que cheire mal.

Um funcionário da cozinha passa por nós, arrastando um enorme saco preto que fede a esterco. Ro franze o nariz.

— Exatamente isso.

De imediato, o fedor nos leva ao cais do lixo. Consigo enxergá-lo, depois das portas vaivém do armazém da cozinha. Também vejo um Simpa patrulhando o lugar.

— Quando aquela porta se abrir de novo, nós vamos. — Ro parece mais feliz do que eu jamais o vira há meses.

Meneio a cabeça positivamente, então seguro o braço dele.

— Ro.

— O quê?

— Podemos confiar nela?

— A garota prateada?

Faço que sim.

— Parece fácil demais. Isso tudo aqui. — Olho para o cais do lixo. — E se for uma armação?

Ro suspira.

— Você a conheceu. Você me diz. É você quem deveria cuidar desse departamento.

— Mas eu confiei em Lucas e isso nos colocou nessa confusão. — É um pedido de desculpas, e não muito bom. Mas precisa ser dito, principalmente antes de nos atirarmos em uma barcaça cheia de lixo vigiada por pelo menos um Simpa armado.

Ro dá uma piscadela.

— Eu perdoo você, Dolzinha.

Então, sem uma palavra, ele dispara, e não tenho escolha a não ser segui-lo.

Corro atrás de Ro, agachada perto do chão. Aceleramos em direção à barcaça, por fim, deslizamos em meio a uma montanha de sacos pretos escorregadios, cobertos de moscas e praticamente pulsando com um fedor indescritivelmente pútrido.

Fecho os olhos e congelo, esperando que o Simpa atire.

Não ouço nada.

Ro esgueira a cabeça para fora de um saco que se rasgou ao meio. O rosto dele está lambuzado com algo que parece mingau velho.

Prendo a respiração. Não fazemos nenhum ruído.

O cheiro é avassalador, pior do que dormir no estábulo, 'e faço um esforço hercúleo para não vomitar o pouco de comida que consegui ingerir.

A barcaça começa a vibrar debaixo da gente, e o lixo se mexe. O motor dá partida, resmungando e roncando conforme a barcaça se lança em movimento.

— Está se mexendo — sussurra Ro. Ele sorri, apesar do lixo.

Balanço a cabeça, cruzo os dedos debaixo da montanha de alface molenga e apodrecida e das cascas de pão velho.

Nesse momento, o motor para.

Então ouvimos vozes altas e as passadas fortes e ruidosas de coturnos.

Descruzo os dedos quando mergulhamos mais fundo sob as pilhas de sacos pretos. Então, abafada pelo lixo, uma voz familiar ecoa pela barcaça.

Catallus.

— Doloria. Furo. Creio que tenham seguido na direção errada. Compreensível, pois são novos aqui. Qualquer um poderia se perder a caminho da minha sala de aula.

Dou impulso até a superfície do lixo.

— Não vamos a lugar algum com você — grita Ro, emergindo a cabeça sobre o mar de sacos de lixo, tentando parecer digno mesmo coberto de comida podre.

Consigo vê-lo procurar por algo para ser usado como arma, mas a única coisa a nosso alcance é um café da manhã completo e não comido da Embaixada.

O coronel Catallus sorri.

— É claro que poderiam ficar aqui e dar um passeio, mas não tenho certeza se é preferível à nossa aula. Para onde acham que este lixo é levado?

— Espere, deixe-me pensar. Para sua casa? — Ro sorri.

— Não... para a casa da sua mãe? — Ele vai morrer tentando. Já passou do ponto de se importar com o que as pessoas fazem com ele há tempos.

Permaneço em silêncio.

— Estão vendo aquelas pilhas fumegantes do outro lado da baía, no continente? É para lá que levam o lixo. Direto para os incineradores. Ajudam a fornecer energia para os Projetos. Acho que seria bom ter a contribuição de vocês por meio das fornalhas, mas creio que possamos utilizar melhor seus talentos na sala de aula.

O coronel Catallus gesticula e a barcaça começa a seguir de ré, em direção ao cais. Ele cambaleia com o movimento repentino, ajeitando-se na lateral da barcaça, acima de nós.

— Fico surpreso por Tima não ter lhes contado, principalmente considerando que ela cometeu o mesmo erro, na primeira vez que tentou fugir.

Ro e eu nos entreolhamos.

Suspeitas confirmadas.

— Vamos, Ro — digo, lutando para sair do lixo. — Fomos enganados. — E pior, fomos resgatados por um demônio.

O coronel Catallus tira um lenço branco quadrado do bolso e o segura sobre o nariz. Então acena para a Embaixada.

— Os outros estão esperando. Já passou da hora de termos uma conversinha. Agora.

AUTÓPSIA VIRTUAL DO TRIBUNAL DE CIDADE DA EMBAIXADA: TRANSCRIÇÃO DE MÍDIA RELACIONADA À FALECIDA (TMRF)

Reunido por Dr. O. Brad Huxley-Clarke, DFHV
Nota: Transcrição de Mídia conduzida a pedido pessoal da Embaixadora Amare.
Instalação de Exames nº 9B de Santa Catalina
Texto escaneado: *NEW YORK DAILY*

EXTINÇÃO EVITADA?

10 de abril de 2068 • Cidade de Nova York, Nova York

Oficiais das Nações Unidas alegam sucesso no desvio do asteroide Perses, que se chocaria contra a Terra.

A iniciativa conjunta das grandes potências econômicas anunciou hoje que o Projeto Kratos, que consiste em uma série de ogivas direcionadas lançadas em 2067, conseguiu acertar o asteroide em cheio.

A diretora do Projeto Kratos, Alexis Asimov, disse: "Nossa meta era dividir Perses em pedaços menores que então orbitariam inofensivamente ao redor da Terra, e todos os nossos dados mostram que a missão foi um sucesso total. Continuaremos monitorando os fragmentos para nos certificarmos de que os dados estão corretos."

Nem todos estão convencidos, no entanto. Muitos cidadãos acreditam que a história toda seja falsa.

Outros acreditam que o asteroide ainda esteja vindo, inclusive aqueles que dizem que Perses é um mensageiro sagrado de Deus, enviado para livrar a Terra da ganância e da desigualdade.

CORONEL CATALLUS

É claro que não nos deixam tomar banho depois do desastre do lixo. O coronel Catallus quer nos ensinar uma lição; pelo menos imagino que ele pense isso.

Mas quem ri somos nós. Estamos acostumados ao fedor, Ro e eu. Catallus não. Ele parece prestes a desmaiar apenas por estar no mesmo corredor que nós.

E, agora, parece que a Embaixada não vai se arriscar conosco, porque de algum modo são necessários quatro guardas para que o coronel Catallus nos leve de volta. Ou ele simplesmente está tentando nos intimidar.

Está funcionando.

Ocorre-me que eu poderia tentar vasculhar as mentes deles, buscar outra saída, e até passo alguns minutos contemplando como poderia esbarrar acidentalmente no guarda diante de mim, a fim de intensificar a conexão. Então desisto. Estou cansada demais, e isso exige muito. Estou fedendo demais também.

Ro não pensa da mesma forma. Ele se estica um pouco mais ao lado dos Simpas. Acho que gosta de sentir-se perigoso.

Chegamos à sala de aula do coronel Catallus — pelo menos é assim que ele chama a versão da câmara de interrogatório. É uma sala de reunião com paredes de vidro e uma mesa redonda, no centro da biblioteca da Embaixada.

Basicamente, uma cela de prisão.

Pelo vidro, vejo Tima e Lucas aguardando do lado de dentro. Lucas está com o rosto enterrado em uma pequena tela plana quando abrimos as portas. Tima está ao lado dele, puxando as pontas dos cabelos prateados enquanto lê sobre o ombro de Lucas. Ali, com Lucas, ela parece muito mais contente do que quando a vimos pela última vez no café da manhã.

Quase feliz, até.

Afasto os olhos dela e observo o restante da sala. É mais um aquário do que uma sala de aula, mal cabemos os cinco. Além das paredes de vidro, há livros até onde consigo ver, mais livros do que em todos os mercados negros do Buraco. Livros de verdade, de papel. Digitexto em uma fileira de telas. Juntos, enchem um salão maior do que o refeitório.

Também vejo nossa patrulha Simpa, de pé, em posição de sentido, à entrada da biblioteca.

À espera.

Lucas não ergue o olhar. O rosto dele brilha por causa da luz refletida da tela. Então nos aproximamos, e tanto ele quanto Tima reagem como se tivessem levado um tapa na cara.

— Que... cheiro... é esse? — Lucas praticamente grita enquanto tapa o nariz e afasta a cadeira.

— Lixo — responde Tima, com um sorriso. — Ou talvez seja assim que o Campo cheire. — Ela se impulsiona para trás, postando-se ao lado dele, e fica de pé.

Onde nós duas sabemos que gosta de ficar.

Dou um passo para me aproximar de Tima e espero parecer ameaçadora, pois é assim que me sinto.

— Uma barcaça de lixo? Que leva a um incinerador? Sério? Foi o melhor em que conseguiu pensar?

Ro segura meu braço. Lucas fica de pé na frente de Tima. Nós quatro estamos travados em um impasse.

É o coronel Catallus quem finalmente interrompe o confronto:

— Já chega. Sentem-se. A adrenalina é fascinante, mas cansativa. E não preciso de mais informações hoje, de nenhum de vocês.

Nenhum de nós se mexe. Ele sorri.

— Ou será que precisamos trazer os guardas para *dentro* da sala de aula?

Ro e Lucas se encaram. Tima olha para mim com raiva. O coronel Catallus sacode a cabeça.

— Está bem. Levem o tempo que precisarem. Fico feliz em trancafiá-los até que terminem de se divertir. Dá no mesmo para mim. Preciso trabalhar.

Ele sai e fecha a porta.

Lucas e Ro estão a centímetros um do outro.

— Você não quer mesmo fazer isso, quer? — Lucas empurra o peito de Ro. Grande erro.

— Não, tenho certeza de que quero. — Ro sorri e agarra a blusa de Lucas.

Levanto a voz para Tima por sobre o ombro de Ro.

— Você não precisava nos entregar para Catallus.

Tima funga.

— Não sei do que está falando. Achei que estivessem procurando uma carona para sair daqui. Não é culpa minha se foram pegos. — Ro rosna. Tima o leva ao limite, quase tanto quanto Lucas.

Encaro-a.

— Por que nos odeia tanto?

Ela cospe as palavras:

— Por que vocês estão aqui? Desde quando começaram a testar camponeses como vocês?

— Por que não pergunta para sua mamãe? — Ro se aproxima de Lucas.

Tima revira os olhos, e preciso me conter para não agarrá-la.

— Acha que queremos estar aqui? — grito. — Acha que tivemos escolha? Assim que tivermos uma chance, iremos embora. É uma promessa.

Lucas semicerra os olhos assim que digo tais palavras. Ro continua por perto, e estou ciente de cada centímetro dele. Parte de Ro está gostando daquilo. Parte dele gostou de todos os acontecimentos do dia, até mesmo do lixo.

Lucas não. Posso senti-lo retroceder quando Ro começa a se irritar. A batalha é o estado natural de Ro. Ele gosta da descarga de adrenalina, da pressão da incerteza, do risco da morte. Contanto que não seja a minha. Mesmo agora, é apenas a ameaça a mim que o deixa nervoso.

Ro puxa Lucas e ergue o punho.

— Pare — dispara Tima, e se coloca entre os dois.

Como um borrão — em uma fração de segundo — observo o braço de Tima disparar em direção a Ro, então o vejo cambalear para trás, confuso.

— Ai! O que foi isso? Você me deu um choque.

— Não dei um choque em você. — Tima parece confusa.

— Deu sim. Veja...

Ali, no pulso de Ro, parece haver uma queimadura de corda — uma linha vermelha chamuscada que dá a volta no braço dele, exatamente onde Tima o tocou.

Tima encara a marca.

Lucas se afasta dos dois, de nós.

Tima o encara, com raiva.

— Eu só ia dizer que vocês são tolos se não sabem o que ele está fazendo bem agora. — Ela ergue a cabeça para o teto e grita para a grade. — Orwell?

— Sim, Tima?

— Pode exibir o coronel Catallus? Preciso perguntar algo a ele, cara a cara.

— Seria um prazer, Tima. — Atrás dela, o rosto do coronel Catallus aparece na tela grande que cobre uma das paredes da sala de aula.

Ele está de pé na biblioteca, diante de um monte de telas. Todas exibem imagens ao vivo de nós quatro. Ele está observando.

É claro que está.

— Tima Li tem uma pergunta para o senhor.

O coronel Catallus parece sobressaltado. Então ele se recupera, exibindo mais um de seus sorrisos assustadores.

— E?

— Só queria perguntar se passamos no seu testezinho desta vez, senhor. — O rosto dela está completamente inocente, mas a tela se apaga.

O coronel retorna à sala de aula em vinte segundos.

Pergunto-me se a vinda dele é um sim ou um não à pergunta de Tima.

———— • ————

— Fico tão feliz por todos estarem se dando bem — diz o coronel Catallus. — E como está seu braço, Ro? Espero que Tima não tenha ferido nada além do seu orgulho.

Ninguém diz palavra. Não sorrio e não respondo. Faço questão de afastar todos, de não enxergar nada que envolva Catallus. Gatos, garotas ou paredes de gelo. O que quer que esteja acontecendo dentro dele, não quero saber. É mais seguro assim.

Em vez disso, avalio onde estou e o que posso fazer. Tima tem várias facetas; não é de modo algum o que eu esperava, mas não deveria me surpreender. Não mais do que me surpreendo com Ro, Lucas ou eu mesma em qualquer dia. Não posso fingir que ela é diferente de nós.

Não conheço a extensão de nossas habilidades — o que faz a Embaixada se interessar tanto por nós.

O que desejam de nós.

Não sei do que tenho mais medo — de tentar escapar e ser morta no caminho ou de ficar para mais um dos testes dolorosos de coronel Catallus, desejando que estivéssemos mortos.

Encolho-me no assento, uma dura cadeira sintética feita para parecer madeira.

O coronel Catallus pigarreia.

— Tenho muito o que discutir com vocês agora que reuni os quatro de novo. Depois de todos esses anos.

Ele deixa a frase pairar sob a claridade intensa da sala. *Reunidos de novo. Nós quatro. Todos esses anos.* Mas jamais estivemos juntos, nós quatro. Jamais nos conhecemos antes de Santa Catalina. Não existe *de novo* nesse cenário.

Isso se nós quatro formos alguma coisa. E se existir, de fato, apenas quatro de nós, como a Embaixada parece pensar.

Crianças Ícone.

— Isso não é possível — digo, finalmente. Não importa o que pense, não vou dizer mais do que isso. Principalmente agora que sei como somos monitorados de perto.

— É claro que é possível. — Tima inclina a cabeça ao falar, tamborilando as unhas na mesa cada vez mais rápido. — Você pode não saber o que é possível, mas isso não limita a possibilidade. — Ela revira os olhos. — Obviamente.

— Obviamente — imita Ro.

Lucas observa o rosto do coronel Catallus. Se ele está tão confuso quanto eu, não deixa transparecer.

— Apenas diga, coronel Cat. O que quer que seja, pode dizer. Somos todos amigos aqui.

Ro dá um risinho de escárnio e se inclina sobre a mesa ao meu lado.

— Fale por si mesmo, Botões.

— Basta. — O coronel Catallus inclinou o corpo para a frente em sua cadeira. — A sabedoria de Sua Embaixadoreza funciona de diversas formas. Não pensem que só estão aqui por causa do que podem fazer por nós. — Ele assente. — A questão é o que vocês precisam que nós...

A tela de vídeo atrás do coronel Catallus se ilumina, surpreendendo-o.

— Com licença. Um momento.

Nós quatro nos entreolhamos, igualmente perplexos. A logomarca da Embaixada aparece, começando a piscar, o que parece deixar o coronel ainda mais agitado.

O coronel Catallus direciona a voz para a tela.

— Sim?

— Há um recado para você do escritório da Embaixadora, coronel Catallus.

— O que é, computador? — Levo um momento para perceber que ele está falando com Doc.

— Não posso dizer. O servidor parece estar enviando mensagens de erro para este endereço. Ou você é solicitado pela Embaixadora, ou há um defeito no sistema.

O coronel não vai arriscar pensar ser um defeito. Todos sabemos que ele seguirá porta afora ao fim das próximas frases.

—Provavelmente não é nada—encoraja Doc.—Continue.

— Sim, por favor. Continue, coronel Catallus — diz Tima.

— Vou levar apenas um momento. — Com uma volta pomposa, o homem e as asas de latão vão embora.

Assim que o coronel Catallus sai da sala, as luzes diminuem.

— O que foi isso? — Ro se levanta.

Persianas tipo black-out se movimentam, cobrindo a porta e as quatro paredes da nossa sala de aula. Os Simpas em vigilância perpétua nas portas externas começam a seguir em direção à sala.

— Hã, Doc? Essa é mais uma de suas piadas? — Lucas inclina a cabeça para o teto. — Muito engraçado. Está ficando cada vez melhor.

A porta bate, como se em resposta a ele.

Tima se levanta da cadeira num salto, mas Ro chega à porta antes dela. Ele chacoalha a maçaneta furiosamente; Ro jamais lidou muito bem com essa coisa de ser enjaulado.

— Orwell, você está vendo isto?

— Sim, Timora.

— Indo diretamente ao ponto: Orwell, você está fazendo isto?

— Não, Timora. Estou impressionado com os códigos, no entanto. Se não estou enganado, o setor inteiro do servidor foi corrompido.

— Abra a porta para os guardas. — É uma ordem, e Tima a vocifera, como se esperando que Doc obedecesse. — Agora, Orwell.

— Não consigo abrir as portas, o que é interessante. O mecanismo de tranca está desarmado. Completamente, preciso acrescentar.

— Então minha mãe não chamou o coronel Catallus para o escritório. — Lucas parece satisfeito pela primeira vez hoje.

— *Non. Maestitia brevis, gloria longa.*

— Ah, Doc. Não seja impertinente. — Lucas sorri.

— O que ele disse? — Ro me cutuca. Dou de ombros. Não faço ideia.

— A tristeza é temporária. O orgulho é eterno — traduz Tima, sem olhar para mim. Ela está com os olhos em Lucas.

Lucas está sorrindo.

— Basicamente, ele está dizendo que Catallus é um babaca arrogante.

— Sim, Lucas. Devidamente registrado. Também registrado: parece haver uma mensagem na Wik da Embaixada. — Doc emenda uma frase na outra, sem mudar de tom.

— Para mim? — O sorriso de Lucas desaparece.

— O que foi, mamãe está chamando? — Ro dá um tapa nas costas dele. — Você está de castigo agora, Botões.

— Não. Para... Doloria. Desculpe-me, Dolly. Para vo... — A voz de Doc desaparece no meio da palavra, coisa que nunca o ouvi fazendo antes.

Três cabeças se voltam para mim. Antes que consiga dizer alguma coisa, a sala fica completamente escura e um rosto aparece na tela de vídeo.

Um rosto sujo.

O Merc dos trilhos.

Fortis.

— Então você acabou mesmo em cana, não é? Desculpe-me, sem reembolsos. Riscos do ramo.

— Quem é esse? — Ro está confuso.

— É o Merc. O que armou as explosões e afastou os Simpas para que eu pudesse encontrar você. — Falo apenas para Ro, mas alto o bastante para que os outros ouçam. Não quero explicar mais, principalmente porque Lucas possivelmente estava do lado atingido pelas explosões, junto ao resto dos Simpas.

— Fortis, como está fazendo isso? — A imagem é trêmula, some e reaparece.

— Muito rápido, querida. E com minha autoconfiança de sempre.

— O que você quer, Merc? — Tima está menos impressionada. Percebo que Lucas se aproximou da porta e agora está de pé ao lado dela.

— Dê-me um motivo para não chamar as autoridades. Posso fazer a segurança chegar em cinco segundos. — Lucas soa mais velho do que realmente é, e quase acredito nele, embora ache que está blefando.

— Bem, em primeiro lugar, eu sou a segurança. Estou usando o servidor da segurança, então, se tentasse ligar, eu atenderia e você continuaria exatamente onde está agora. — Fortis sorri. — É motivo suficiente ou quer mais?

— Orwell, vou mudar para o modo manual. — Tima se aproxima da tela, os dedos pressionam uma série de botões acesos.

— Seu Orwell está um pouco ocupado agora. Está fazendo um diagnóstico completo do sistema. Imagino que vá voltar a ficar online em, digamos, três horas. Ou assim que eu tiver terminado por aqui. Quando eu decidir.

Tima bate a mão na tela, irritada.

— Mas, por outro lado, ele vai sentir-se um novo homem, certo, Merc? — Ro está se divertindo, a transmissão, o caos. O olhar no rosto carrancudo de Lucas.

— Como, Fortis? — Ele sabe o que quero dizer. Isso, tudo. Como é possível que esteja aqui, agora? É tão improvável quanto ele ter me resgatado dos trilhos. O que, pensando bem, se ele consegue fazer o que faz agora, não se prova tão improvável.

Fortis sacode a cabeça.

— Camponesinha. São segredos de mercenário, estamos falando de meu sustento aqui. Agora, vai me apresentar a seus amigos?

Balanço a cabeça para ele.

— Não até saber o que você quer.

Fortis faz uma careta.

— Onde está a confiança? — Na tela, Fortis volta o rosto para Lucas. — Pequeno Embaixador. Lucas Amare. O Amante. Devo dizer que você é muito menos divertido pessoalmente. Mas as garotas podem discordar. — Lucas parece sombrio.

— E Timora Li. Você é um barril de gargalhadas, não é? Ah, o Temido. Também é sempre tão divertida. Fala muito, mas quando a situação aperta, volta rastejando para dentro da concha, não é? — Tima olha para Fortis com raiva.

— Furo Costas. O Furioso. Você, meu amigo, é um imbecil. Poderia ter me matado vinte vezes nos trilhos. Fico surpreso por você não estar morto.

Ro dá de ombros, alegremente. Não é nada que já não tenha ouvido, e nada que não veja como um elogio.

— E resta você, doce Doloria Maria de la Cruz. O Chorão, Nossa Madona das Dores do Campo.

— Já provou o que queria, Merc. Parabéns, sabe nossos nomes. — Lucas se aproxima da tela, desafiador.

— Eu sei. Bem como mais do que algumas pessoas na Embaixada, de acordo com este banco de dados. Inclusive um médico virtual, um coronel Simpa psicopata e a Embaixadora.

— E daí? — Obrigo-me a olhar para ele. — Vá direto ao ponto.

— Então. Não está curiosa sobre o motivo disso, figuinho? Por que agora? O que torna vocês quatro tão interessantes? Porque, devo dizer, embora suas personalidades sejam verdadeiras fagulhas, esse não é o verdadeiro motivo, é?

— O que você sabe? — pergunta Ro, ao se colocar ao meu lado.

Fortis some e ressurge na imagem.

— Algo que você não sabe. Um monte de coisas que não sabe. Mas tem apenas uma coisa com a qual você precisa se preocupar agora.

— É? — Os olhos de Ro brilham.

— O Ícone. Vocês acham que é invencível. Irrefreável. Ele mantém a coisa toda de pé, não é? Mantém o *Buraco*? — Fortis pisca um olho.

Reviro os olhos.

— Aquelas sondas eletromagnéticas, o pulso de eletricidade que os Ícones emitem, não tem como impedi-las. Um em cada grande cidade, certo? A energia é poder, tal como era. Eles se conectam, todos eles, como uma enorme coleira ao redor da Terra.

Lucas passa a mão no cabelo, distraído.

— Isso não é novidade.

— Fornecemos trabalho de graça para construir os malditos Projetos deles em troca de um resquício da vida, como costumava ser. Permitimos que eles nos escravizem para construir sabe-se lá o quê por trás daquelas paredes.

— Onde você quer chegar? — Lucas está irritado.

— E se cooperarmos, se formos bonzinhos, o mundo continua funcionando e todos ficam vivos para cooperar mais um dia. Não temos escolha a não ser obedecer. Os Ícones são impenetráveis. Até onde sabemos. Até onde eles dizem. Pelo menos é essa a história.

— Não precisamos que nos diga o quanto é ruim, Fortis. Já temos uma boa ideia de como as coisas funcionam. — Revezo o peso do corpo entre os pés. Não gosto de falar sobre os Ícones e sobre os Projetos. Nem mesmo gosto de pensar neles.

— Talvez tenham ideia, talvez não. — Ele sorri. — Digamos que não tenham. Digamos que ninguém saiba como funciona, não de verdade. Digamos que, por diversão, houvesse uma fraqueza na armadura. Ou melhor, uma bala de prata, uma arma com o poder de virar o jogo em nosso favor. Isso seria demais, não seria?

— Ele está falando sério? — Tima olha para mim, então para Fortis. — Você está falando sério?

— Juro pelo meu túmulo. — Fortis aproxima a cabeça da tela. — Agora, digamos que a Embaixada tenha descoberto essa arma secreta. O que acham que eles fariam com algo assim? Usariam para destruir os Ícones, certo? Talvez.

Sinto-me tonta.

Fortis sacode a cabeça.

— Talvez não. Afinal de contas, os Lordes e os Ícones são o motivo pelo qual a Embaixada está no poder. Sem os Ícones, a Embaixada não tem poder. Fica sem emprego. E provavelmente será perseguida por crimes contra a humanidade.

— Deveria ser — resmunga Ro.

Lucas parece enjoado.

Consigo ouvir meu coração acelerando.

— Bem, adivinhem só, crianças? Hoje é seu dia de sorte. Sei por meio de uma autoridade confiável que existe mesmo uma bala de prata. E a Embaixada a encontrou, ou, melhor dizendo, as encontrou. E, bingo, mais rápido do que vocês conseguem dizer três tigres tristes, quatro destas pequenas balas de prata estão em um lugar, trancafiadas e seguras sob os olhos vigilantes do coronel que, acho eu, deveria estar preso. — Fortis olha ao redor da sala, atrás de nós.

Minha cabeça está latejando.

As balas.

Nós.

Ele está falando de nós.

— Mais uma coisa. A Rebelião também sabe. Eles estão pouco mais do que ansiosos para trabalhar com vocês, conforme podem imaginar. Preciso que saibam disso porque, em breve, todos vocês terão de tomar uma decisão.

Fecho os olhos.

A Rebelião sabe que estamos aqui?

E acham que somos a chave para derrubar os Ícones?

Deixo as palavras assentarem em minha cabeça, mas não consigo pensar com clareza.

Eu gostaria que isso acabasse? Sem dúvida.

Eu gostaria que a Embaixada desaparecesse? Que a Câmara dos Lordes jamais tivesse encontrado nosso planeta? É claro.

Meus pensamentos estão girando, fora de controle.

Se eu pudesse ser aquele que mudaria tudo, eu o faria? Seria capaz de fazê-lo?

E se o Padre estivesse certo? E se Ro e eu — todos nós — realmente estivéssemos destinados a algo maior?

E daí? E agora?

O Merc interrompe meus pensamentos.

— E quando decidirem, bem, precisarão de um bom Merc. Alguém que possa intermediar seus serviços de modo apropriado. Conseguir um bom preço de mercado e tudo...

Ele suspira, espreguiçando-se, as mãos diante do corpo.

Um profissional.

— Se esse dia chegar, e asseguro-lhes que chegará, o velho Fortis, ele encontrará vocês. Quando estiverem prontos.

Jamais estarei pronta, quero berrar.

Mas não importa, porque Fortis desaparece e as luzes inundam a sala novamente.

A voz de Doc continua do meio da frase.

— Você, Dolly. O recado parece ser para você. — Ele faz uma pausa, e todos nos entreolhamos. Ninguém sabe o que dizer, mas por motivos diferentes.

Consigo ver a mente de Tima acelerada. Como rodas de bicicleta, nuvens de tempestade e ondas. Lucas está tão apreensivo e triste por dentro quanto seu rosto expressa. Ro se dissolveu no caos, mas sei o que ele acha sem nem precisar lhe segurar a mão.

Ele está pronto para derrubar a Embaixada inteira, sozinho.

Essa ideia é mais real e mais assustadora do que qualquer outra coisa.

A voz de Doc irrompe na sala:

— Isso é muito estranho. Foi apagado. Não há nada aqui; o arquivo está vazio.

— Não é importante agora, Doc. — Olho para Ro de modo inquisidor. Ele sacode a cabeça. Tima dá de ombros. Não vão dizer nada.

Lucas franze a testa para a porta.

— Provavelmente deveríamos deixar os guardas entrarem.

Doc não está convencido.

— Ainda mais estranho, pareço estar no meio de um diagnóstico técnico que não me lembro de ter iniciado.

Ro sorri; a visitinha de Fortis o deixou exultante.

— Bem, errar é humano, ou o que quer que algum cara velho e morto diga sobre isso.

— *Errare humanum est.* Errar é humano. As palavras são atribuídas, acredito, a Sêneca. Era o que tinha em mente?

Ro põe os pés na mesa.

— Claro. Sêneca. Aquele cara.

— Ou, se preferir: *Factum est illud: fieri infectum non potest.* A qual é atribuída a Platão.

— O que está feito, está feito, não pode ser desfeito — traduz Tima, e franze a testa.

As persianas tipo black-out se abrem no momento em que o coronel Catallus surge do lado de fora da porta de vidro, passando pelos Simpas aos empurrões. Ele coloca a mão na maçaneta e observo, maravilhada, a porta se destrancar um segundo antes de ele abri-la.

— Alarme falso. Não há necessidade de segurança excessiva, computador. — O coronel parece perturbado. — Agora... o que está acontecendo aqui? Onde estávamos? — Os Simpas o seguem sala adentro, quatro deles. Parecemos surpresos, tanto quanto possível.

— *Alea iacta est* — diz Lucas para o coronel Catallus quando este ordena, com apenas um olhar, que os soldados saiam.

— A sorte está lançada? Que sorte? Lançada onde? — O coronel Catallus olha para nós, mas ninguém diz coisa alguma.

Observo enquanto Tima pega lentamente uma caneta de dentro do bolso para escrever algumas palavras, dessa vez na palma da mão. Ela flexiona e estende os dedos, mostrando as palavras para mim.

PRECISAMOS CONVERSAR.

Então os dedos dela se mexem de novo e as palavras desapareceram.

Lucas olha para mim e pergunto-me se está pensando em Fortis ou na mãe. O rosto dele não entrega nada, nenhuma lealdade. De qual lado ficará.

Ainda não.

Tento ir mais fundo, mas encontro apenas silêncio.

Conforme o coronel Catallus se atira em uma longa discussão sobre o papel crucial que executa para *Sua Embaixadoreza*, imagino quanto tempo Lucas permanecerá em silêncio.

Se ele vai nos trair.

Quando.

AUTÓPSIA VIRTUAL DO TRIBUNAL DE CIDADE DA EMBAIXADA: TRANSCRIÇÃO DE MÍDIA RELACIONADA À FALECIDA (TMRF)

Reunido por Dr. O. Brad Huxley-Clarke, DFHV
Nota: Transcrição de Mídia conduzida a pedido pessoal da Embaixadora Amare.
Instalação de Exames nº 9B de Santa Catalina
Texto escaneado

PERSES RETORNA

4 de agosto de 2071 • Washington, DC

Em uma reviravolta surpreendente, cientistas e funcionários do governo confirmam que os fragmentos do asteroide Perses mudaram de trajetória e agora se dirigem à Terra.

Os funcionários estimam que o contato ocorrerá em menos de um ano e estão trabalhando para calcular os pontos de impacto e mobilizar medidas defensivas na esperança de minimizar os danos.

Um funcionário da ONU, em relato anônimo, disse: "Há pelo menos uma dúzia de fragmentos que súbita e inexplicavelmente mudaram de curso. Não temos uma resposta sobre como ou por que isso aconteceu. Nossa melhor esperança é descobrir onde cairão e tentar minimizar fatalidades. Até sabermos mais, só podemos recomendar que as pessoas fiquem onde estão, vivam suas vidas e rezem."

DECISÕES

O Presídio de Catalina. É assim que Tima e Lucas chamam essa parte da Embaixada. Pelo que consigo entender — principalmente por causa de uma caixa escondida que abriga objetos secretos deles, que não passam de algumas velas e um baralho — é para onde eles vão em busca de privacidade.

Doc não está aqui porque estamos do lado de fora, na passarela no topo da muralha da Embaixada. Não há grades redondas nessa muralha. E sei que virtuais não conseguem viver do lado de fora, ainda não. Pelo menos é isso que ouvíamos dizer no Campo. Por outro lado, estou começando a perceber que não sabemos diferenciar as verdades das mentiras, não mais. Isso está bem claro agora. Os eventos de ontem mudaram tudo. Se nós quatro não concordamos com mais nada, pelo menos concordamos com isso.

E é por isso que Ro e eu concordamos em vir e ouvir o que Tima e Lucas têm a dizer, antes de decidirmos como e quando tentar sair desta ilha de novo. Escapar não será fácil, principalmente agora que os soldados Simpa estão presentes em tudo que fazemos. Esta manhã, Tima levou quase três horas para determinar os momentos precisos nos quais necessitaríamos acessar alguns andares e usar algumas escadas, mas os cálculos dela estavam certos, porque agora estamos a sós.

O Presídio não é velho como os outros presídios nas Califórnias. Só foi feito para parecer velho. É a parte mais alta do complexo de prédios quadrado e cercado por muros que formam a Embaixada — e essa parte está mais para um forte do que para uma Embaixada, na verdade. De acordo com Lucas, o Presídio abriga a Pen, que é a penitenciária da Embaixada, e os quartéis militares. Ocupa toda a área norte da ilha, e, das passarelas nos telhados onde estamos, consigo ver tudo.

Exceto o Buraco. Hoje não. Inclino-me sobre a parede de concreto em ruínas e olho para as águas escuras e agitadas da ilha Santa Catalina. Antigos telescópios de latão estão alinhados na passarela, mas não me dou ao trabalho de olhar através deles. Não há nada para se ver na neblina. Estremeço. Estou começando a achar que a neblina jamais se dissipará. Talvez a Embaixada controle o clima, assim como controla todo o restante. Talvez a neblina não seja sequer neblina, mas algum vapor de Simpa que neutralize qualquer pessoa que entre em contato com ela. Ou talvez seja uma baía cheia de sopro de dragão, como os índios chumash costumavam dizer muito antes de Porthole existir.

Talvez seja apenas neblina.

Deixo o oceano me acalmar, como ele sempre faz. Se mantiver os olhos nas ondas, nossos problemas atuais não serão dolorosos demais para suportar. Quase.

— O que sabemos? — Lucas se volta para Tima. — É você quem gosta de um plano.

Ela dá de ombros casualmente, mas sei que está com a mente acelerada. Está pensando enquanto fala.

— Precisamos avaliar os fatos. O que mudou? Por que trazer Ro e Dol para a Embaixada? Por que agora?

— Querem nós quatro juntos. — Lucas se inclina sobre a muralha, o braço apoiado em um telescópio. — Então querem algo de nós. Ou descobriram algo sobre nós, como disse o Merc.

Tima anda de um lado a outro na frente de Lucas.

— Mas só podemos dizer com certeza que a Embaixada sabe mais sobre nós do que nós mesmos. Pelo menos mais do que nos disseram.

Lucas senta-se.

— Não apenas isso. A Rebelião sabe sobre nós. — Está completamente tenso, dá para ver no rosto dele. E consigo sentir, dentro de Lucas. Ele sente-se como bolinhas de gude rolando em todas as direções ao mesmo tempo.

Ninguém conseguiria pegar todas de uma só vez.

— E daí? — fala Ro, agachado do outro lado da passarela. — Isso não é uma coisa ruim.

— Não é bom — diz Lucas, e tira o baralho da caixa.

— Você não sabe. — Ro se recosta na parede mais afastada.

Lucas joga uma carta do baralho. Então outra.

Ele não consegue dizer nada, pois Ro está certo. Qual dessas coisas é a notícia ruim? Qual é a boa? Não sabemos em quem confiar. Não sabemos quem culpar.

Tima fala:

— Tudo bem. E quanto à Rebelião? Se o Merc estiver trabalhando para eles...

— Mercs não trabalham para ninguém — interrompo.

— Está bem. Negociando com eles. De qualquer forma, sabem nossos nomes, conhecem nossos rostos, conheciam nossos horários. Sabiam quando conseguiriam nos encontrar e onde. É a única explicação que faz sentido. De que outra forma ele teria conseguido nos achar? — Tima cobre os pontos básicos. Todos compreendemos o principal, que é: não somos tão secretos quanto pensávamos.

— Então precisamos presumir que eles têm a habilidade de entrar na Embaixada. Pelo menos virtualmente. — Lembro-me de Fortis, deitado, à espera do próximo cliente, dentro do vagão dos trilhos. — E talvez fisicamente se quisessem.

— Ninguém consegue chegar a Santa Catalina se a Embaixada não quiser que chegue. Controlamos todas as barcas. — Lucas parece ofendido. Pelo menos o orgulho dele está.

— Não apenas as de lixo — acrescenta, como se precisasse nos lembrar.

Ro e eu nos viramos para Lucas, quase involuntariamente.

— "Nós" — diz Ro, balbuciante. — Quer dizer você e sua mamãe, Botões.

— Cale a boca.

— É isso? Quer perguntar para sua mãe? Quem são os vilões?

Lucas fica roxo.

— Chega. Não temos tempo para isso. Vocês precisam ficar quietos para eu conseguir pensar. — Tima olha para mim. — Você confia nesse Fortis?

Confio? Hesito.

— Não o conheço de verdade, só sei que é um Merc. Paguei para que me ajudasse a fugir do vagão da prisão.

— Você pagou a ele? Com o quê? — Agora é a vez de Ro me encarar. O que quer que seja, ele sabe que não tenho dígitos para um Merc. Sabe que isso não pode ser bom.

— Com um livro. Um livro do Campo.

Ro enrijece.

Tento mais uma vez.

— Era do Padre, foi meu presente de aniversário. — Acrescento a última parte com vergonha. Mas Lucas e

Tima reagem como se eu tivesse gritado. Como se eu os tivesse esbofeteado.

— Quando foi seu aniversário? — pergunta Tima.

Tento pensar. Há quanto tempo foi meu último dia na Missão?

— Na Bênção dos Animais. — Lucas e Tima me olham, inexpressivos. — O dia em que vim para cá.

Lucas senta-se, ereto.

— Espere. Meu aniversário foi no dia em que conheci você. Meu aniversário e o de Tima. Somos colegas de aniversário, nascemos no mesmo dia. É o único motivo pelo qual não fui castigado por ter me esgueirado com os soldados para a batida na Missão.

O que me torna o presente de aniversário dele. Nós dois. De certa forma.

Ótimo.

Lucas franze a testa.

— Não que vá acontecer de novo, não tão cedo.

Tima se aproxima dele enquanto olha para mim.

— Fazemos aniversário no mesmo dia. Nascemos no mesmo ano. Lucas, eu e você. Isso deve significar alguma coisa. — Ela se vira para Ro, que agora está jogando pedras por cima do concreto. — E quanto a você?

— Não tenho uma data de aniversário. — Ro nem se dá ao trabalho de olhar para ela.

— Quer dizer que não sabe quando é.

— Tanto faz. Dá no mesmo.

Assim como eu, Ro não se lembra muito de seus pais e, ao contrário de mim, no caso dele não havia fotos.

Reflito.

Três de nós no mesmo dia. Talvez quatro.

Tima olha para Lucas, então para mim. Aí retoma as indagações:

— Não conseguiremos descobrir tudo agora. Mas e quanto a esse livro? Que você deu ao Merc? — Estava esperando que ela não me perguntasse isso. Sei o que vai parecer. No entanto, devo uma conversa a eles. Uma conversa sincera e particular. Devo pelo menos isso a eles. Olho para Lucas.

— Lembra-se de quando a Embaixadora estava me perguntado sobre um livro?

— Aquele que ela estava procurando na Missão? — Lucas abaixa a voz e se aproxima de mim. Tima e Ro parecem confusos.

— Aquele pelo qual ela matou o Padre. — Minha voz estremece quando falo, e a boca de Ro se contrai em uma linha austera. Lucas parece chocado.

Ele entende a confusão em que me meti.

— *Aquele* é o seu livro? Aquele pelo qual a Embaixada está revirando metade das Califórnias? E você o deu a um Merc?

Começo a falar para me safar, o mais depressa possível — mas a verdade é que já me sinto pior quanto a isso do que qualquer um deles conseguiria me fazer sentir.

— Os Simpas chegaram e não tive tempo de ler o livro. Mas o Padre disse que era minha história. Das Crianças Ícone.

Todos parecem incrédulos.

Tima suspira.

— O que eu não daria para ter um livro desses. Tem tanta coisa que não sabemos sobre nós mesmos.

— Por que o alarde? — Ro se coloca entre nós. — É só um livro idiota. Não significava nada.

Lucas parece espantado.

— Bem, obviamente significa muito se a Embaixada o quer. Pense nisso. Dol dá um livro sobre ela a um Merc, um

173

livro sobre nós quatro, e então ele aparece aqui, em uma sala de aula da Embaixada? No meio da biblioteca da Embaixada? Ao mesmo tempo que a Embaixadora está tentando encontrar o livro desesperadamente? Acha que isso é coincidência?

— Talvez não seja o livro. Fortis não é assim. — Tento me defender, mas não consigo. Não conheço Fortis, ou o que há de tão importante no livro que dei a ele, ou como o livro saiu das mãos da Embaixadora e caiu nos domínios do Padre. — Além disso, nem é um livro de verdade. Parecia mais um caderno, um diário.

E não faço ideia de por que todos o querem tanto. Ou como explicar que nada daquilo parecia tão real antes de eu conhecer Tima e Lucas. Que éramos apenas Ro e eu na Missão. Que nada parecia relevante.

Tima cruza os braços.

— Fortis não é assim? O que isso quer dizer? Como sabe como esse tal Fortis é?

— Apenas sei. — Por que estou defendendo Fortis? Eu confiava nele? Confio? É apenas um Merc.

Mesmo assim.

Ele não precisava ter me ajudado. E agora que veio até mim de novo, flagro-me imaginando se sou parte da mais recente empreitada dele como Merc. A julgar pelo que ele estava dizendo, é também sua maior empreitada como Merc, na vida.

Tento mudar de assunto.

— Esqueçam o livro por enquanto. Voltem para os aniversários. Três de nós quatro supostamente nascemos no mesmo dia. Deve haver algum registro disso.

— E quanto à outra coisa? — pergunta Lucas. Sei do que ele está falando. Da parte em que somos as balas de prata penetrando a armadura da Embaixada. — Acham mesmo que os Ícones não são invencíveis? As pessoas já tentaram atacá-los. Jamais funcionou. Nada funciona.

Ele não fala, mas está claro. Se os Ícones podem ser derrubados, então as Embaixadas também podem.

E a Embaixadora.

De repente, não tenho certeza se essa é uma conversa que deveríamos ter com Lucas.

— O início primeiro — diz Ro. Imagino se ele está pensando o mesmo que eu. Que vale a pena ficar, mesmo um pouquinho mais, até chegarmos ao fundo de algumas dessas indagações.

Não por muito tempo. Apenas mais tempo.

— Primeiro, Doc e os registros — diz Tima. — Se conseguirmos descobrir por que nascemos no mesmo dia, talvez possamos descobrir o restante. Não gosto que as pessoas saibam mais sobre mim do que eu sei. Não gosto de ser uma bala atirada pela arma de outra pessoa. Então descobrimos de onde viemos e por quê. Depois lidamos com Fortis.

— Precisamos encontrar aquele livro — suspira Lucas.

Em um milagre dos milagres, o nevoeiro começa a se dissipar. De onde estamos, conseguimos ver a silhueta marrom do Buraco contra o céu branco pálido atrás dela.

Olho por um dos velhos telescópios de latão na lateral da muralha. O vidro está quebrado, mas giro a manivela enferrujada, e a terra além da água entra em foco.

As nuvens se dividem e o Ícone paira, alto, sobre a cidade, erguendo-se além do gramado sobre a colina, como uma árvore alta e retorcida em uma floresta nua. Todos ficamos ali, nós quatro, observando-o. Cautelosos.

Como se já não tivéssemos visto o bastante.

MEMORANDO DE PESQUISA: PROJETO HUMANIDADE

SIGILO ULTRASSECRETO/
SOMENTE PARA APRECIAÇÃO DA EMBAIXADORA

Para: Embaixadora Amare
Assunto: Origens das Crianças Ícone
Subtópico: Notas de pesquisa
Designação no Catálogo: Prova recuperada durante batida em esconderijo da Rebelião
Acredita-se que a origem das anotações seja Paulo Fortissimo

Anotações parcialmente destruídas pelo fogo. Segue transcrição.

ESTOU PERTO DE UMA DESCOBERTA. AS CRIANÇAS PODEM SER A SOLUÇÃO.

[Texto ilegível]*...DA HABILIDADE DELAS DE GERAR ENERGIA ALTAMENTE PODEROSA, EM FORMA DE ONDA, POR MEIO DE ESTÍMULOS EMOCIONAIS INTENSOS. ESSA ENERGIA...*[Texto ilegível].

PRIMEIRO, ELA CRIA UMA RESISTÊNCIA A ESTÍMULO MAGNÉTICO/ INTERFERÊNCIA ELÉTRICA DE FONTES EXTERNAS.

SEGUNDO, PERMITE QUE OS INDIVÍDUOS MANIPULEM OS ELEMENTOS ELETROMAGNÉTICOS AO REDOR, GERANDO O EQUIVALENTE A CONTROLE MENTAL, TELECINESIA, HIPERINTELIGÊNCIA, LEITURA MENTAL ETC.

ALÉM DISSO...[Texto ilegível].

[Texto restante ilegível.]

BRUTUS

Naquela noite, no jantar, sento-me a sós com Tima. Ro está confinado no quarto desde a tarde, quando seu segurança o flagrou tentando entrar escondido no armário de munição — estou aqui para roubar comida para ele. E, quanto a Lucas, não faço ideia de onde esteja. Provavelmente em algum lugar desapontando a mãe.

Ficamos sentadas em silêncio.

Meu prato está cheio de vegetais moles cozidos, e sinto falta da Missão, do jardim. Sinto falta dos rabanetes vermelhos frescos e das beterrabas cor de sangue — da abobrinha dourada e das vagens. Sinto falta dos tomates tão grandes que empurram as gavinhas de volta para a terra. Os tomates-uva verdes tão pequenos que dava para comer cinquenta de uma vez. A comida da Embaixada, de alguma forma, nunca tem cheiro de terra. Mas isso não faz diferença para Tima. Ela só está comendo torrada, torrada pura.

Acima de mim, os olhos dela verificam o salão, olhando para tudo, menos para mim.

Não consigo tolerar o silêncio, mas, ao mesmo tempo, me flagro atraída para Tima, ou ao menos curiosa em relação a ela. Afinal ela é uma de nós.

— Há quanto tempo você mora aqui? — A pergunta parece forçada, mas é o melhor que consigo fazer. Tima não é uma das pessoas mais fáceis com as quais dialogar. Ela parece desconfortável, e percebo que está pensando em fugir. Sente um rompante de pânico, lutar ou fugir, ela está avaliando as chances. Por enquanto, Tima fica.

— Não gosto de pensar nisso. Cheguei aqui quando tinha uns 9 anos, acho. — Ela para de falar e dá uma mordida microscópica na torrada.

Insisto:

— Então de onde você é?

Tima começa a brincar com a torrada, quebrando-a em pedaços cada vez menores.

— Acho que não daqui, né? — Tento atraí-la para a conversa.

Tima suspira, frustrada por ter de falar, mas ao mesmo tempo percebo que está desesperada para conversar comigo, com qualquer um.

Aguardo pacientemente.

— Fui recolhida por Simpas ao norte da cidade de Nova York. Eu morava em um orfanato da Embaixada, com um monte de outros remanescentes. Era... desagradável. Coisas ruins aconteciam ali, mas não tínhamos nenhum outro lugar para ir.

Ela abre e fecha os olhos, piscando rapidamente.

— Eu... me meti em problemas. Então, alguém reparou em meu pulso e contou para as autoridades. Daí, você sabe. — Ela dá de ombros. — Os Simpas apareceram e me trouxeram para cá.

— Deve ter sido um progresso, não?

— Não, na verdade, foi pior. — Tima ergue o rosto da pilha demolida de pedaços de pão, e vejo que está lutando contra as lágrimas.

Tenta não se lembrar, mas deseja tanto que outra pessoa saiba. Quer compartilhar a experiência.

Ela estica o braço em minha direção e, sem jeito, pega minha mão. Tima quer que eu veja. Para Tima, mais do que para qualquer um, é muito menos doloroso do que falar.

Minha visão fica anuviada, e vejo-me em uma câmara de testes com ela, observando. Tima está sentada em uma cadeira de metal, sozinha no quarto com paredes brancas, luzes fluorescentes fortes e piso de concreto. A cadeira dela está virada para uma tela grande na parede oposta, a qual mostra um quarto idêntico, com uma mesa e uma agulha.

Tima parece mais jovem. Ela está sentada com as pernas cruzadas na cadeira, inclinada para a frente, a cabeça nos joelhos. As mãos dela estão unidas e grudadas à testa, como se rezasse.

A silhueta magra quase se perde dentro da camiseta e calça brancas lisas. Ela se balança devagar, os olhos fechados. Percebo que acabou de ser trazida para cá, e não sabe o que está acontecendo. Ela parece tão vulnerável, como um pássaro perdido que caiu do ninho antes de estar pronto para voar.

Catallus entra, trazendo outra cadeira, e senta-se diante dela. Sinto-me encolhendo o corpo.

— Olá, Timora. — Tima fica tensa. Ela para de se balançar, mas não ergue a cabeça.

— Importa-se se eu a chamar assim?

Tima fica sentada, perfeitamente imóvel.

— Acredito que você gostará do novo lar. É uma grande melhoria em relação ao orfanato. Certamente a comida é melhor, imagino.

O coronel sorri e toca o braço de Tima. Ela se assusta.

— Timora, tenho certeza de que está se perguntando o que está fazendo aqui. Não posso contar tudo, mas estamos sempre em busca de crianças com, digamos, qualidades únicas. Quando vi os relatórios da Embaixada de Nova York narrando algumas dificuldades em relação a um orfanato e falando de uma criança extremamente inteligente com atributos incomuns, bem, tive de conhecê-la pessoalmente.

Tima sacode a cabeça, quase imperceptivelmente, como se soubesse onde aquilo vai parar.

— Veja bem, achamos que você pode ser importante para a Embaixada, um trunfo, se preferir. Então queremos que fique conosco por um tempo. Mas precisamos verificar algumas coisas antes. Espero que não se importe.

Um soldado Simpa entra no quarto com um cachorrinho. Uma mistura de terrier, obviamente malnutrido, mas enérgico.

Tima ouve os ganidos e a respiração do cachorro e abre os olhos, mas não ergue o rosto.

— Tima, este é Brutus. Foi encontrado perto dos Projetos. Como pode ver, não foi bem tratado.

Tima ergue a cabeça lentamente e olha para o cachorro. Tem pelo marrom-claro, está tenso, desconfortável nos braços do Simpa. Com olhos assustados. O coração dela acelera, os olhos de Tima se arregalam um pouco.

— Infelizmente, não temos recursos para cuidar de Brutus. Então teremos de sacrificá-lo.

Um olhar de terror percorre o rosto de Tima.

— Não — sussurra ela. A garota se estica e senta-se ereta. — Não, por favor. — Os olhos dela disparam rapidamente ao redor do quarto, como se estivesse procurando por uma saída.

Catallus sorri com tristeza para Tima.

— Sinto muitíssimo. Vá em frente. — Catallus assente para o soldado, que leva o cão para o quarto adjacente. O soldado usa o crachá de identificação para abrir a porta, a qual se tranca atrás dele. A tela exibe o soldado amarrando o cão à mesa e preparando a agulha.

— *Não!* — grita Tima.

Catallus dá um salto para trás, assustado com o ruído repentino.

Tima sai da cadeira em disparada, em direção a Catallus, e arranca o crachá de identificação dele.

Catallus cai, os olhos arregalados.

A garota corre até a porta e a abre.

O Simpa está com a agulha apontada para Brutus, que treme.

— *Saia!* — Tima se joga na mesa e agarra o cão encolhido. Então desce do tampo e recua para um canto, enroscando-se no cachorro, ofegante.

O soldado Simpa puxa um cassetete e salta sobre Tima para lhe tomar o cão.

— *Não!* — grita Tima de novo, ainda mais alto. Uma luz ofuscante brilha, e o Simpa é jogado na parede dos fundos, fazendo um ruído alto.

Depois de alguns momentos, Catallus entra cautelosamente no quarto e vê Tima no canto, Brutus aninhado nos braços dela, dormindo. O cheiro de queimado, de curto-circuito, preenche o quarto. O coronel estende o braço com cuidado para Tima e o cachorro, mas cessa o movimento assim que ela ergue os olhos.

Catallus sorri.

— Bem, isso foi interessante. Até mesmo útil. A resposta a ameaças cria uma barreira defensiva. E uma bem poderosa.

Ele inclina a cabeça, avaliando Tima e o cachorro. Então olha para o Simpa inconsciente.

— Quer saber, acho que vou deixar você tomar conta de Brutus.

O coronel se vira e sai.

Tima permanece no canto, arfando, coçando as orelhas de Brutus distraidamente.

Brutus acorda e lambe a bochecha dela.

Tima olha para Brutus, e os olhos dela se acalmam, o coração se abre. Eu sinto, mesmo na lembrança, como tudo fica tranquilo e sereno.

O momento em que Tima quase sorri.

Pisco e estou de volta ao salão de jantar, o coração acelerado, os olhos ardendo. Tima está de olhos arregalados, surpresa consigo por ter permitido uma terceira pessoa enxergar o que acabei de visualizar. Por uma fração de segundo, estou com ela, sinto pena dela, até mesmo me orgulho de Tima, e ela sabe disso. Por uma fração de segundo, Tima não está sozinha.

Então ela retrai a mão e se põe de pé. A porta da mente dela se fecha tão depressa quanto se abriu. Tima se vira para sair.

— Preciso ir.

Percebo que ela coloca algumas migalhas de pão no bolso.

MEMORANDO DE PESQUISA:
PROJETO HUMANIDADE

SIGILO ULTRASSECRETO/
SOMENTE PARA APRECIAÇÃO DA EMBAIXADORA

Para: Embaixadora Amare
De: Dr. Huxley-Clarke
Assunto: Pesquisa Ícones — combatendo os Ícones

Teoricamente, deveria ser possível anular o poder dos Ícones ao tentar cancelar o imenso efeito eletromagnético deles, por meio da geração de um contracampo igualmente grande.

Uma analogia: ondas de som podem fazer com que objetos físicos vibrem, assim como o tímpano humano vibra para detectar som. A tecnologia de cancelamento de ruído gera ondas que destroem ondas de som de maneira eficaz antes que estas cheguem ao tímpano. Como a antimatéria destruindo a matéria, acreditamos que podemos parar o campo eletromagnético na fonte.

Infelizmente, não temos poder suficiente para gerar a quantidade de energia teoricamente necessária para criar o contracampo. Como os Lordes controlam toda a saída e o consumo de energia, isso se torna um potencial beco sem saída.

Mais pesquisa se faz necessária, porém se mostra improvável, pois o EGP Miyazawa congelou qualquer apropriação futura de orçamento. Não preciso dizer que agora enfrentamos um impasse perigoso.

SALÃO DOS REGISTROS

Manhã seguinte, e nós quatro nos encontramos na frente da biblioteca, onde nossos guardas Simpa acreditam que aguardamos por Catallus. Em vez disso, nos agachamos no refúgio mais escuro do corredor mais próximo, conforme planejado.

Em cinco minutos, estamos brigando.

De novo.

— Precisamos descobrir o que está acontecendo. — Ro está falando agora. — Se eles nos querem, tem de haver um motivo. Se descobrirmos qual é, talvez possamos ajudar a Rebelião a colocar o lugar inteiro abaixo.

— Por que você ainda está aqui? Achei que tinha ido embora há muito tempo — diz Lucas, encarando Ro.

— Em breve. Mas quem sabe essa pode ser nossa melhor chance de descobrir a verdade antes. — Ro olha para mim, pois acabamos de chegar a essa conclusão juntos. Meneio a cabeça em concordância.

— Sabemos o que está acontecendo. — Agora Lucas me encara. — O Merc apareceu porque quer vender informações e ganhar alguns dígitos. É o único motivo pelo qual qualquer Merc faz alguma coisa.

Ro se remexe, como se não conseguisse sentir-se confortável.

— É melhor do que ficarmos sentados aqui e deixarmos a Embaixada fazer experiências na gente como se fôssemos quatro ratos de Porthole.

— Eles não nos mataram — observa Tima. Ela fala depressa, os olhos se mexem de um lado a outro como se vasculhando o perímetro em busca de predadores. Coisa que ela devia estar fazendo de fato. — É claro, não podem. Cadáveres não têm emoções. Qual utilidade teríamos então?

É um pensamento sensato, mas Ro fica maravilhado quando a ouve verbalizá-lo.

— Exatamente. Estão usando a gente. Até Tima concorda comigo. Então por que não deveríamos encontrar esse Merc para ver se conseguimos equilibrar um pouco as coisas? — Ele sorri.

— Por favor. Você vai confiar em um Merc que invade a Embaixada e imobiliza Doc apenas para falar conosco? — Lucas parece irritado, mas ele não defende a Embaixada porque não pode. — Isso não parece suspeito para você?

Lucas está travando uma batalha perdida. Coloco a mão no braço dele.

— Você mesmo disse: por que ele faria isso sem motivo?

— Dinheiro é motivo bastante para um Merc. — Tima fica do lado de Lucas.

— O Ícone. Ele estava falando do Ícone — insiste Ro.

— Não sabemos se nada disso é verdade. Não sabemos se tem algo a ver conosco. — Lucas sacode a cabeça.

Todo mundo se cala. Ficamos de pé, as costas apoiadas na parede no esconderijo sombreado, encarando a biblioteca. Finalmente, Tima olha de Ro para Lucas.

— Só há um jeito de descobrir, acho. Vamos fazer uma visita ao Salão dos Registros.

— Agora? — Olho para os guardas que cruzam o corredor principal do salão diante de nós.

Ela suspira.

— Vai ter de ser. Conheço os horários da patrulha, mas não posso garantir que Doc não estará em nossa cola.

— Eu cuido de Doc — diz Lucas. — Tenho feito isso a vida toda.

— Então deveríamos conseguir despistá-los, pelo menos por tempo suficiente para entrar nos arquivos. — Tima revira os olhos para Ro. — Estou cansada de tentar tirar você da vista das patrulhas dos Simpas. Começo a me arrepender de ter mandado vocês para a barcaça de lixo.

— Mesmo...? — diz Ro, sorrindo.

— Na verdade, não. — Tima dá uma fungada, saindo do esconderijo e passando por uma porta aberta.

— Foi o que achei. — Ro dá uma piscadela para mim, e saio atrás de Tima.

———— • ————

A porta principal de vidro reforçado que dá para a biblioteca se abre. Tima gesticula.

— O Salão dos Registros é para este lado. — Todos olhamos para onde ela aponta.

— Se algo aconteceu, Doc sabe. Se Doc sabe, está no banco de dados dele. Se está no banco de dados dele, tem backup. — Lucas parece conformado.

— E todos os drives de backup estão no Salão dos Registros? — Ro parece inusitadamente sombrio.

Lucas se aproxima da porta de metal escura e faz um gesto com o cartão de identificação.

— Esperemos que sim. — Ele fica diante da porta, mas nada acontece. Lucas agita o cartão de novo. — Isso é estranho.

Ele olha para cima.

— Doc?

— Sim, Lucas.

— Pode me dizer por que as portas para o Salão dos Registros, Ala Sul, não abrem?

— Sim, Lucas.

Ficamos de pé ali e aguardamos. Lucas parece irritado.

— Quando quiser, Doc.

— Desculpe-me. Gostaria que eu dissesse? É uma indagação um pouco diferente. Não que eu esteja criticando.

— Por favor.

— Seu cartão não está mais liberado para acesso Sigiloso. De acordo com a Wik, a restrição foi acrescentada quando você retornou dos trilhos.

Comigo. No dia em que me encontrou.

Lembro-me de Ro e coro um pouco.

Encontrou nós dois.

— Está falando sério? — Lucas recosta a cabeça contra a porta, incrédulo.

— Não é uma piada. Gostaria de ouvir uma piada? Baixei aproximadamente 2.742.000 piadas para a Wik.

— Outra hora, Doc.

Lucas olha para Tima.

— Quer tentar seu cartão?

Ela faz que não com a cabeça.

— Eu não tinha acesso nem mesmo quando você tinha.

Ro dá de ombros e tira um pedaço afiado de xisto do bolso. Uma de suas armas da infância como camponês, uma pedra amolada tão resistente que seria capaz de cortar a garganta de um homem. Antes que alguém consiga dizer qualquer coisa, ele enfia a pedra entre as portas, tentando a base e depois o topo.

— Se eu ao menos conseguir descobrir onde os sensores estão...

— Uma pedra? Vai driblar o sistema de segurança da Embaixada com uma pedra? — Lucas dá um riso de escárnio.

Ro encara Lucas por cima do ombro.

— Uma pedra afiada.

Nesse momento, a pedra se espatifa nas mãos dele e Ro fica com um pedacinho quebrado na mão.

— Não mais — diz Lucas, olhando para a pedra.

Tima suspira.

— Não adianta. Não vejo sucesso aqui. Não podemos causar um curto-circuito nas portas, precisamos de eletricidade para abri-las. Não podemos burlar a restrição, ou eles saberão. Não podemos fazer nada. É melhor desistirmos.

Ela está ficando histérica.

— Não podemos desistir. — Olho para eles. — Não é uma opção. Precisamos descobrir o que está acontecendo. — Ouço a voz da Embaixadora ecoar em minha mente.

Você sobreviveu para poder pagar a dívida.

A Embaixadora estava certa quanto a uma coisa. Não posso ir embora. Devo coisas demais a pessoas demais.

— Se você tem uma ideia melhor, diga-me, pois até onde sei, ninguém vai abrir esta porta sem um cartão Sigiloso. — Lucas está de pé de costas para a porta. Ele está desistindo, posso sentir.

A bibliotecária passa e esgueira a cabeça para o corredor onde estamos. Todos nos escondemos contra a porta.

Flagrados. Preparo-me para as perguntas inevitáveis.

Mas ela não está desconfiada. Está ocupada demais sorrindo para Lucas. Sempre estão sorrindo para ele, todos.

É quando percebo. Lucas não precisa de um passe de acesso. Lucas é o passe de acesso.

— Tenho uma ideia melhor — digo.

Ele não queria fazer. Mas lá está.

Lucas fica de pé, casualmente, diante do balcão da biblioteca principal. A bibliotecária, na verdade diretora dos serviços de arquivo, de acordo com sua plaquinha de identificação, ainda está sorrindo para Lucas. Lilias Green.

Ela inclina a cabeça no espaço entre os dois. As mãos começam a deslizar pela madeira lisa do balcão.

— Lilias. Obrigado por dedicar um tempo para falar comigo. — Lucas recosta sua figura alta e esguia na beirada da madeira.

— É claro, Sr. Amare.

— Lucas, por favor. Me chame de Lucas.

A bibliotecária sorri de novo, assentindo.

— Veja bem, tem algo errado com meu cartão. Você sabe que tenho permissão para coisas Sigilosas, quero dizer, a Embaixadora é a coisa mais sigilosa neste lugar inteiro, e ela é minha mãe.

Mãe. Jamais ouvi Lucas dizer a palavra. Faz com que pareça sentimental e jovem, o que imagino que seja o objetivo.

Lilias arqueia o pescoço, chegando mais perto.

— É claro. Deve ser um erro. Que lamentável. — O sorriso da mulher estremece, e percebo que ela está aguardando que Lucas peça.

As pálpebras dela ficam pesadas. As pupilas se dilatam.

— Não aguento assistir a isso — murmura Tima ao meu lado.

— Shhh. — Passo as páginas de um digitexto, a algumas mesas de distância, mas não estou lendo de fato. Consigo sentir, cada batida, enquanto eles conversam.

Ro está de pé no terminal ao lado de Tima.

— Acha que ele conseguiu? Dol?

Fecho os olhos, alcançando-os. O calor que vem de Lucas é incandescente e luminoso. A garota se enrosca ao redor dele. Não consegue evitar. Ela se inclina em direção a Lucas, aproximando-se do chiado ébrio das ondas cerebrais intoxicantes que são singular e distintamente de Lucas.

— Ah, sim. — *Pobre garota*, penso. É um pensamento desagradável. Existe alguma garota que não aja assim com Lucas?

Será que alguma parte disso é real?

Minhas bochechas ganham um tom rosado. Fico envergonhada ao admitir que estou pensando nisso. Nele.

Em questão de segundos, os dois passam por nós. Lucas nem mesmo olha em nossa direção quando passam.

———— • ————

— Cara, você é uma figura. — Ro sacode a cabeça, mas nem mesmo ele consegue negar. As portas para o Salão dos Registros estão abertas diante de nós.

— Mas ela não queria fazer isso. — Lucas parece triste. Pálido e exausto. Extremamente exaurido. Conheço bem a sensação. *Ele sente pena de Lilias*, penso. *Por usá-la daquela forma.*

Tima assente.

— O que significa que ela deve saber que não deveria ajudar você. O que quer dizer, por sua vez, que devem ter enviado algum tipo de aviso departamental. É a suposição razoável.

Lucas assente.

— Estamos ferrados.

Ro e eu nos entreolhamos quando as portas se fecham atrás de nós. Em todas as direções, tudo que vejo agora são paredes de prateleiras de metal, digiarquivos etiquetados com números. É como encarar uma caverna cheia de morcegos prateados dormindo; eles pendem em fileiras, como pequenas criaturas encaixotadas.

— A Embaixada armazena os registros mais confidenciais aqui, e mantém toda essa informação importante isolada do restante da rede. — Tima parece orgulhosa. — O único modo de acessar os dados é entrando e usando uma conexão direta. Fastidioso, mas também muito seguro.

— Fastidioso? — Ro gargalha.

Tima parece confusa.

— Foi o que eu disse.

— Quem fala assim? — Ro sacode a cabeça.

Tima sorri, embora eu não saiba por quê. Conexões fastidiosas só tornam o trabalho dela mais difícil.

Assim como as piadas. E os amigos.

Olho mais de perto e vejo que cada arquivo é um dia, uma semana, um mês, um ano. É estranho imaginar os eventos, os aniversários, os casamentos e os desastres monumentais, todos misturados em fileiras de caixas de metal numeradas.

Meu aniversário.

Meus pais. Meus irmãos. O... o oposto do aniversário deles.

Sou atraída para uma caixa em particular.

Minha mão se detém sobre um dos digiarquivos do Dia. Há fileiras inteiras deles, afinal muitas pessoas morreram no Dia. Não seria possível colocar tanta informação em um drive. É grande demais, mesmo que fossem apenas eles quatro.

Minha família. Meu mundo.
As Cidades Silenciosas.
Não é possível encaixar isso em nada.

Sinto os outros atrás de mim agora, encarando a parede impossível de metal. Minha visão fica embaçada; meu coração começa a chacoalhar contra as costelas. Sou tomada por uma tristeza tão poderosa que eu poderia explodir, ou irromper numa torrente de lágrimas que nunca param de vir.

Ro pega minha mão, me resgata do precipício. De volta para meu próprio corpo, para esse salão. A mão dele queima, mas não solto. O ódio de Ro é lancinante.

Sinto Tima se afastar, tomada pelo terror, desejando desaparecer. Apenas a presença de Lucas a acalma, assim como, de alguma forma, eu o acalmo também.

Nós quatro ficamos juntos, e, pela primeira vez, sinto como se estivéssemos unidos, conectados uns aos outros, gostemos ou não.

Então encaramos a tragédia diante de nós.

Até que Ro quebra o feitiço.

— Isso não é apenas fastidioso. É loucura. Tem coisas demais aqui. Se não soubermos o que estamos procurando, como saberemos onde procurar? — Ro bate a mão na fileira mais próxima de arquivos metálicos.

— Não estamos procurando por tudo que aconteceu. Estamos procurando por uma coisa que aconteceu.

É Tima quem fala, e pelo tom das palavras dela, sinto que ela se recupera.

— Ou quatro coisas. — Sigo o olhar de Tima pelos anos. Dezessete anos.

Passamos grande parte da hora tentando voltar no tempo. Um digiarquivo atrás do outro, todos cheios de segredos. Registros de milhares de horas, de dias — de nascimentos e de mortes, e todas as transmissões mais comuns entre um e outro.

Retorno para os arquivos e destaco o último digiarquivo de metal da fileira. O último digiarquivo do dia em que nasci. O dia em que três de nós nascemos, se Tima e Lucas estiverem certos quanto a nosso aniversário compartilhado. Talvez quatro, pois Ro não sabe ou não se lembra o suficiente para nos dizer.

— Tem de ser esse. — Ro parece animado. Tima dá de ombros, e carrego o digiarquivo até a mesa de pesquisa no centro do salão. Deixo o arquivo bater na superfície.

— Abra — diz Lucas. Apenas fico de pé ali, olhando para o arquivo. Não sei em que estou pensando, se estou com medo de encontrar alguma coisa, ou com medo de não encontrar.

Tima perde a paciência e abre o arquivo magnetizado. Ele desabrocha como uma flor, cinco telas cercam uma fileira de drives.

Pelo menos, é o que deveria estar lá dentro, a julgar pelos outros que abrimos na última hora. Mas esse é diferente.

Está vazio.

— Não pode estar certo — diz Tima, olhando para Lucas, chocada. — Tem de haver algum tipo de erro.

— Não, não tem. — Sinto como é doloroso para Lucas admitir. — A Embaixada não comete erros. Apenas significa que estamos no caminho certo.

Ro fica exultante.

— Significa que Fortis está certo. Há alguma coisa que não querem que a gente saiba. Algo que deveria estar nesse digiarquivo.

As implicações me enchem de desconforto. *Sou mesmo apenas uma bala? Uma arma secreta?*

— Algo tão importante que ela bloquearia meu cartão para nos afastar, e então destruiria o arquivo. — Lucas está desolado. O pronome que usa vai direto ao ponto.

— Quem? — pergunta Ro, embora tenha ouvido, assim como eu.

— Quem mais? — retruca Lucas, triste.

Coloco-me entre eles antes que Ro comece.

— Precisamos descobrir. O que você fez com Doc?

— Ele está em busca do coronel Catallus. Eu disse a ele que era um jogo. Esconde-esconde.

— Traga-o de volta.

Lucas ergue o rosto para a grade mais próxima no teto.

— Ei, Doc. Onde está? Está ganhando?

Há uma pausa, então a voz familiar ressurge.

— Acredito que sim, Lucas. Estou em toda parte e o coronel Catallus parece não saber que estamos jogando. De fato, é mais desafiador *não seguir* você, Lucas. Já terminou de se esconder?

— Quase, Doc. Mas agora meio que estou num intervalo.

— Orwell — interrompe Tima, erguendo a cabeça. — Estamos no Salão dos Registros. Está captando isso?

— Sim, Tima — responde Doc. — Gostaria de jogar também?

— Como você classifica a ausência do arquivo do dia no ano e mês em que nascemos, dezessete anos atrás? — Tima encara a grade como se estivesse analisando o rosto de Doc.

— Parece que a Embaixada está sofrendo de algum erro organizacional ou funcional. — O tom de voz de Doc permanece inalterado.

— Você acha normal, Orwell, que a Embaixada sofra de um erro organizacional ou funcional?

— Não, Timora.

— Nem eu.

— Doc — diz Lucas. — O que acha que está acontecendo de verdade?

Uma pausa, e ouço o zunido reconfortante da vida maquinal.

— Acho, Lucas, que algumas informações relacionadas àquele dia devem ter sido removidas do Salão dos Registros.

— Também acho, Doc.

Doc leva mais um momento para responder.

— Seria, possivelmente, uma piada? Piadas podem ser surpreendentes.

— Não, Doc. Não é uma piada.

Mais silêncio. Então Doc tenta mais uma vez:

— E não é um jogo.

— Infelizmente.

— Então é muito sério, não é?

— Sim, Doc, imagino que seja. Sabe quem faria algo assim? Apagaria informações do Salão dos Registros?

— Sim, Lucas.

— Quem?

— Alguém do alto escalão. Alguém com acesso liberado. Alguém com compreensão detalhada da situação relacionada a essas datas.

— Quem, Doc?

Ele aguarda enquanto Doc retoma o raciocínio:

— Sua mãe, a Embaixadora, Lucas.

O calor que veio de Lucas enquanto ele falava com Lilias parece impossível agora. Imagino se vai discutir com a Embaixadora.

Se é que eles discutem.

Se é que ela age como mãe dele, em vez de agir como ponto de contato entre o Buraco e a Câmara dos Lordes.

Lucas é carente da presença da mãe tanto quanto eu, penso.

Talvez menos.

Pelo menos eu tive uma, um dia. Tento me agarrar a isso. É mais do que Lucas possui.

Observo quando ele contrai a boca.

— Sabe se ela fez isso?

Mais uma pausa maquinal.

— Não sei. No entanto, estou verificando a transmissão agora. Por favor, dê-me um minuto.

— É claro.

— Lucas?

— Sim, Doc?

— Aquela transmissão foi reclassificada com uma designação *Digi Particular* e foi transferida para o escritório da própria Embaixadora. E o coronel Catallus me pediu para entrar em contato com você, ele está na sala de aula. Aparentemente, não está com humor para jogar. Você está 67 minutos e 29 segundos atrasado para a aula. Trinta. Trinta e um.

— Orwell! — Tima se irrita.

Hora de ir.

MEMORANDO DE PESQUISA: PROJETO HUMANIDADE

SIGILO ULTRASSECRETO/
SOMENTE PARA APRECIAÇÃO DA EMBAIXADORA

Para: Embaixadora Amare

Assunto: Recrutamento da Rebelião e Materiais de Doutrinação

Subtópico: Rimas infantis banidas

Designação no Catálogo: Prova recuperada durante batida em esconderijo da Rebelião

EM MEIO A GALHOS E PEDRAS,
O SIMPA PERSEGUIA O REMANESCENTE
O SIMPA ACHAVA TUDO DIVERTIDO
POP! LÁ SE VAI O REMANESCENTE.

YANKEE DOODLE FOI AO BURACO,
EM UM PASSEIO PELOS TRILHOS
PRENDEU UMA PENA NO CHAPÉU
ENQUANTO OS PATETAS ATACAVAM ANDARILHOS.

JACK E JILL DESCERAM OS TRILHOS,
ENFRENTARAM O ESQUADRÃO DE SIMPAS NA
MATANÇA
QUEM ABATEU JILL
QUEM ABATEU JACK
E ESCREVEU ESTA MÚSICA
POR VINGANÇA.

É CHUVA, É TEMPESTADE,
PEDRAS CAEM DOS CÉUS,
E TODAS AS BELAS DAMAS DO BURACO
ERGUEM SEUS CHAPÉUS.

EM UMA NOITE CLARA
NO MEIO DO DIA,
UM NAVIO PRATA ZARPOU
PARA FICAR NA BAÍA...

DESAPARECIMENTO 17

— E agora? — Sou a única que questiona, embora estejamos todos pensando o mesmo enquanto procuramos o caminho de volta entre as portas fechadas e abandonamos os longínquos espaços da biblioteca em direção a nossa prisão de vidro na sala de aula.

O coronel Catallus está de pé ali dentro, aguardando. Conseguimos vê-lo do outro lado da sala.

— Poderíamos pedir com jeitinho para a Embaixadora? Tipo um "por favorzinho"? — Ro percorre a parede com a mão conforme passa. Os arquivistas olham para ele. Ro é bom em irritar as pessoas; ele descobre a única coisa que você não quer que ele faça e a faz todas as vezes. Este é um dos muitos dons de Ro.

— Cale a boca, Ro. — Ro não precisa nem se esforçar em relação a Lucas. Tudo que Ro faz o deixa naturalmente irritado.

Ro não para.

— Vamos lá, júnior. Deve haver um jeito de burlar uma porcaria de designação de sigilo PP.

— Designação de sigilo DP. — Lucas revira os olhos. — E não há.

— Ou talvez você apenas não queira saber como se faz isso.

Lucas se vira para Ro, tão devagar que tenho tempo de sair do caminho roçando as costas na parede da biblioteca.

— Lucas — avisa Tima.

Não digo nada. Apenas olho para Ro, implorando para que ele pare.

— O que está dizendo, camponês? — Lucas está fervilhando de raiva.

— Estou dizendo que você tem uma coisa muito boa aqui, não tem, Botões? O restante de nós pode ser enviado aos Projetos, mas você não.

Agora Ro dá um passo em direção a Lucas.

— Veja bem, nossas famílias podem ser mortas... Ah, espere, elas foram... mas a sua, não. Você não quer que as coisas mudem. Na verdade, precisa que não mudem. Porque se a Rebelião vencer, mamãe perde o emprego, e você pode acabar lá nos Projetos, escavando terra para sobreviver, junto ao restante de nós.

Lucas se inclina sobre Ro, e não vejo mais os dois, somente uma nuvem branca e um borrão vermelho.

— Você não me conhece. — Ouço Lucas dizer. — Não sabe nada sobre mim. Não sabe o que sei ou o que sou capaz de fazer.

Fecho os olhos e sinto as duas correntes se chocando com tanta força que cambaleio.

Abro os olhos — vejo Lucas desaparecendo no fim do corredor que leva à saída da biblioteca.

Não sei por que, ou o que estou fazendo, mas antes que me dê conta, estou correndo atrás dele. Ro não me segue.

— Dol! Se você...

Se você ficar do lado dele.

Se você me abandonar.

Se isso... se nós mudarmos...

Ro não precisa dizer as palavras. Sinto a fúria vermelha direcionada para Lucas, para mim, para o universo, mas Ro não se mexe.

Ele sabe que não se trata dele. Sabe, e isso o magoa, e ele provavelmente também sabe que lamento muito. E isso não torna as coisas melhores.

A vida queima você num segundo, como diria Ro.

— Dol! Espere! — Dessa vez é Tima.

Eu queria poder parar.

— Aonde você vai? — pergunta ela de novo, porque Ro não pergunta. Ele não vai perguntar.

Não respondo porque não consigo.

Corro até alcançar Lucas conforme ele caminha para fora do complexo da Embaixada. Estou sem fôlego, sigo aos tropeços atrás dele, antes que os guardas com quem ele falou no caminho possam mudar de ideia.

Lucas me ignora, mas segura a porta aberta. Se está surpreso, não demonstra. Além do mais, não consigo senti-lo. Há muita coisa acontecendo, muita estática no meu cérebro.

Meu pulso começa a doer sob as ataduras assim que passo pela porta.

Estranho.

É como se o prédio soubesse que estou saindo. É claro que sabe. A Embaixada sabe de tudo.

Exceto aonde vamos — não têm como saber.

Nem eu sei.

As pás do helicóptero já estão girando, gravam um círculo no céu acima de nossas cabeças. Lucas ocupa o assento atrás do piloto. Ele pega um conjunto de fones de ouvido gigantes e os coloca sobre a cabeça.

— Para Porthole, Freeley — grita Lucas para o piloto.

Ele vai para o Buraco.

Meu coração acelera, e me agarro às laterais do assento. Jamais estive na cidade de fato. Nunca estive além dos trilhos.

O piloto olha por cima do ombro e sorri. Reconheço as pupilas dilatadas imediatamente. No mundo de Lucas, todos estão sedados e são obedientes.

Mas esse Freeley não vai desistir tão facilmente quanto Lilias. A boca dele luta para encontrar as palavras. Está se debatendo.

— Você deu entrada nos papéis, Lucas? Não vai me colocar em problemas desta vez?

Lucas assente, embora eu saiba que é mentira.

— Sabe, fiquei detido por uma noite depois do seu último truque. — Freeley parece maravilhado, mas não vai a lugar algum. As mãos dele não estão sequer perto dos controles, estão se contorcendo sobre o colo.

— Estou a serviço da Embaixadora. Vai ser rapidinho, não vai levar muito tempo. — O piloto não responde, mas percebo que ele enfia a mão sob as pernas, o peso do corpo as mantém inertes. Obviamente, está com Lucas há tempo o bastante para conhecer um ou dois truques.

— Vamos, Freeley. — Lucas está impaciente.

— Certo. E, se eu verificar a Wik, verei a papelada correta, exatamente como deveria estar?

— Vá em frente se não acredita em mim. Está tudo lá.

O piloto ergue uma sobrancelha.

— Tá bom.

— Está lá, Freeley.

Freeley mexe a mão devagar até o painel de controle, como se estivesse debaixo d'água — ou se afastando de uma força magnética, cem vezes mais forte do que a vontade dele, como deve ser o caso. O piloto gira um botão com o dedo enluvado e lá está.

AMARE, LUCAS. A hora. A data. As aprovações.

Não posso acreditar.

Freeley olha para mim com ceticismo. Coloco os fones de ouvido e deslizo para o assento ao lado de Lucas.

— Não sei o que você fez, mas vou obedecer. Diga para sua namorada apertar o cinto. — Freeley se vira de novo.

Lucas não diz nada. Afivelo o cinto de segurança e olho pela janela.

Lucas dá um tapinha em meu ombro.

— Você não deveria estar aqui.

— Por que não?

— Tenho assuntos para tratar no Buraco... Vou me encontrar com alguém.

— Quem?

— Alguém que pode ter as respostas de que precisamos. Vai ser perigoso. O Buraco sempre é. Você deveria voltar lá para dentro.

Concordo com a cabeça, como se não conseguisse entender o que ele está dizendo. Lucas só precisa olhar para mim, e minha mão automaticamente vai para a porta. A corrente morna familiar me empurra contra a porta, para longe de Lucas. Se eu deixar, se me soltar, farei o que ele deseja antes que perceba o que estou fazendo.

Não.

Obrigo a mão a baixar de novo, e faço como Freeley, prendo-a sob as pernas.

Lucas vira o rosto.

— Está bem.

O ruído fica mais alto. Sinto meu corpo se afastar do chão e oscilar no ar. Santa Catalina, a Embaixada e o Presídio desaparecem abaixo de mim, um quadrado de paredes de pedra atrás de mais paredes. Ro, Tima, o coronel Catallus e a Embaixadora desaparecem com eles.

Ou talvez seja eu que esteja desaparecendo.

De qualquer forma, estou pronta para ir.

AUTÓPSIA VIRTUAL DO TRIBUNAL DE CIDADE DA EMBAIXADA: DESCRIÇÃO DOS BENS PESSOAIS DA FALECIDA (DBPF)

SIGILO ULTRASSECRETO

Realizada pelo Dr. Brad Huxley-Clarke, DHVF
Nota: Conduzida a pedido pessoal da Embaixadora Amare
Instalação de exames nº 9B de Santa Catalina
Vide Autópsia do Tribunal anexa.

DBPF (CONTINUAÇÃO DA PÁGINA ANTERIOR)
Catálogo à Hora da Morte inclui:

20. Um cordão de ouro encontrado no corpo da falecida. O pingente em formato de crucifixo é ██████████████████████ ████████████████████████████.

Arquivado em Miscelânea.

PORTHOLE

O cais de Porthole está fervilhando com vida. Pequenos esquifes, botes surrados, jangadas artesanais de pesca — sobras de quando havia peixes — perfilam o litoral. Além deles, apenas as barcas dos Simpas se movimentam pelas águas mais profundas e mais escuras. São tão maiores, mais lustrosas e de aparência mais austera do que qualquer outra coisa que chega a ser quase cômico, como tubarões em um lago de peixinhos dourados.

Aterrissamos, e salto do helicóptero no momento em que este é desligado. Lucas fica para trás e diz algo a Freeley, que sorri e se recosta na cabine, acomodando-se.

— Falei para ele que voltaríamos em duas horas. Espero que ele não receba uma chamada antes disso e saia à nossa procura. — Lucas pega um montinho cinzento debaixo do assento do helicóptero. — E, por falar em pessoas buscando por nós, precisamos manter a discrição. — Ele veste um moletom velho por cima do uniforme e levanta o capuz. — Não é seguro para nós aqui, não quero arriscar. — Lucas joga outro moletom para mim. — Vista isso.

Reviro os olhos.

— Entendo. Se não tomar cuidado, haverá um rebanho de garotas remanescentes atacando e arrancando suas roupas. Não tenho esse problema.

— Dol. Já esteve no Buraco?

Faço que não com a cabeça.

— Confie em mim. Você vai querer isto.

Visto a coisa cinza e disforme.

Sigo Lucas da pista de pouso até a rodovia. Pedintes e vendedores remanescentes ladeiam o cais. Do outro lado, vejo dois guardas Simpa caminhando lentamente pela área. Um deles aponta a arma casualmente para um vendedor, o qual se atira ao chão, encolhendo-se. O outro Simpa gargalha e vasculha a comida do homem, pegando o que tem vontade. Os guardas permitem que o Mercado do Buraco Negro aconteça, viram o rosto, contanto que fiquem bem abastecidos. Puxo o capuz para esconder mais o rosto.

O cenário é espantoso, principalmente para uma camponesa como eu. Poderíamos comprar qualquer coisa nos primeiros minutos de caminhada em direção ao Buraco, qualquer coisa na Terra. Roupas. Sapatos. Garrafas d'água fervida com ervas. Carnes secas de animais.

Meu estômago revira.

— Veja. — Lucas aponta. — Os Projetos.

É verdade. Do outro lado da baía de Porthole, consigo ver o enorme local de construção. Paredes altas coroadas por arame farpado cercam o imenso complexo onde moram os trabalhadores remanescentes. A fumaça emerge de uma nuvem inflada de cinzas poluídas. Um guindaste oscila uma carga invisível.

Dizem que a fumaça nunca para de soprar, que os guindastes jamais param de se mexer. O que quer que estejam fazendo, estão fazendo dia e noite. O que quer que estejam construindo, estão construindo com o trabalho de remanescentes como Ro e eu. Isso é praticamente tudo que as pessoas sabem. Ninguém abandona os Projetos uma vez que é escalado. A Embaixada gerencia os Projetos, mas eles seguem ordens diretas da Câmara dos Lordes. De acordo com os rumores, há Projetos sendo erguidos perto de todos os Ícones, em diferentes costas pelo mundo.

— É muito maior do que pensei — digo. Quase não consigo absorver. Os braços de aço se estendem além do quebra-mar, como uma base militar construída sobre a água.

— Imagino para que serve. — As pessoas comentam muitas coisas sobre os Projetos. Que estão construindo casas para os Lordes. Que estão construindo bairros de escravos para os sobreviventes, depois de os Lordes terem transformado a maior parte do mundo em uma cadeia de Cidades Silenciosas. Que estão construindo bombas imensas para sugar a terra até secá-la. Que estão processando plantas para transformar as pessoas em comida. A lista é longa e está sempre crescendo.

Lucas não diz nada, o que apenas me faz pensar mais. Ele é filho da Embaixadora. É possível que conheça o propósito dos Projetos, ou que pelo menos seja capaz de descobrir. Mas não pergunto de novo, e ele não me conta.

Reflito sobre o que isso diz de nós dois.

Continuamos caminhando.

Lá fora, no limite do Buraco, os carros na rodovia da costa de Porthole são casulos vazios de sucata, há muito abandonados. Para quê alguém precisa de um carro se não há energia para fazê-lo se locomover? Sem eletricidade, são apenas lembretes da liberdade da qual as pessoas não mais desfrutam. Principalmente aquelas pessoas.

Uma catadora de sucata nos encara conforme passamos. As roupas dela são retalhos, o cabelo, uma bagunça opaca.

Ela semicerra os olhos e se inclina para a frente, olhando diretamente para Lucas. Ele só a vê quando a mulher se vira para correr, olhando por cima do ombro mais uma vez.

— Ela reconheceu você?

Lucas dá de ombros.

— Duvido. Provavelmente saiu correndo para contar às amigas que acredita em amor à primeira vista. — Ele sorri, e balanço a cabeça. Mas percebo como o sorriso dele some rapidamente.

Ele é filho da Embaixadora. Precisamos tomar mais cuidado.

— Dol. — Lucas para de repente, erguendo a mão. — Ouça. — Ele fecha os olhos. Olho para ele como se fosse louco, pois é assim que ele me parece agora.

— O que é? — Não consigo ouvir nada.

— Não é nada. Absolutamente nada. Silêncio. O melhor som do mundo. — Lucas começa a caminhar pela estrada de novo, dando uma gargalhada forte.

Ele está certo, é claro.

Eu me esqueci.

Dentro da Embaixada, o zunido de ruído branco está sempre presente. Há telas, luzes zunindo e tecnologias falantes. Há Doc — mesmo quando ele escolhe não falar, sabemos que está lá. É inquietante constatar como me acostumei tão depressa a isso. A vida maquinal tem um som, como uma batida de coração. Uma pulsação própria.

O silêncio muda quando pertence apenas a coisas vivas. Os ouvidos mudam. Você capta resquícios de vozes humanas, uma criança gritando, passadas ecoando pelas casas em ruínas abaixo de nós. Sons de animais, sons da Terra. O ar é tão quieto que é possível ouvir a brisa. O sol brilha, fazendo minha nuca formigar. Meus pés ficam quentes dentro das botas grossas conforme caminhamos.

— Pare... — Lucas me puxa para baixo. — Acho que ouvi helicópteros.

Quando ele os menciona, ouço-os também.

Olho e vejo três helicópteros voando em formação, diretamente para nós.

— O que fazemos? — Estou tentando não entrar em pânico.

— Fique quieta. — Lucas observa o céu, semicerrando os olhos. Em pouco tempo, os helicópteros estão rugindo acima de nós, voando reto pela estrada e mais para dentro do Buraco.

— Não são helicópteros da Embaixada. Estamos bem.

Lucas me puxa para seu lado, e ficamos de pé, observando até desaparecerem.

Ele acelera o passo, mantendo a cabeça abaixada. Sigo-o quando ele toma uma trilha pela rodovia. Ele dá um jeito de se manter à frente, como se não conseguisse suportar caminhar ao meu lado. Talvez não consiga.

— Aonde vamos? — grito para Lucas, mas o vento carrega minha voz em outra direção, e as únicas palavras que emergem são tão baixinhas que eu mesma quase não consigo ouvi-las.

— Você verá.

— Lucas. Devagar.

— Rápido. Não precisava ter vindo, sabe.

Puxo o braço dele, e Lucas para.

Ficamos de pé ali, a sós sob os raios de sol. Olho para a água e para Santa Catalina, de volta para o lugar de onde viemos. A brisa aumentou, e o cabelo açoita meu rosto devido ao vento do litoral, o qual também ressoa em meus tímpanos como ondas.

— Qual é o seu problema? Por que não gosta de mim? — cuspo as palavras antes de me dar conta do que estou dizendo. — Quero dizer, de nós.

Lucas me avalia. O rosto parece diferente de alguma forma, ríspido sob o sol forte do meio-dia, e pergunto-me se o meu aparenta igual para ele.

— Eu gosto de você. — Meu coração bate um pouco mais rápido. Lucas desvia o olhar. — Quero dizer, eu não desgosto de você. Gosto de todo mundo. Você sabe disso, melhor do que ninguém.

Ah. Entendo.

— Isso não é verdade. Você odeia Ro e não gosta de mim.

Ele me encara por um bom tempo antes de responder.

— Você odeia a Embaixadora e me odeia. Você odeia o que ela fez com o Padre e odeia o que eu não fiz.

— E o que foi isso?

— Impedi-la.

— Por que você não a impediu?

Nós nos entreolhamos, ali, à luz branca e sombria. Meu instinto é fugir, mas meus pés não se mexem.

— Esqueça. Não importa. — Coro. De novo. Como sempre, quando estou perto de Lucas.

Por que ele faz isso comigo?

Lucas parece chocado.

— Importa, sim, Dol. — Ele toca minha mão. — Odeio ter de ficar parado assistindo a pessoas inocentes serem feridas. Isso me mata.

Puxo minha mão.

— No entanto, aí está você. Perfeitamente vivo.

Lucas estende mais o braço para agarrar meu pulso.

— Você não entende. A Câmara dos Lordes... até mesmo a Embaixadora tem medo. O EGP Miyazawa tem medo. Todos temos, e, se alguém disser que não, é mentira.

Sei lá.

— Quando penso na Embaixadora, Lucas, *medo* não é exatamente a primeira palavra que me vem à mente.

— Eu sei. É difícil explicar. Ela tem pavor... e é apavorante. Não é como se eu pudesse sair correndo para meus pais sempre que algo dá errado. Minha mãe não é exatamente uma mãe, não como acho que a sua deve ter sido.

— Se eu a tivesse conhecido — digo, com tristeza.

— Se você a tivesse conhecido — concorda Lucas.

Eu não conheci, penso. *Mas ele também não*. Há muitos jeitos de se perder a família, acho. Estou apenas começando a perceber a variedade deles.

Então deixo que Lucas segure minha mão.

O que ele está tentando me dizer é a mais pura verdade. Sinto em cada palavra.

Lucas encara minha mão em silêncio por um momento. Então olha para mim de modo esquisito, como se estivesse tentando achar um jeito de me contar alguma coisa.

— O que é?

— Nada. Quero dizer, alguma coisa, acho. Preciso contar a você. Mostrar a você. — Lucas estica o braço com cautela e segura minha outra mão. — Eu tinha 13 anos, acho.

Ele fecha os olhos e deixo os sentimentos me encontrarem, até conseguir enxergar o que ele está pensando. Fecho os olhos e, do nada, a sala de testes da Embaixada entra em foco.

Abro os olhos bruscamente.

— Lucas, não. Não quero ver isso. De novo não.

Ele segura minha mão com força.

— Por favor. Não contei a ninguém. Sei que você não confia em mim, mas eu confio em você.

Não há mais nada que eu possa dizer. Balanço a cabeça, mas fecho os olhos de novo

Estou de volta à sala e vejo uma garotinha assustada, de uns 12 ou 13 anos talvez, usando roupas velhas. Ela está sentada em uma cadeira de metal com as mãos sob as pernas. O rosto está cheio de lágrimas, os cabelos, bem curtos. *Ela quase se parece comigo nessa idade*, penso.

Uma Embaixadora Amare mais jovem está na sala, com um Lucas nervoso escondido atrás dela. Lucas é magricela, quase desengonçado, também com cabelos curtos. Ele parece tão inocente.

A Embaixadora senta Lucas de frente para a garota e fica de pé entre os dois, de braços cruzados. Por um bom tempo, ela não diz nada.

Lucas ergue o rosto para a mãe.

— Por que estou aqui, mãe?

A Embaixadora o interrompe com um olhar ríspido.

— Nesta sala, sou sua Embaixadora, não sua mãe. — Ela se volta para a garota, que limpa mais lágrimas. Obviamente está aterrorizada por ver a Embaixadora.

— Desculpe-me mã... — Lucas engole em seco. — Madame Embaixadora. — A voz falha.

A mãe de Lucas contrai os lábios com força, na melhor imitação de um sorriso.

— Acreditamos que esta garota seja uma colaboradora, parte da Rebelião do Campo. O pai dela, acredita-se, é um traidor e terrorista. Mas precisamos de provas.

A garota arregala os olhos.

— Não, por favor, não é verdade! Meu pai é fazendeiro, não criminoso! — A jovem luta para ficar de pé, mas vejo as correntes ao redor da cintura e das pernas dela, mantendo-a sentada. A Embaixadora olha com raiva para a menina, que se senta, soluçando.

— Lucas, preciso que arranque uma confissão dela. O pai da menina está sob custódia e gostaríamos de ter provas da culpa dele antes de acusá-lo. — Um olhar de pânico percorre o rosto de Lucas. A Embaixadora o encara. — Sei que você quer fazer a coisa certa. Agora só preciso que prove para mim. — A Embaixadora lança um breve meneio de cabeça para o filho antes de se virar e sair.

Lucas não diz palavra.

A garota o encara com olhos suplicantes.

— Você precisa acreditar em mim. Não sei por que estamos aqui. Meu pai planta morangos. Ele trabalha duro e toma conta da gente. Jamais machucaria ninguém. Por favor.

Sinto o coração de Lucas se partindo. Ele sabe que a garota está dizendo a verdade. Mas o controle da mãe sobre ele é tão forte que Lucas mal consegue respirar. Sinto que aquilo o domina — o desejo pela aprovação da mãe aos poucos vai sufocando a culpa.

Depois de um momento, ele fala:

— Qual é seu nome?

A garota para e olha para ele com cautela.

— Elena.

— Elena. Gosto desse nome. — Lucas afasta sua consciência para um cantinho escuro e olha para a jovem.

Meu coração começa a palpitar. Não acredito que ele vá fazer isso. Não consigo assistir.

Mas Lucas faz. Suas pupilas se dilatam conforme ele se aproxima da garota. A princípio, Elena fica confusa, então começa a parecer um pouco envergonhada.

— Elena, tem certeza de que seu pai não está trabalhando com os rebeldes do Campo? Quero dizer, como sabe que não está? Não posso culpá-la por querer protegê-lo. — Lucas fica de pé e aproxima a cadeira de Elena; a garota estremece com a proximidade.

Lucas sabe muito bem o que está fazendo. Senta-se ao lado da garota.

— Eu... eu... — Elena obviamente está confusa, quase tonta com a descarga da influência de Lucas.

— Você sabe que os rebeldes do Campo machucam muitas pessoas inocentes. Pessoas que estão tentando fazer o bem e manter a humanidade a salvo dos Lordes. — Elena arregala os olhos, então assente.

— Acho que sim.

— Você estaria fazendo um favor para si e para o restante de nós se apenas nos contasse a verdade. Que seu pai está trabalhando contra a humanidade. Que ele é parte da Rebelião.

Posso sentir a temperatura de Lucas aumentando perante o enorme esforço. Elena está lutando, ao máximo, mas é uma batalha perdida. Lucas vira o rosto por um momento, apenas para ganhar forças. Se ele hesitar agora, não conseguirá mais continuar.

Ele se volta para ela e fala devagar:

— Seu pai é um rebelde do Campo. — Lucas encara Elena mais uma vez e apoia a mão sobre a dela.

A resistência da menina vacila — e os olhos dela se alteram, ficando vítreos. Eles se alteram de lacrimejantes para calmos.

— Meu pai é um rebelde.

— Ele machucou pessoas inocentes.

A menina assente, não resiste mais.

— Pessoas inocentes.

Lucas se afasta de Elena e leva as mãos às têmporas, sacudindo a cabeça.

— Não. Elena, espere.

Mas é tarde demais. Naquele momento, a Embaixadora entra. Seguida por um Catallus mais jovem e por um séquito de soldados Simpa. Catallus dá um risinho e assente para Lucas.

— Não. — Lucas começa a implorar.

A Embaixadora ergue a mão, e os Simpas seguram os braços de seu filho.

Elena sorri de modo inocente, sem tirar os olhos de Lucas. Feliz por ele ter feito o que lhe foi pedido.

Lucas parece a morte em pessoa.

— Levem-na — ordena a Embaixadora, e mais dois Simpas retiram Elena da sala, com correntes e tudo.

A garota não para de sorrir em nenhum momento.

— Levem a garota e o pai, e executem os dois por traição.

Solto as mãos de Lucas e abro os olhos.

— Lucas!

Ele não me encara. Há lágrimas presas em seus cílios, porém ele não permite que caiam. A culpa e o arrependimento são tão fortes que sinto como se tivesse sido atingida com a força de um deslizamento de pedras.

— Eu não sabia que ela faria aquilo. — *Ele está dizendo a verdade*, penso. — Eu só queria que ela me amasse. Que me enxergasse como um filho, não como alguma peça em qualquer que fosse o jogo que ela estivesse jogando. Todos merecem uma mãe, Dol. Até mesmo eu.

Tento sentir algo diferente de choque. Estou tomada pelo ódio por uma mulher, uma mãe, que faria algo assim a uma criança.

Com o próprio filho.

Estremeço.

— Eu... eu não sei o que dizer.

Lucas limpa os olhos com as costas da mão.

— Não diga nada. Só preciso que você saiba disso. — Eu sei mais do que Lucas poderia imaginar.

— Entendo, Lucas. Mesmo.

Nossa conversa acabou. Deveríamos partir. Mas não mexo um músculo. Em vez disso, eu o encaro desejando que ele se aproxime de mim.

Miraculosa e magicamente, ele se aproxima.

— Por favor, Dol.

Permita-me.

Sinto a pele de Lucas contra a minha, leve como uma brisa. Ele passa o dedo por dentro da minha atadura e, sem tirar os olhos dos meus, arranca a faixa de musselina. Tomo fôlego.

— Não sou um deles. Não sou como ela — diz.

Ele puxa a manga da camisa, tira o bracelete de couro e expõe o pulso.

— Sou como você, Dol.

Quatro pontinhos azuis, da cor do céu.

— Eu gosto de você, Dol. Você faz eu me sentir melhor.

Eu também gosto de você, Lucas. Mas não digo isso.

— Posso fazer você se sentir melhor também.

A luz do dia fica ainda mais forte. Não consigo ouvir mais nada, exceto o murmúrio do vento e da água.

Deixo minhas ataduras caírem na mão de Lucas. Meu pulso exposto é uma listra branca pálida em contraste ao restante do braço, mas fica aquecida sob o sol.

Estremeço apesar do calor.

Lucas olha para mim. É uma pergunta — de novo, aquela pergunta.

Permita-me.

Ele pega minha mão, vagarosamente, deslizando os dedos entre os meus. Começa a girá-la e a enroscar o tecido. É exatamente como no meu sonho. Nossos cotovelos se tocam, então nossos antebraços. Nossos pulsos. Fecho os olhos e sinto o calor de Lucas — é diferente da descarga de calor puro que sinto com Ro. Dessa vez é desnorteante —, meu coração começa a acelerar, não consigo respirar.

Lucas pressiona os dedos entre os meus com mais força ainda. Os dedos dele tocam as costas da minha mão, aproximando-se...

Mas dessa vez as mãos são reais, e não estou sonhando. Nada em minha vida se assemelha remotamente a um sonho, não mais.

A partir desse lugar seguro, dessa felicidade tranquilizadora, sinto um rompante de tristeza. Uma dor atrás dos olhos — lágrimas pressionando, tentando escapar. Sinto como se estivesse prestes a perder o controle, como se minhas lágrimas fossem me afogar. Vejo meu lar, vejo Ro — tudo que perdi e ainda posso perder, se me soltar...

Não posso me soltar.

Não estou pronta para isso.

Fecho a mão. De novo.

— Lucas... — Puxo o braço. — Não posso.

— O quê? Por quê? — Ele está espantado. Confuso.

— Não sei. — Mas é mentira. Eu sei. Essa mentira tem nome, e esse nome é Ro.

Uma sombra percorre o rosto de Lucas.

— Tudo bem.

— Não diga isso, Lucas. Não está tudo bem. Posso sentir, lembra-se?

— Eu me senti próximo de você. Queria te oferecer conforto. Se não quiser, a escolha é sua. — Lucas atira a atadura para mim. Está com raiva. — Devemos ir embora. Eu disse a Freeley que nos encontraríamos antes de anoitecer.

Ele se volta para a estrada e começa a andar. Estou tonta, mas alcanço-o e reduzo a distância entre nós. Tento mudar de assunto.

— Como você fez aquilo? A coisa com Freeley e a papelada? Sabia aonde iríamos? Preencheu mesmo a papelada?

Lucas para.

— Não sei. Fiquei tão surpreso quanto você. Eu estava me preparando para empurrá-lo do helicóptero e pilotar eu mesmo. — Ele está mentindo, pelo menos sobre a última parte.

Paro de andar.

— Sabe o que isso quer dizer, não?

— Que sou um baita sortudo?

— Não, seu idiota. Alguém sabe que estamos aqui.

— Novidade. Sou o único filho da Embaixadora Amare. Alguém sabe onde estou durante praticamente todos os segundos de todos os dias.

— Ah. Certo. Esqueci.

— É, bem. Eu nunca esqueço.

Caminhamos em silêncio.

Eu costumava pensar em como todos nós somos parecidos. A raça humana, aqueles de nós que sobreviveram. Então achava que, se as histórias fossem verdadeiras e houvesse outras Crianças Ícone, se eu viesse a conhecer alguma, nós nos entenderíamos perfeitamente, assim como Ro e eu sempre nos entendemos.

Mas agora, de pé no meio da estrada desolada, posso ver como somos diferentes. Como Lucas tem tão pouco em comum comigo, a garota que jamais é conhecida, jamais é lembrada, da qual jamais cuidam.

Não normalmente.

Tento soar reconfortante.

— Talvez você esteja certo. Talvez não seja nada.

— Não diga isso. Sempre tem alguma coisa. — Lucas me olha expondo o indício de um sorriso no rosto. — Só que nunca é o que você gostaria que fosse.

MEMORANDO DE PESQUISA:
PROJETO HUMANIDADE.

SIGILO ULTRASSECRETO/
SOMENTE PARA APRECIAÇÃO DA EMBAIXADORA

Para: Embaixadora Amare
Assunto: Carta de Recompensa de Amare
Designação no Catálogo: Prova recuperada
durante batida em esconderijo da Rebelião

POR ORDEM DA REBELIÃO DO CAMPO
PROCURADO:
VIVO OU MORTO

LUCAS AMARE
RECOMPENSA: 1000 DÍGITOS

Alegações falsas não serão toleradas.
Para recolher o prêmio,
trazer prova para qualquer oficial da Rebelião.

MORTE AOS LORDES!
MORTE AOS PATETAS!
LIBERTE A HUMANIDADE!

O BURACO

Chegamos à estrada para as avenidas que levam à cidade. Las Ramblas. Paro de seguir Lucas quando a estrada se nivela diante de nós, no topo da montanha.

— Tem alguma ideia de para onde vamos?

Lucas aponta.

— Todas as grandes estradas no Buraco vão de oeste para leste. Las Ramblas nos levará para lá. — Concordo com a cabeça, mas fico impressionada. Só sei o básico, que Las Ramblas é conhecida pelas multidões gigantescas, e que hoje não é diferente.

A quantidade de pessoas é atordoante, principalmente para mim. Não consigo pensar — pelo menos não consigo separar o que penso daquilo que o mundo pensa.

— Você disse que tinha vindo encontrar alguém? — Esforço-me para reunir as palavras.

Lucas assente, mas não responde.

— Quem, Lucas?

— Verá quando chegarmos. Por aqui. — Lucas indica, e começamos a nos dirigir para leste, para o Buraco.

Caminhamos sob banners gigantes que oscilam sobre as ruas da cidade. Eis o que aprendo no espaço de alguns breves quarteirões: *Os Lordes São Generosos. A Embaixada É Gentil. As Pessoas Têm Sorte. O Futuro É Brilhante.* Uma pintura da Embaixadora com expressão rigorosa e vestindo o casaco escarlate se ergue à altura de um prédio abandonado. Consigo contar os botões dourados em formato de gaiola na vestimenta, cada um do tamanho da minha cabeça, enquanto a brisa sopra pelas janelas quebradas que pontuam a imagem.

Será que todas as cidades são como a nossa?

Não sei de verdade, considerando que jamais vi outra, exceto por aqueles momentos nas Cidades Silenciosas que a Embaixadora me mostrou. A mídia da Embaixada é tão rigorosamente controlada que é impossível ter certeza. Às vezes, Ro chegava para jantar em La Purísima com os olhos ensandecidos, cheios de fogo, e nos contava trechos de notícias roubadas do Campo. Contava como os Lordes nos enganaram. Como a Embaixada permitia que eles fizessem isso.

Certo e errado. Para Ro, o mundo todo se divide em duas colunas. Ele enxerga as coisas de um modo diferente do meu. Sou tomada por milhões de perspectivas de uma só vez. Não há resposta certa, não quando todos estão gritando ao mesmo tempo. É por isso que, para mim, é tão difícil separar sentimentos. É tão extenuante. Na maioria das vezes, concordo com tudo que sentem e com todos que conheço.

Enquanto abro caminho pela rua lotada, com Lucas ao lado, percebo que ele não teme o modo como se sente. Ele deseja sentir aquilo — aquilo, eu, tudo. Todos. Ele absorve tudo, bem fundo.

Ro não.

Para Ro, existe apenas preto e branco, certo e errado — e ele está certo. Ele não se importa se você concorda com ele ou não. Na verdade, é melhor para Ro que você não concorde.

Ro só quer brigar.

———— • ————

Os famigerados vendedores de comida das avenidas enchem as calçadas. Tortillas artesanais fritam sobre uma lata de lixo próxima, virada de ponta-cabeça. Em outra lata, batatas chiam, juntamente a algumas cebolas. Tirinhas de queijo ou de massa de pão estão enroscadas em palitos. Tripas de carne de cobra também, mas viro o rosto antes que meus olhos se detenham no ponto em que o palito emerge das bocas escuras empaladas.

— Por que está fazendo essa careta? — Lucas me olha e gargalha.

Estremeço, sacudindo a cabeça, e ele relaxa de encontro ao meu corpo, permitindo que nossos ombros se toquem.

Seria quase possível pensar que somos jovens normais de 17 anos em uma caminhada normal, por uma cidade normal. Mas nada disso é verdade. Fugi de um complexo militar para um encontro ilícito com uma fonte desconhecida em uma cidade perigosa.

Com o filho da Embaixadora.

Um lado meu está feliz porque o Padre não está aqui para ver isso. *Ele ficaria preocupado*, penso — *assim como estou preocupada agora.*

Chegamos ao final das avenidas, Las Ramblas, e, embora Lucas não tenha dito nada, vejo os trilhos e percebo que vamos segui-los — minha primeira vez. Ao contrário dos trilhos das Califórnias, que percorrem a costa, os trilhos da cidade funcionam somente dentro do Buraco.

Dez minutos depois, estamos nos dirigindo para leste. Ao menos é o que diz a placa na porta de nosso vagão, o qual está quase vazio; somente oficiais da Embaixada podem andar nos trilhos da cidade. Embora o cartão de Lucas não tenha conseguido nos colocar no Salão dos Registros, uma breve exibição do mesmo para os vigias Simpa entediados foi o suficiente para nos colocar nos trilhos. Ainda bem que não olharam o sobrenome com atenção.

Quando chegamos a Union Station, desço do vagão, logo depois de Lucas, e sigo-o conforme abrimos caminho pelas multidões no saguão vasto e espaçoso. Uma fileira de Simpas nos observa. Tento não olhar na direção deles, como se não olhar para eles impedisse que olhassem para mim.

O saguão é interminável. Meu coração está acelerado, e as portas para a rua parecem estar a 1 quilômetro de distância. Há cadeiras de couro muito rachadas dispostas em grupos, como um rebanho marrom. Abaixo delas, o chão é lindo, um padrão de ladrilhos em mosaico que se compõe até o centro do recinto, como se fosse um longo tapete ornamentado.

As janelas são altas. Penso nas imagens das catedrais que vi no escritório do Padre. A luz passa por elas, e a maior parte do que consigo ver à luz é poeira.

Empurramos as portas que dão para o mundo visível.

Na ampla brancura da luz do dia, preciso piscar para discernir a figura escura para a qual estou olhando. É uma árvore, crescendo no centro da praça, do outro lado da estação de trem. Pessoas surgem por entre as raízes, escondidas, sentadas e até mesmo dormindo debaixo delas. Os Simpas por perto estão distraídos, ignorando as pessoas, como se aquela bagunça de humanidade fosse algo invisível, algo que jamais pudesse ser considerado parte do plano da cidade.

— Tanta gente. — Mal consigo dizer as palavras, pois sinto todas as pessoas. Todos na praça, nas ruas... necessitando, ofegando, desejando. A cada contato, o medo atinge uma ou outra emoção. Agarro a manga de Lucas enquanto luto para me conter.

Ele desliza a mão até meu pulso e me puxa com carinho em meio à multidão. O toque é reconfortante, e deixo que ele me acalme.

Lucas aponta:

— Ali fica o Pueblo. O prédio mais antigo no Buraco. — Não consigo ver o lugar para onde ele está apontando em meio à multidão.

Paro e me concentro em respirar. Concentro-me em não sentir. Concentro-me na muralha entre meus sentimentos e os deles, desejando que esse muro aguente. Desejando que o Buraco do lado de fora não me absorva.

— Venha. — Lucas desaparece na minha frente. Nossos dedos se separam e tento segui-lo, porém depois de três passos eu o perco.

— Senhorita moça. Senhorita moça. Senhorita moça. — Passo com cuidado entre as mãos estendidas. Um martelo cai ritmicamente à distância. Ouço tambores. Não. Fogos de artifício... e tambores. Pés batendo ao ritmo deles. O dedilhar de cordas, talvez algum tipo de violão? Inclino a cabeça para encontrar a música, mas é mais fácil ouvir do que ver entre a massa de pessoas. Três grupos concorrentes de músicos de rua se apresentam nas três praças dos arredores. Uma franja de cabelos curtos desfiados aparece e some, um jato de cores vibrantes acima do aglomerado de cabeças da multidão.

Outra mão aparece diante de mim. Faço que não com a cabeça:

— Desculpe-me. Não tenho dígitos. — É verdade.

A mão pega meu braço e me puxa. Viro-me e vejo Lucas, parecendo exasperado.

— Aí está você. Fique comigo.

Fique comigo.

Pego a mão dele. Está quente, e a manga da camisa mais uma vez envolve seu pulso. Aperto-a sem perceber o que estou fazendo. Ele para de andar.

— O que foi? — Olho para Lucas, envergonhada. Tento não parecer surpresa ao me flagrar segurando a mão dele.

— Nada. — Ele sorri e vira o rosto.

Mas tem alguma coisa, sim. Consigo senti-lo. Por dentro, Lucas está tão agitado e caótico quanto o Buraco em si. Ele está quente, acelerado, esperançoso e assustado. Apavorado. Está maravilhado, intimidado e vivo. Lucas parece o Buraco, só que melhor. Ele parece a única coisa esperançosa no Buraco. Porque também consigo sentir isso, a esperança. É apenas uma fagulha minúscula, uma chama. Mas está ali.

Tenho sorte por sentir isso, mesmo que apenas uma vez na vida, penso. Não sinto com frequência. Então não digo uma palavra quando ele entrelaça os dedos aos meus conforme caminhamos.

Abrimos caminho entre as barraquinhas, e, de relance, vejo o interior de uma loja. Uma mulher está vendendo vestidos de Mexicali, longas peças de algodão que pendem dos ombros em cores vibrantes, bordadas com arco-íris de linhas. *Vestidos para banquetes*, penso. Eu deveria roubar um para Maior e levar para a Missão. Ela gostaria do verde, com o cinto entremeado nas cores do arco-íris. Mas não é isso que chama minha atenção. É uma pintura da Madona em alumínio texturizado, similar a prata. Feixes saem da cabeça dela como raios do próprio sol.

— Senhorita moça? Você gosta? — A vendedora é uma mulher com cabelos pretos e pele morena. Os olhos são reluzentemente azuis. — *Tres*. Trezentos dígitos. É um bom preço, *para la madre de todos*.

Lucas puxa minha mão. Continuo caminhando.

— Senhorita moça! Senhorita moça!

Lucas se volta para ela, e consigo sentir o momento em que a mulher reconhece o rosto dele.

— *El hijo! El hijo!* — Por um minuto, acho que ela está se referindo ao filho da Madona, mas ela está falando do filho da Embaixadora.

O rosto da mulher congela enquanto ela absorve a informação. É isso mesmo, o filho. Ela deve ter acesso a uma tela de vídeo. Agora a mulher desaparece dentro da loja, batendo as portas pintadas de azul atrás de si.

— Tenho esse efeito nas pessoas, às vezes. Ou, mais objetivamente, minha mãe tem. — Lucas olha para mim. — Desculpe-me. Você não ia comprar aquilo, ia?

— Com que dígitos?

— Muito bem. Se gostou daquele, posso mostrar um melhor.

— Uma pintura melhor?

— Não. Não a pintura. A Madona. Você vai ver. Vamos, é no caminho.

Ziguezagueamos entre becos formados por barracas, passamos por balas de pimenta e balas de amendoim. Doces antigos de Mexicali. *Pulpa de tamarindo* em embalagens enceradas, tão doces e ácidas quanto o próprio Buraco. Mangas enroladas e secas em pó de chili. Acordeões em miniatura e violões azuis de brinquedo, maracas amarelas, gaitas cor-de-rosa e *trompos* vermelhos. As cores e rostos aparecem em camadas, aparecendo e sumindo como a brisa e o céu.

Viramos por uma rua ampla, na qual um homem caminha ao longo de um muro grafitado, acompanhado por um burro que carrega montes do que parecem camisetas.

— Você não pode, de jeito algum, saber aonde vamos. — Puxo a mão de Lucas.

— Mas eu sei. — Ele me olha com um sorriso torto.

— Mas eu não. — Sorrio de volta.

— Tenha um pouco de fé, está bem?

— Eu queria poder ter fé. — Meu sorriso some. — Eu queria ter.

— Você é sempre assim tão alegre? — Lucas gargalha, e balanço a cabeça, erguendo os olhos a tempo de ver um arco assim que passamos debaixo dele. Dois dragões entalhados de um lado a outro da rua, feitos de algum tipo de metal vermelho, estão lutando acima de nós. Os corpos deles são longos e retorcidos como cobras, mas os membros em garras são curtos e pontiagudos.

— *Laowai. Laowai.* — Consigo ouvir a multidão murmurar conforme passamos. Não sei o que significa, só sei que se referem a mim. Alguém que não pertence a essa parte do Buraco.

Nem Lucas, nem eu.

O calor toma conta de nós. Gesticulo para a lateral da rua, onde as beiradas de barraquinhas dos mercados estão perigosamente unidas. Os nomes delas são indicados por plaquinhas quadradas. *Bok choy, yu choy, gai lan* se empilham umas contra as outras em tantos tons verdes diferentes quanto há cores. Inhames roxos estão juntos entre *satsumas* laranjas-claro e *oroblancos* verdes-claros, maiores e mais doces do que toranjas. Os limões *yuzu*, bolinhas reluzentes de luz do sol, só fazem o dia parecer mais quente.

228

Entre as barracas, em uma caminhonete vermelha, uma senhora enrugada vende sacolas de algo pouco familiar, que presumo ser uma bebida.

— *Paomo hongcha? Paomo hongcha.* — Ao lado dela, outra mulher está sentada em um banquinho dobrável e veste uma camiseta que diz *Sexy Mama.* Juntas, devem ter uns 700 anos.

— O que é aquilo? — Olho para Lucas.

— Já comprei antes. Não aqui, não dela. Não sei o que ela está dizendo, mas acho que a tradução é algo como espuma do mar.

Água gaseificada, meio limão e um tipo de pó açucarado são jogados dentro do que parece um copo de papel.

Lucas olha para a mulher.

— Espuma do mar? — Ela assente, e a mulher ao lado, a Sexy Mama, começa a gargalhar. O sorriso é quase todo de ouro, ou algo que parece ouro.

Lucas pega uma moeda do bolso e a entrega à mulher.

A mulher urra comigo em uma língua que não entendo. O rosto dela tem milhares de rugas.

Um homem mais velho para ao meu lado.

— Ela disse à amiga que vai roubar você porque você veio do Campo.

— Como ela sabe?

— Seu amigo chama a bebida pelo nome errado. Vocês dizem espuma do mar. Nós chamamos de xixi de Simpa.

A mulher estende a bebida. Agora está com raiva e grita comigo.

— Tome — diz o senhor. — Ela diz para beber e ir embora. — Ele se aproxima de mim. Mais afastado dos Simpas, que perambulam pela lateral da rua, atrás da barraquinha.

— Ela diz para se apressar. Diz que o Merc está esperando por você.

— O quê?

Afasto-me do homem, confusa. Vejo que estou no meio da rua, em uma fileira aparentemente infinita de remanescentes, estudantes, trabalhadores, malabaristas, músicos de rua.

— Dol! Espere...

Um senhor empurrando um enorme tambor de madeira sobre rodinhas se choca contra mim. Agora estou encurralada em algum tipo de procissão. Viro-me e dou de cara com um segundo tambor, pouco antes de ele me acertar.

Saio voando.

Abro os olhos. Um grupo de homens idosos está de pé ao meu redor, dentro de um portal de molde elaborado. Vermelho, amarelo e verde. Há um arabesco de madeira entalhado na porta.

A ASSOCIAÇÃO BENEVOLENTE. É o que diz na entrada. Utilizando os mesmos caracteres do tambor que me derrubou no chão.

Os homens parecem benevolentes, acho. Não parecem malevolentes. Parecem legais.

Fecho os olhos. O dia acabou comigo. Estou ferida onde o tambor me acertou e cansada demais para pensar.

Abro os olhos e vejo que estou sentada dentro do que imagino ser a sala principal da Associação Benevolente. Tento ficar de pé. Meu impulso é fugir.

— Por favor, por favor. Você deve sentar-se. — Apenas um homem diz as palavras em meu idoma. Todos os outros estão gritando comigo em uma língua que não compreendo.

Olho para além de mesas de carteado às quais homens fumam e brincam com um jogo com pedras muito gastas. Há calendários zodiacais na parede. Contas pendem dos portais.

Recebo um copo d'água morna e uma tigela com nozes temperadas. O cheiro atinge meu rosto, pimenta chili e capim-limão. Dou uma tossida para expulsar os temperos que aspirei.

— Você está bem. Você ficará bem.

Um homem de óculos com casaco cor de jade está sentado diante de mim.

— Onde está Lucas? — pergunto.

— Seu amigo? O pequeno Embaixador? Ele está bem. Tudo está bem.

Tento ficar de pé de novo.

O homem me puxa para baixo, mas não solta minha mão. Na verdade, ele a encara.

— O que está olhando?

— Sua mão.

— O que tem ela?

— Nada. Farei uma leitura. Para ter certeza de que você está bem.

— Não, obrigada.

— Insisto. Sou muito benevolente.

Ele estica minha mão diante de si e puxa uma prancheta de uma bolsa presa na altura de seus quadris. A prancheta tem um mapa com o contorno fraco da mão, dividida em quadrantes, e o esquema de um rosto em branco. Gráficos, pautas e tabelas com números, tais como o zodíaco, preenchem o restante da página.

— Sua leitura. Para o ano do tigre.

— É isso que isso aí é?

O homem me ignora. Olho ao redor, um pouco desesperada agora, em busca de Lucas. Não gosto que esse homem me toque. Não gosto que ninguém me toque. Ele é macio e delicado, no entanto, tanto a parte que consigo sentir com a mão quanto a parte que consigo sentir com a mente.

— Não consigo ler você com números. Não você. Leio você com criaturas. Você pertence aos animais.

O homem pega um punhado de animais de jade na bolsa, um a um. Ele os alinha em fileira na mesa entre nós, com cuidado. A mão estremece conforme ele se movimenta, detendo-se em cada animal enquanto fala.

Um porco.

— Sinto muito por sua perda. — O homem deita a peça do porco na mesa. *Ramona*, penso.

Ele segura o que parece um cordeiro e faz que não com a cabeça.

— Não as ovelhas. O pastor. Você também o perdeu. — A ovelha se junta ao porco.

O homem ergue um macaco.

— Macaco. Muito brincalhão. Muito perigoso. Mantenha os olhos abertos e veja as coisas como elas são. — Ele apoia o macaco na outra ponta da mesa, distante da ovelha e do porco.

Agora ele passa os dedos por uma tartaruga.

— Muito assustada. Sozinha. Mas vai ajudar você a encontrar seu caminho. — A tartaruga fica a meio caminho entre o macaco, de um lado, e a ovelha e o porco, do outro.

Ele coloca um cachorro ao lado da tartaruga.

— Fiel. Leal. Mas de dentes afiados. — Agora o sujeito que parece um pequeno leão entalhado. — Leão de coração nem sempre é boa coisa. Vai causar muita dor. Você deve decidir por si mesma o que é leão e o que é cachorro.

O cachorro e o leão ficam juntos.

Olho para o rosto do homem. Ele sorri, balançando a cabeça, e pela primeira vez percebo que está usando um chapéu com aba com pena laranja-intenso presa na tira. A pena combina perfeitamente com as laranjas-da-china que estão em uma tigela no centro da mesa de cartas entre nós. *Ele é uma mesa de carteado que se transformou em homem,* penso.

— Sua mão.

Dou a mão ao homem de novo. Dessa vez, ele está cheio de tristeza e energia ansiosa, de lágrimas e de suor, como espuma do oceano quando toca o litoral, lavando a areia.

Espuma do mar, penso. Não xixi.

— Está vendo isto? Você é forte.

Não sei como uma sarda sob meu dedão pode significar isso, mas concordo simplesmente.

— Não se case antes dos 25 anos. Se o fizer, terá muitos filhos e nenhum dinheiro. Muito triste.

— Não acho que isso vá ser um problema.

O homem gargalha, e vejo o ouro nos dentes dele. Ele toca uma linha que se espalha como asas no centro da minha palma.

— Seus irmãos. Eles cuidam de você.

— Eles estão mortos. — Tento puxar a mão, mas o homem me impede.

— Erro meu. Tento de novo. Duas chances em três.

O homem faz uma expressão fechada e, dessa, vez traceja as três linhas que arqueiam na palma da minha mão.

— Vejo uma criança em seu futuro. Aqui. Uma garota.

— Antes dos 25? Então sou pobre?

Ele faz que não com a cabeça.

— Não é sua. — O homem franze a testa. — Muito importante.

— Eu sou?

Ele me observa com cuidado, de pertinho.

— Ela é.

Ele segura minha mão com força, e suas órbitas se perdem. O homem olha, mas não para minha mão, e consigo senti-lo se afastando de mim.

— Você deve ajudá-la. Tudo depende disso. — O tom de voz muda, e ele não está mais sorrindo.

— É?

Ele enfia a mão no bolso e pega um saquinho de veludo. Aí, um a um, pega os animais de jade e os coloca dentro do saco.

— Guarde-os. Eu deveria guardá-los, mas sua mão me diz para dá-los a você.

Estendo a mão para pegar o saquinho. Ele a puxa de volta.

— Ganância, ganância. Não são para você. São para ela. Quando a encontrar. Se.

O homem, como todos no Buraco, é louco. É a primeira coisa que penso. A segunda é que ele está armando um golpe.

E lá se vai a Associação Benevolente. Provavelmente estão pedindo um resgate por Lucas enquanto nos falamos.

— E quanto ao rapaz? — pergunta ele.

É como se pudesse ler minha mente.

— O que tem ele? O que diz minha mão?

Mas depois disso o sujeito idoso vira a cabeça para trás e gargalha, erguendo as mãos.

— Não posso contar a você. Acabou o tempo. Atire em mim. Está escrito.

— O quê?

— Atire em mim. É o que resta.

Ele sorri e revira os olhos para trás até só dar para ver a parte branca.

— Não entendo.

Ele fecha os olhos. Uma bala rasga o peito dele, espirrando carne vermelha em mim. Outra passa zunindo pela minha cabeça.

— Ai, meu Deus.

O velho está morto. Uma rajada de balas abre a madeira acima dele. Caio da cadeira e me esparramo no chão.

Mesmo assim, não consigo tirar os olhos do velho.

A mancha vermelha nele aumenta enquanto o corpo tomba. O chapéu cai livremente, e a pena laranja flutua, preguiçosa. Há laranjas-da-china por toda parte, rolando e se esparramando pela mesa, pelo chão. Como o sangue.

Atire em mim. Ele não estava brincando.

Ele sabia que viria.

Ele sabia.

— Ai, meu Deus. Ai, meu Deus. Doce Maria.

Pego o saco de veludo, levanto-me e corro.

Conforme prossigo, penso que isso é que minha vida se tornou. Isso e nada mais. Notícias misteriosas e morte súbita. Borrifo de sangue na parede e laranjas-da-china rolando no chão. Essa é minha vida agora.

Isso faz com que eu corra mais depressa.

AUTÓPSIA VITUAL DE CIDADE DA EMBAIXADA: DESCRIÇÃO DOS BENS PESSOAIS DA FALECIDA (DBPF)

SIGILO ULTRASSECRETO

Realizada por Dr. O. Brad Huxley-Clarke, DFHV
Nota: Conduzida a pedido pessoal da Embaixadora
 Amare
Instalação de Exames nº 9B de Santa Catalina
Vide Autópsia do Tribunal em anexo.

DBPF (CONTINUAÇÃO DA PÁGINA NATERIOR)
Catálogo à hora da morte inclui:

31. ██████████████████████████████████
██████████████████████████████████.

32. Um pequeno animal entalhado, de cor verde. Qualidade barata, em geral vendido em lojas de lembranças por todo o Sul. De 2,2 zm. Feita de jade. Parece ser um leão partido ao meio.

Fonte ou significado desconhecidos.

NOSSA SENHORA DOS ANJOS

Vou embora da sede da Sociedade Benevolente, correndo o mais depressa possível. De soslaio, vejo vários Simpas em formação, seguindo pelo centro da rua.

Por que Simpas atirariam em mim? Por que agora?

Costuro o caminho entre a multidão conforme ela escasseia. Ouço ruídos de mais tiros. Pessoas gritam, espalhando-se, frenéticas. Continuo em frente.

Lucas. Onde está Lucas?

Por que os Simpas atirariam nele?

Viro uma esquina, para um beco, e me abaixo atrás das latas de lixo. Alguns minutos depois, Lucas mergulha nas sombras atrás de mim.

Ficamos ali, ofegantes, conforme os Simpas passam direto, na claridade da rua diante de nós.

— Por quê? — É a primeira coisa que consigo dizer.

— Não sei.

— Estão atrás de mim ou de você? — Espero que eu não seja a resposta.

Lucas não responde. Penso no senhor que leu meu futuro, no modo como o sangue escorreu pelo peito dele, no modo como seu corpo caiu para trás.

Toco meu bolso em busca das pedras duras de jade. Tudo parece embaçado agora, e tento limpar as lágrimas do rosto, mas elas continuam descendo.

— Sabe por que Doc foi inventado? — pergunta Lucas.

— É um virtual. Um médico. — O próprio Doc me contou.

— Quando eu tinha 5 anos, encontrei uma víbora na cama. Quando tinha 11, meu tutor bebeu um copo de leite que deveria ser meu e caiu morto devido a envenenamento por cianureto. Quando eu tinha 13 anos, alguém atirou em mim em plena luz do dia, então nos mudamos para Santa Catalina.

— Isso é terrível.

— Doc não é apenas um médico. É meu guarda-costas. Há tantas pessoas me querendo vivo quanto me querendo morto. É parte da minha rotina. — Lucas parece tão enjoado quanto eu me sinto.

— Você está aqui agora, não está?

Recosto-me nele, no lixo, nas sombras, no beco. Deixo o calor ir e voltar entre nós.

— Desculpe-me, Dol. Desculpe-me por colocar você nessa situação. Eu devia ter sido mais cuidadoso. Devia ter vindo sozinho.

Lucas não veio sozinho, e não deveria. Mas é assim que ele se sente. Entendo. Então não digo nada.

Finalmente nos esgueiramos de volta para a rua. Mantemos as cabeças abaixadas e permanecemos nos becos. A multidão retornou ao asfalto e às calçadas, e a quietude temporária do incidente com os Simpas deu lugar ao barulho normal e ao caos fervilhante. Multidões e barulho são reconfortantes aqui. Apenas o silêncio perturba. Fico feliz por ele ter acabado.

Logo chegamos a um muro de arenito que percorre a extensão de um quarteirão, talvez mais. Passo o dedo pelos retângulos lisos de pedras pálidas, os quais estão se desintegrando. Levanto o rosto e vejo uma fileira de sinos de latão verde. Em alguns lugares ainda é possível notar o tom acobreado sob a pátina. Só em alguns deles.

— Aqui — diz Lucas. — Era isto que eu estava procurando.

Há um portão, e está trancado — ainda que o prédio pareça abandonado.

— E agora?

— Agora isto. — Lucas empurra o portão, e o ferro oxidado cede sob a mão dele. Assim como boa parte do Buraco, é algo quebrado e inútil que apenas retém a mínima impressão do propósito que havia antes.

Lucas e eu caminhamos por um pátio abandonado, onde degraus largos e planos levam a uma enorme construção de arenito, à esquerda, e a uma fonte seca e rasa, à direita. Uma última fileira de construções, lojas vazias com portas enferrujadas e abertas, delimita o fim do lado direito.

Lucas se posiciona atrás de mim, levando-me para um lugar em especial. Sinto as mãos dele em meus ombros, dois lugares mornos onde do contrário eu estaria sentindo frio, embora o sol esteja brilhando.

— Ali, bem ali. Agora... levante o rosto.

Olho para o céu, e a fachada de uma catedral emerge no ar azul, diante de mim.

Lá está ela. Agora entendo por que estamos aqui. E Lucas está certo. É mais bonita.

Uma estátua de pedra — a Madona triste — olha para mim.

— Nossa Senhora dos Anjos. Era assim que este lugar se chamava. Há muito, muito tempo — conta-me Lucas.

— Ela é linda.

Ele inclina a cabeça, de modo a olharmos pelo mesmo ângulo.

— Veja o halo dela. É vazado, formado pelo céu, está vendo? É minha parte preferida.

Não sei se é a Madona ou um anjo. De toda forma, o teto de pedra é vazado em um círculo acima da cabeça da estátua, e percebo que ele tem razão.

O halo da Madona é o céu.

— Gosta disso? Dela? — Ouço a voz de Lucas, mas não respondo. Não consigo falar.

O halo dela é o céu. O mesmo céu que nos deu os monstros, os Lordes.

A Madona e os monstros. Paz e morte.

Anjos e alienígenas.

A Madona usa um manto de flores alaranjadas e buganvílias escarlates que crescem selvagemente nas fontes e pedras da praça.

— Lucas.

É tudo que consigo dizer. Ele passa as mãos por cima em ombros e me abraça, então inclino-me para ele...

— Isso é um Ícone de verdade, não é?

Reconheço a voz. Lucas afasta os braços, e nos viramos, assustados.

— Meio que coloca tudo em perspectiva, eu diria.

A praça da igreja não está mais vazia. Fortis está de pé diante de nós. Atrás dele, uma fileira de pessoas que não reconheço. Não são Simpas. Não parecem camponeses. São outra coisa.

— Meus amigos da Rebelião. Achei que era hora de vocês finalmente se conhecerem. Principalmente agora, considerando que vieram até a casa deles. — Fortis gesticula para o ambiente. — Lugar legal, não é? Eu gosto daquela parte, com a fonte e as flores. — Ele arranca uma flor de buganvília. — Vermelha, como minha primeira mulher. Sempre gostei de uma ruiva.

Olho para Lucas.

— Ele? Era para isso que você estava vindo? Para ver Fortis? — Não consigo acreditar. Principalmente partindo de Lucas.

Lucas dá de ombros.

— Foi você quem disse que confiava nele, não foi?

O Merc sorri.

— Vamos lá, senhorita moça. Meus amigos me disseram que vêm seguindo vocês pela cidade o dia todo. Perderam os dois por um momento, depois da coisa desagradável com os cavalheiros Benevolentes. Que vergonha.

— Cale a boca, Fortis. — Não gosto do modo como ele diz as coisas. Como se tudo tivesse o mesmo peso, nada importasse mais do que a coisa seguinte. *A flor é vermelha. O homem está morto.* São apenas palavras para ele. Os Mercs são assim mesmo, acho.

— Eles só querem conversar um pouco. O mínimo que você pode fazer é entrar para comer um ou dois pedaços de bolo e beber uma xícara de chá.

Um a um, começo a discernir os rostos do grupo. A mulher da barraca de doces na praça. O senhor que nos ajudou a comprar a bebida na caminhonete vermelha, e a mulher que a vendeu. Até mesmo alguns idosos da Associação Benevolente estão na multidão — reconheço os casacos de retalho cor de jade.

É estranho ver todos aqui, uma coleção maltrapilha de almas perdidas no pátio de uma igreja em ruínas, com o caos do Buraco como cenário.

— Uma bebida — diz Lucas, e está decidido. Lucas e eu seguimos Fortis pelas portas imensas, rumo ao que parece ser a igreja. Dou uma última olhada na Madona, mas ela não fala nada. Como se fosse um sinal, no entanto, o halo de céu se transforma em um halo de nuvens.

Digo mentalmente que não acredito em sinais e deixo a porta pesada se fechar atrás de mim.

Mas é mentira.

Pois acredito.

O interior da igreja não é uma igreja. Na verdade é, ou foi, uma catedral. O teto se ergue, e o recinto se alarga, até que percebo que já estamos na outra extremidade. Fico de pé, olhando para o corredor central, para a abóbada, onde as paredes dividem o espaço em cruz. *Como na Missão*, penso, *mas cem vezes maior*. Percebo que tudo a respeito desse lugar é vasto e grandioso. No fundo, há resquícios de algum tipo de altar dourado e entalhado. Imagino que, em algum momento, deve ter havido fileiras de bancos, repletas de pessoas rezando. *Animais não*, penso, com um sorriso.

Se eles tivessem velas, eu acenderia uma para Ramona Jamona.

Mas agora não há bancos, apenas fileiras de camas de campanha. Mesas com mapas abertos. Aglomerados de crianças e de idosos aqui e ali. É tão caótico, de seu jeito bem peculiar, quanto o mercado, as barracas e o Buraco lá fora.

Apenas as paredes estão imóveis. As pedras, quadrados imensos, não se mexem, e todos somos pequenos ao lado delas.

Fortis gesticula para que eu entre em um recuo onde um tapete espesso foi jogado sobre o chão e forrado por travesseiros bordados. Tem uma estampa brilhante de echarpes de seda pendurada, cobrindo a porta, e serve apenas como uma espécie de interrupção das paredes. Jogo-me ao lado de Lucas, a uma mesa baixa, arrumada com um conjunto de chá de latão elaborado. Um prato de bolinhos com aparência empoeirada acompanha o chá.

Fortis senta-se diante de nós.

— Obrigado por vir, amigo. Fiquei surpreso quando recebi seu recado.

— Sério? Depois de ter vindo até nós? O que foi tão surpreendente acerca de eu querer retribuir a visita?

— Não fiquei surpreso por você estar curioso. Fiquei mais surpreso por você conseguir enviar um recado para mim. Não sou um cara fácil de chamar.

— E, por falar nisso, como encontrou este lugar? — Olho para Lucas de modo desconfiado.

— Eu perguntei. — Ele dá de ombros.

— Perguntou a quem? — digo.

— Perguntei por aí.

Lucas olha para Fortis, que sorri.

— Tentei deixar algumas pistas. Aquele é um programa e tanto, aquele seu amigo na Embaixada. Complicado de desligar e um dos meus melhores trabalhos, se é que posso dizer.

— Está falando de Doc? — Tinha de ser. Lucas não poderia ter contado a mais ninguém. Deve ter pedido a Doc que rastreasse Fortis.

Volto-me para Lucas. Não consigo evitar.

— Não é de surpreender que as pessoas soubessem exatamente onde estávamos o dia todo. E também porque Simpas chegaram e atiraram no velhinho com quem eu estava conversando. Não sei como a Wik da Embaixada funciona, mas tenho quase certeza de que, se uma parte dela sabe de alguma coisa, as outras partes sabem também.

— Não foi Doc. Ele é mais inteligente do que isso. Você não o conhece como eu. — Agora Lucas está ficando na defensiva.

— Ele não é inteligente. Não é nem uma pessoa. — Não sei por que, mas pela terceira vez hoje, sinto que estou segurando lágrimas quentes e incômodas.

— Isso, meu amor, é apenas semântica. — Fortis serve-se de uma bebida.

— Doc não diria nada sobre mim. — Lucas pega algo que parece um tipo de rolinho doce e o enfia na boca.

— E como você sabe disso?

— Ele é Doc.

Fortis ergue a xícara. Um brinde.

— Para mim, parece um velho bastardo suficiente para traí-lo. — Ele abaixa a xícara. Suspeito que não seja chá.

— Tecnicamente, isso seria impossível, pois o termo bastardo se aplica como o vocábulo amplamente aceito para uma criança nascida fora do matrimônio. — A voz familiar surge de Lucas, que está pressionando um local específico no bracelete de couro preto que usa ao redor da marca. — Eu não nasci fora do matrimônio nem fui uma criança, ou, considerando isso, no sentido tradicional, não nasci.

— Doc?

— Sim, Dol...?

— Você esteve aqui o tempo todo?

— Em sentido estrito, não. Se por "esteve aqui" você considera que implique em presença física. Na verdade, não estou nem cá nem lá. Como diz a expressão coloquial.

— Ah, você é real bastante para mim, amigo. — Fortis ergue o copo para a voz sem corpo. — *Cogito ergo sum*, meu amigo. *Cogito ergo sum*.

— Obrigado, Fortis.

— Lucas *veste* você? — Parece idiota. Quero que pareça.

— É um drive móvel. Vai diretamente para meu ouvido. Eu te disse. Ele meio que é meu guarda-costas. Como você achou que eu sabia para onde estava indo o dia todo? Ou como sempre sei onde encontrar você?

— Porque você é inteligente. Porque é rápido. Porque já esteve no Buraco, e eu não. — Estou sendo teimosa. Não gosto de não saber o que está acontecendo em meu entorno.

Mesmo que, apesar de tudo, eu goste de Doc — e um pedacinho meu, em algum lugar, não saiba como se sentir em relação a Lucas. De muitos jeitos diferentes, acho. Só não sei qual dos jeitos é o mais importante.

Fortis se recosta nas almofadas.

— Se os dois pombinhos me derem a oportunidade de dizer algo, acho que poderia ajudá-los.

Lucas exibe uma expressão irritada.

— Quer dizer que acha que nós podemos ajudar você.

— Não foi o que eu disse? — Fortis suspira. — Sou um sujeito razoável. Tenho uma proposta razoável. Só peço que ouçam e só depois me digam o que acham, está bem?

— Como saberemos? — Lucas empurra sua xícara.

— Saberão o quê? — Fortis ergue uma sobrancelha.

— Que você é razoável. Ou que deveríamos ouvir.

— Ou que vigias Simpa ou quem quer que estivesse atirando em nós lá atrás não estão a caminho de estourar nossas cabeças agora mesmo? Enquanto você nos mantém sentados aqui, ouvindo suas mentiras? — Não consigo evitar me intrometer.

— O que diz, Doc? — Lucas não tira os olhos de Fortis.

— Seria lógico, sim. Até mesmo aconselhável, se as metas do mercenário estivessem alinhadas às das pessoas por trás da violência desta tarde.

— Exemplos? — Está ficando claro que Lucas e Doc estão juntos há muito, muito tempo.

— Citação. Pense na Guerra de Troia. Em Demóstenes. Em Sun Tzu, *A arte da guerra*, subtítulo "Criando oportunidades estratégicas".

— Bem, aí está. Eu não iria querer discordar de Sun Tzu.

— No entanto — continua Doc —, é muito improvável, considerando que a remuneração financeira é a meta de qualquer mercenário, não importa seu alinhamento. E não acredito que o lucro seja a motivação dele.

— Por que não? — O sorriso de Lucas desaparece.

— Porque — responde Doc — Fortis, não é um mercenário. Isso é um embuste, uma mentira. Uma ficção.

— Hã? — Encaro Fortis e a verdade me atinge no mesmo momento que as palavras. Apenas por um instante, consigo sentir que estou chegando a ela.

— Ele é o líder da Rebelião.

AUTÓPSIA VIRTUAL DO TRIBUNAL DE CIDADE DA EMBAIXADA: DESCRIÇÃO DOS BENS PESSOAIS DA FALECIDA (DBPF)

SIGILO ULTRASSECRETO

Realizada pelo Dr. O. Brad Huxley-Clarke, DFHV
Nota: Conduzida a pedido pessoal da Embaixadora Amare
Instalação de exames nº 9B de Santa Catalina.
Vide Autópsia do Tribunal anexa.

DBPF (CONTINUAÇÃO DA PÁGINA ANTERIOR)
Catálogo à hora da morte inclui:

35. Coleção de panfletos motivacionais da Embaixada, segue texto escaneado:

GARANTA O FUTURO!

SEJA PARANOICO QUANTO A INIMIGOS
DA CÂMARA DOS LORDES,
SABOTADORES E OUTROS
ELEMENTOS MALIGNOS CONTRÁRIOS À PAZ
NAS CIDADES DA EMBAIXADA.

AGRADEÇA AOS LORDES!

TRABALHE MUITO
SEJA GRATO!
PELA EMBAIXADA,
PELA PAZ MUNDIAL,
PELO FUTURO!
AGRADEÇA AOS LORDES!

— Você é o quê? — Lucas se debruça na mesa. Acho que ele fugiria se pudesse, mas há fileiras de camponeses da Rebelião entre Lucas e a porta.

— Isso foi mesmo necessário, Hux? Eu deveria ter desligado você de novo. — Fortis sacode a cabeça.

— Hux? Você também tem um nome para Doc? — Não sei o que acho mais confuso, que o Merc de alguma forma seja amigo de Doc, se é que se pode chamar assim, ou que o Merc não seja sequer um Merc.

— Peço desculpas, Fortis, cometi um equívoco.

— Cometeu ou não? Um equívoco? — Lucas olha para o pulso, como se, de algum modo, Doc estivesse ali.

— Creio que Fortis e eu concordamos que em determinado momento seria benéfico revelar algumas verdades sobre nós — diz a voz.

— Sobre vocês? Qual é a verdade sobre você, Doc? Ou tem mais nomes que não conheço? — Lucas parece perturbado.

— Já fui chamado de cerca de cem derivações da versão extensa de meu nome. Gostaria de ouvi-las? É um pedido ligeiramente diferente. — A formulação familiar me reconforta.

— Na verdade, não. — Lucas apoia a xícara.

— Deixe Hux em paz. Ele é um cara legal. Fui eu quem disse que você não concordaria em se encontrar comigo se soubesse minha verdadeira identidade.

— Por quê? Quem é você? — Consigo sentir o turbilhão de emoções de Lucas irradiando para o restante de nós. Ele está contagioso como nunca, mas agora o que me passa é algo mais próximo de calafrios do que qualquer outra coisa.

— Isso importa mesmo? Não deveria. O que deveria importar para você é o seguinte: você, eu e todos nós... vamos acabar com o Ícone.

— Como é?

— O Ícone, que fica naquilo que costumava ser o Observatório. Já é hora de fazermos algo em relação a ele.

— Você está errado. Não podemos fazer nada. O Ícone não pode ser destruído. Nada funciona ou vive perto dele. Ninguém conseguiria se aproximar o bastante para tocá-lo.

— Lucas não acredita.

Fortis continua, calmo.

— Sei mais do que você pode imaginar, e você pode aprender alguma coisa se parar e ouvir. A Embaixada controla o Buraco através do Ícone. A Câmara dos Lordes controla a Embaixada através do Ícone. Ele controla tudo. Tudo se resume ao Ícone. — Fortis balança a cabeça.

— Nem tudo — replica Lucas.

— Na verdade, o Ícone controla tudo sim. — Fortis pisca um olho para mim. — Mas não todos, Doloria.

— Tudo e todos — insisto. — Até mesmo a gente. Aqui estamos, impotentes. Controlados pela Embaixada, tal como todo mundo.

— Não discutirei com você sobre isso, Dol. Mas pense: como acha que recebeu seu nome? Amoris? Doloris?

— Porque ela sobreviveu ao Dia? — Lucas franze a testa para Fortis.

— Não totalmente.

— Porque ela possui habilidades especiais, então? — Ele tenta mais uma vez.

Fortis dá de ombros.

— O que está dizendo, Fortis? — Lucas passa as mãos nos cabelos loiros e lisos, frustrado.

Perco a paciência.

— Não sei muito sobre o Ícone, mas até eu sei que não podemos nos aproximar dele. Morreríamos, como todo mundo. — As imagens das Cidades Silenciosas inundam minha mente de novo, então concentro-me na xícara diante de mim, tentando não vê-las.

— Talvez. Talvez não. Veja bem. Vou dizer uma coisa. Faremos uma visita ao Ícone. Veja por si mesma, diga-me o que acha.

— Agora? — Não acredito nele. Não quero acreditar. — Pare de fazer joguetes com a gente, Fortis. Diga o que sabe. O que isso tem a ver conosco? O que somos?

— Vocês sentem as coisas, Dol. Todos os quatro. Sentem coisas de um jeito muito peculiar. Mais do que as outras pessoas. Mais do que qualquer um.

— E?

— E não é apenas um acidente. Esses sentimentos, essas emoções são o que tornam vocês poderosos. Então tudo que peço é que você dê uma olhada. Você pode se surpreender.

— Como sabe o que encontraremos no Ícone? Como pode ter certeza de qualquer coisa? — Estou tão arrasada e tão exausta. Não sei se quero gritar ou chorar.

— Não posso. Mas sei mais sobre você do que qualquer outra pessoa, meu amor. — Fortis tira um livro, meu livro, de dentro do casaco.

— Veja bem, eu escrevi este livro. Bem, Hux e eu, para ser mais preciso.

O livro a meu respeito. O Livro dos Ícones. O livro pelo qual a Embaixadora matou meu Padre.

Um médico o escreveu. Foi o que o Padre disse.

Ele estava falando de Doc?

Minha mente está acelerada, e estendo a mão para pegar o livro — no segundo que Fortis o puxa de volta.

— Se quiser recuperar seu precioso livro, terá de merecê-lo. Venha dar um passeio comigo primeiro.

— Por que eu deveria? — Semicerro os olhos. Lucas se remexe ao meu lado, desconfortável.

— Porque eu explodi os trilhos por você. Quase perdi um dedo. E trato é trato.

AUTÓPSIA VIRTUAL DE CIDADE DA EMBAIXADA: DESCRIÇÃO DOS BENS PESSOAIS DA FALECIDA (DBPF)

SIGILO ULTRASSECRETO

Realizada pelo Dr. O. Brad. Huxley-Clarke, DFHV
Nota: Conduzida a pedido pessoal da Embaixadora
 Amare
Instalação de exames n° 9B de Santa Catalina
Vide Autópsia do Tribunal anexa.

DBPF (CONTINUAÇÃO DA PÁGINA ANTERIOR)
Catálogo à hora da morte inclui:

38. Uma faixa de musselina de 10 cm, manchada com o que parece ser sangue humano seco.

Retalho é consistente com atadura de pulso usada pela Falecida.

Será escaneado e enviado aos Laboratórios da Embaixada para análise, de acordo com protocolo n° 83421.

O PARQUE

— Tudo bem

Irei com ele. Não tenho escolha.

Fortis pode não ser um Merc — mas é mercenário de verdade. Não haverá livro até que eu o acompanhe ao Ícone. O livro desaparece quase tão rapidamente quanto surgiu.

— Primeiro, daremos um passeio. — Fortis se levanta.

Não consigo ignorar a dúvida:

— Fortis. Preciso saber. O que há de tão importante em relação a esse livro idiota?

— Ainda não. Faremos um passeio de campo. Verificaremos o Ícone, faremos um reconhecimento. Então poderemos ter a hora de leitura, pelo tempo que você quiser.

Não tem como discutir com Fortis — pelo menos não mais —, e é por isso que, em minutos, estamos caminhando por uma rua empoeirada rumo à direção exata da base da colina.

———•———

— Ele está nos seguindo, vê? — Olho por cima do ombro, nervosa. A caminhada até o Observatório levou horas, sendo que fomos seguidos nas últimas delas.

Um menino baixinho e com aparência maltrapilha caminha pelas sombras do mesmo lado da rua que nós, apenas um quarteirão atrás. Ele parece um remanescente, tatuado e em farrapos. Mas a caminhada do menino é determinada demais; conforme perambula, não tira os olhos da gente.

— Aquele menino — falo.

— Não se incomode com ele. — Fortis caminha mais devagar, se é que é possível. Percebo que estou observando os trejeitos dele, para ver se está bêbado. Principalmente considerando que o que estamos fazendo só pode ser explicado por meio de intoxicação ou de insanidade.

— E se estiver armado? — pergunta Lucas em voz alta, e consigo sentir a pulsação dele acelerando. — Já atiraram em nós uma vez hoje.

— Só uma vez? Isso é um pouco anticlimático, não acha? Considerando que conseguiu concluir a viagem até aqui? — Fortis pega um lenço do bolso do casaco enorme. Ele seca a testa e imagino o que mais há no casaco. — Você ficará bem. Estamos quase lá, não estamos, Hux? — Fortis olha para Lucas, mas não está falando com ele.

Doc responde, tão tranquilamente quanto se Lucas tivesse perguntado.

— É na próxima esquina, Fortis. Vocês devem estar seguros até chegarem ao perímetro.

— E no campo?

— Todos os sistemas estão operantes. O pulso está transmitindo normalmente, diretamente do Ícone. — A voz de Doc parece mais longínqua agora que estamos do lado de fora, na rua.

Embora, é claro, ele jamais tenha estado conosco, não de verdade.

A placa caída ao fim da rua diz PARQUE GRIFF, ou pelo menos são as letras que restam. Em algum lugar ao final da rua e no alto da colina, o Ícone aguarda por nós.

Não há sinal de vida na base gramada verde-amarronzada das colinas que nos cercam. Nenhum pássaro cantando; nada farfalha na vegetação rígida e seca. Há apenas o zunido da atmosfera e o silêncio da morte certa. É assim que soa a pulsação do campo. Como ruído maquinal e um nada em meus ouvidos.

A rua se chama Samambaia Musgosa; pelo menos é o que parece. A placa está tomada por grama agora, assim como a estrada. Sucumbiu às samambaias marrons e secas. Parece o lugar errado. Não se parece com um lugar aonde alguém iria.

Mas então há uma curva na rua e os portões aparecem.

É claro.

O parque Griff é fechado por portões.

Uma cerca gradeada foi fechada de maneira negligente, talvez porque a Embaixada saiba que ninguém seria capaz de sobreviver por tempo o bastante para entrar, e, se entrasse, não chegaria ao topo da colina até o Observatório.

Lucas fica de pé na rua, encarando a colina, ou o que conseguimos ver através das pilhas marrons de existência botânica morta, recostada contra os portões. Parece que o local um dia foi uma vizinhança, com casas e gramados bonitos, e provavelmente famílias legais. Agora é um bairro fantasma, assombrado por memórias que ninguém ficou para contar.

Não quero estar aqui. Não quero ser um fantasma. Viro-me e olho para trás. O menino está muito próximo, de pé onde eu estava há poucos minutos.

— Por que estamos aqui? Não há motivo. Não podemos fazer nada. — Estou incomodada.

Fortis simplesmente permanece de pé ali, as mãos nos bolsos, aguardando. Pelo quê, não sei.

— Então esse é o perímetro, imagino. — As palavras soam estranhas na garganta de Lucas, e ele não mexe os olhos.

Fortis assente, os olhos igualmente fixos.

— Aparentemente, sim.

Então vejo o que estão encarando. Não é apenas a vegetação morta.

Ao meu redor, empilhados nos escombros na base da cerca, há esqueletos — quatro, seis, dez esqueletos, recostados contra a cerca, atirados como lixo na lateral da rua.

Um tem a mão na garganta.

Meu coração falha.

Estou olhando para os corpos de pessoas que tentaram se infiltrar no Ícone, que tentaram fazer algo em relação à nossa situação em comum. Pessoas mais corajosas do que eu.

Estão todas mortas.

Viro-me para Lucas e para Fortis.

— Devíamos voltar. Não podemos... elas estão por toda parte.

Fortis suspira.

— É isso que acontece quando nós, pessoas comuns, tentamos nos aproximar do Ícone. Como eu já disse.

— Por que há tantas?

Fortis gargalha, mas sem sorrir.

— Está brincando comigo, querida? Isso não é nada. Pense. Desde 06/06, qualquer pessoa que tenta se manifestar é morta. Sempre que tentamos montar algum tipo de protesto. Contanto que o Ícone fique onde está, os Lordes controlam tudo que dizemos e fazemos. São as Cidades Silenciosas, todos os dias, novamente. — Fortis dá de ombros. — Depois de um tempo, paramos de tentar. Agora, pegamos um número e ficamos na fila junto ao restante dos mortos-vivos.

Lucas está em silêncio. Em vez de falar, ele começa a caminhar em torno do perímetro do portão, em busca de algo.

— O que está fazendo? Vai ser morto.

Agarro o braço dele — preciso impedi-lo. Estou pensando nos noticiários. Estou pensando nas ruas vazias e nos rostos dos mortos. Como não poderia? É exatamente o que estamos olhando bem agora. É onde estamos.

Estou entrando em pânico. Essa pode não ser uma Cidade Silenciosa, mas ainda é um Ícone. Ainda pode nos matar.

Todos sabemos disso.

— Ali. Veja. — Lucas aponta para onde a cerca gradeada se entorta em direção aos arbustos. Um buraco, não grande bastante para Lucas, mas, por muito pouco, grande o suficiente para mim. — Você é a menor de nós. Pode passar por ali. Pode dar a volta e abrir o portão dianteiro para mim.

Balanço a cabeça, incrédula.

— O quê? Não vou morrer por você.

— Não estou pedindo para você morrer por mim.

— Olhe para aquelas pilhas de ossos. É exatamente o que você está pedindo.

— Não, não estou. Olhe para mim, olhe para nós. Parece que tem alguma coisa errada aqui?

Encaro Lucas.

— Não estamos cansados. Nossas cabeças não estão doendo. Nossos corações não estão com os batimentos irregulares.

Fale por si. Reparo, no entanto, que Fortis não parece bem, e mais uma vez está limpando o suor da testa.

— Não entende? Não nos afeta.

— Isso é impossível. O Ícone afeta a todos. É o objetivo dele.

— Não sabemos disso — diz Fortis. — É por isso que estamos aqui. Cada cérebro é único. Seus cérebros parecem ser... particularmente únicos. Vocês podem não ser afetados do mesmo modo que o restante das pessoas. Pelo menos é nisso que estou apostando. Dedos cruzados. — Fortis ergue os dedos, duplamente cruzados.

— E se Fortis estiver certo? — Lucas olha para as mãos.

— E se nós formos o caminho até o Ícone? Para contornar o Ícone?

— Você não confia em Fortis! Jamais confiou em Fortis. Olhe para esses esqueletos e depois me diga se acha que Fortis está certo...

— Ei. Seja legal. Estou bem aqui. — Fortis sorri. Nada do que digo o afeta. Nem mesmo estar à sombra do Ícone o perturba, além de um pouco de suor. É como se tudo fosse um jogo.

— Não sei se Fortis está certo, mas sei que tem algo acontecendo. Estão mentindo para nós, a Embaixada.

— Sua mãe.

— Minha mãe. Principalmente ela. Escondeu os regis-tros. Lacrou os segredos. Precisamos descobrir... o que quer que não querem que saibamos.

— Foi por isso que veio? Para descobrir se o Ícone pode ou não matar? Ou talvez você simplesmente não queira mais viver?

— Você me diz. Por que me seguiu até aqui?

Aí compreendo o que preciso fazer.

Não é Lucas quem precisa saber.

Sou eu.

Padre.

Minha família.

Meu destino.

Preciso descobrir por conta própria.

Por que eu?

Por que estou aqui e para quê vim até aqui?

O que me torna uma Criança Ícone?

Antes que qualquer um possa dizer alguma coisa, viro-me e me atiro pelo buraco na base da cerca.

E fico deitada no chão, na terra, esperando morrer.

Mas não morro.

MEMORANDO DE PESQUISA: PROJETO HUMANIDADE

SIGILO ULTRASSECRETO/
SOMENTE PARA APRECIAÇÃO DA EMBAIXADORA

Para: Embaixadora Amare
Assunto: Origem das Crianças Ícone
Subtópico: Notas de Pesquisa
Designação no Catálogo: Prova recuperada
durante batida em esconderijo da Rebelião
Página rasgada de livro
Título do livro: *Poder do cérebro: desvendando a energia interna*
Autor: Paulo Fortissimo

INTRODUÇÃO

Energia é o fundamento da vida.
Energia controla, cria, muda e destrói.

EXEMPLOS

A radiação pode matar, lenta ou rapidamente. A luz infravermelha pode alterar um canal. As ondas eletromagnéticas podem ser usadas para enxergar dentro da mente e do corpo. Ondas sonoras, como a música ou a voz, podem desencadear emoções de tristeza ou de alegria. A luz nos dá a visão e pode gerar sensações inomináveis.

HUMANOS CRIAM ENERGIA CONSTANTEMENTE

Som, choque, emoção. No entanto, agora estamos descobrindo que o cérebro humano tem potencial inexplorado para gerar mais energia do que poderíamos sonhar.

Todos temos uma estrela nascente trancada dentro de nós que pode queimar mais forte do que imaginamos.

Só precisamos encontrar a chave.

O OBSERVATÓRIO

Ele deve ter começado a se mexer antes de eu chegar ao chão, pois não fico parada por mais de um segundo quando ele ataca.

O menino.

Lucas dispara contra ele de um lado, Fortis, do outro. Mas chegam tarde demais. Só vejo a faca.

Facas.

Grito e me debato, chuto e soco o mais forte que consigo. Um instante depois, o agressor sai de cima de mim. Uma lâmina reluzente cai da mão dele, na terra.

— *Madre de Dios!* — continuo gritando. Não consigo parar.

— Dol! — Lucas dispara em direção à cerca, mas Fortis o agarra pelo pescoço e se volta para mim.

— Controle-se, querida.

Fortis me cala. Prendo a respiração até conseguir engolir os gritos. Minha respiração está forte e irregular, agora já estou em silêncio.

O menino Simpa está pesado e inerte. Embora o rosto dele esteja meio escondido na terra, consigo ver que seus olhos se reviraram. Aproximo meu rosto do dele. Não está respirando. É como se seu corpo inteiro tivesse simplesmente parado.

— Acho que está morto.

— Qualquer um que passa pela cerca morre. É isso que o Ícone faz com o restante de nós — grita Fortis para mim, mas se afastando da cerca enquanto fala. Agora o rosto dele está fechado, ríspido, os olhos nervosos. — Acho melhor eu me afastar um pouco.

Encaro o menino recém-morto, deitado na metade da cerca.

Lucas o arrasta pelas botas até o corpo estar todo do lado de fora, do outro lado da cerca. Ele abre a jaqueta do menino, apalpando os bolsos. Tira de dentro dela um pedaço de papel esmaecido, dobrado uma vez. Antes que possa abri-lo, Fortis rapidamente pega o papel e o lê.

— Parece que há um preço por você. Apenas mil dígitos? Desgraçados sovinas. Estão desvalorizando todo o mercado de Mercs. — Fortis parece enojado. — Roubo descarado, é isso que é.

— Fortis!

— Tudo bem. Ele deve ter reconhecido você e pensou em ganhar alguns dígitos.

— Quem estipularia um preço pela minha cabeça? — Lucas estende o braço para pegar o papel, mas Fortis o afasta. O papel desaparece em meio às dobras volumosas do casaco imenso, tal como todo o restante dos objetos capturados por ele.

— Meu palpite é que a Embaixadora não está por trás disso. É mais provável que ela nem saiba.

— O que isso deveria significar? — Lucas franze a testa.

— Nada, ainda. Exceto que você precisa se lembrar de Júlio César.

— Como assim?

— Jamais deve se preocupar com o senador de seu inimigo. É mais provável que seja apunhalado pelas costas pelo próprio senador.

— Ótimo. Eu me sinto muito melhor. — Lucas parece irritado.

— De nada. Mas, de todo modo, vou investigar um pouco e avisarei se surgir alguma coisa. Apostaria meu dinheiro em Catallus. Ele é um criminoso, disso eu sei.

Fortis amassa o lenço e o enfia de volta no bolso.

— Pobre-diabo morto. Provavelmente, quando viu que a Dol aqui atravessou a cerca, achou que também fosse seguro para ele. — Fortis se afasta de novo, para mais longe de onde estou. — Bem, não vamos perder mais tempo com ele. Está na hora de você ir, de vocês dois irem. Não vou me juntar a vocês, obrigado por perguntarem. Precisam ver por conta própria.

Consigo sentir o cérebro de Fortis funcionando à velocidade da luz. *Eles podem entrar*, é o que está pensando. *Conseguem viver dentro do Ícone. São imunes. Ele não os afeta.*

Sinto tudo isso e faço uma careta de dúvida.

Fortis olha para mim, sorrindo.

— Desculpe-me por isso. Às vezes esqueço com quem estou lidando. Esqueço que você consegue enxergar dentro de minha mente com a clareza de uma bola de cristal.

— Não funciona assim. Não o tempo todo.

— Tudo bem. Então uma grande e bela bola de vidro. Bela e um pouco rachada, assim como o velho Fortis.

— O que isso quer dizer, Fortis? — Olho para ele. Queria que simplesmente fosse direto conosco, para variar.

— O que quer dizer eu não sei. — Fortis não diminui o ritmo. — Talvez você possa me dizer quando voltar. Vá agora. Suba a colina, minha corajosa camponesinha. — Ele gesticula para Lucas. — Deixe sua amiga dar a volta até o portão e vá em frente.

— O que devemos fazer quando chegarmos lá em cima? — Olho na direção do Ícone, embora não consiga vê-lo. Não de onde estou. Pela aparência da encosta, teremos uma caminhada íngreme até o topo.

— Não sei. — Lucas ergue o pulso, falando na direção dele. — Doc, tem alguma ideia do que estamos procurando?

A voz de Doc está falhando; a conexão está fraca.

— Com base no que sabemos, vocês devem encontrar um espaço físico semelhante a uma sala de controle, Lucas. Uma fonte de energia que se conecta ao prédio. Mesmo que a tecnologia não seja baseada nas especificações da Embaixada.

Fortis agarra o pulso de Lucas e solta o bracelete.

— O velho Hux está certo, mas não vai poder ajudar muito, não além daqui. Silêncio de rádio. Consequência da pulsação do Ícone.

— Saquei. — Lucas solta o pulso do bracelete e começa a desatá-lo ele mesmo. Então pressiona um botão no bracelete e o ar parece muito mais quieto.

Doc se foi.

Fortis dá um tapinha no ombro de Lucas.

— Lembre-se. Não é nada deste mundo. Não espere que nada do que veja se pareça com algo que conhece.

— Eu disse que saquei.

Lucas está tão irritado quanto eu; enquanto abro o portão por dentro, ele quase tropeça em uma pontinha de osso velho.

— Cuidado — digo, e Lucas exibe uma expressão de raiva. Nossa situação atual já é o bastante para deixar qualquer um de mau humor. Mas não paramos. Não podemos, então caminhamos em silêncio até que as casas vazias finalmente dão lugar às estradas íngremes do cânion, daí as estradas se transformam em trilhas, e as trilhas se transformam em terra de encosta. Tudo se contorce diante de mim, até que a cidade se transforma em selva. Restos de musgo denso e de samambaias em putrefação tomam conta das árvores mortas em cada lado da estrada sinuosa. Agora entendo de onde veio o nome dessa rua, Samambaia Musgosa.

Minha cabeça começa a latejar.

Lucas aponta para os restos de uma placa de madeira. Parte de uma seta e as letras ÓRIO.

— Ali. A encosta mais íngreme, deve levar até o Observatório.

— Vá na frente.

Lucas está certo.

Chegamos, mas não sei o que estou procurando. Então eis que vejo, depois do estacionamento vazio, além de algumas silhuetas de carros enferrujados.

Um observatório. As pessoas costumavam olhar para os céus daqui. Agora os céus ocuparam o observatório, e eles nos observam, visíveis a quilômetros de distância. Isso me lembra do Presídio de Santa Catalina; quase, exceto por não haver um oceano se estendendo diante dele, mas apenas uma enorme cidade perdida. Vejo o motivo pelo qual estamos aqui erguendo-se para o céu, acima da antiga construção. O metal enegrecido do Ícone se desdobra como uma sombra agourenta por cima de tudo mais diante de nós.

— Apenas continue andando — murmura Lucas. Ele também o vê.

Concordo com a cabeça.

Conforme nos aproximamos do prédio, tudo fica mais escuro, mais estranho, mais danificado. O latejar na minha cabeça fica mais forte. O prédio não mais se assemelha a um observatório. Parece um complexo militar abandonado.

Subimos as escadas quebradas de concreto que dão ao complexo central. As portas estão trancadas com correntes. Lucas as sacode, mas não perco meu tempo.

Dou a volta na lateral da construção, até que me flagro em uma plataforma de concreto atrás do observatório, na beirada da colina, com vista para a imensidão da cidade.

O Buraco.

Consigo ver o mar de prédios, a névoa branca do horizonte onde eles se agarram uns aos outros em aglomerados que não são como nada visto na natureza. Cápsulas de centros comerciais abandonados se erguem como obeliscos antigos e artefatos de uma época que não importa mais. Mais perto das colinas sob o Observatório, a imensidão pálida dá lugar a encostas sinuosas de árvores verdes atrofiadas e a trilhas de terra serpenteantes. Consigo ver desde as montanhas a leste até a água a oeste.

Mais além, vejo o contorno desbotado e pontiagudo da ilha de Santa Catalina, apenas uma breve interrupção no horizonte.

Olho para o Buraco, para todo ele, e é exatamente o que é. Um buraco. Tento imaginá-lo vivo, novamente livre do medo constante da morte.

Não consigo.

Não consigo fugir da sensação de que acabou, de que essa cidade, uma vez grandiosa, jamais será alguma coisa de novo. Porque conforme permaneço de pé aqui no Observatório, a coisa principal que consigo perceber é que a cidade está morrendo.

O Ícone, a máquina que pulsa bem atrás de mim, está matando a cidade — o que sobrou para ser morto.

Como as casas mortas colina acima, só que por toda parte, e de um jeito ainda pior.

— Aí está você.

Lucas me encontrou, mas encontrou outra coisa também. Ele cambaleia para trás, encarando o céu.

Sigo o olhar dele, virando-me com relutância para o Observatório.

Para o Ícone.

Meio que espero ver guardas não humanos, soldados Simpa blindados, ou talvez alguma tecnologia alienígena que nos impeça de entrar. Então lembro-me de que nenhum humano jamais conseguiria caminhar por onde estou, e que nenhum operador do Ícone teria planejado qualquer tipo de segurança para cá.

Mas, quando nos aproximamos do Ícone, o que vejo é mais assustador do que qualquer sistema de segurança. O chão diante de nós está completamente coberto por escombros. Meias paredes se erguem em janelas quebradas, como se um terremoto tivesse atingido o prédio. As portas da frente estão escancaradas. Uma caiu, a outra pende das treliças.

— Bem fácil — suspira Lucas, sombrio.

Nenhum de nós quer prosseguir.

Mas vamos mesmo assim.

Caminhamos diretamente para o prédio mais amplo do complexo central.

Lucas entra primeiro, sacudindo a cabeça como se estivesse tentando sentir alguma coisa.

— Sente isso? — Uma gota de sangue escorre de dentro da orelha dele.

Meneio a cabeça dizendo que sim. Porque meu corpo inteiro está tremendo — até mesmo meu coração vibra. Fazemos o máximo para ficar de pé. Ninguém consegue tolerar a energia tão perto do Ícone.

Nem mesmo nós.

— Não deveríamos estar aqui, Lucas — falo, estendendo a mão para a orelha dele. Lucas afasta a cabeça.

— É. Nem isto.

Lucas pega minha mão, e eu deixo.

— Vamos procurar pelo cérebro e sair daqui, Dol.

Entramos.

O Ícone destruiu o que costumava ser o Observatório.

O que vemos agora parece ser a única parte do Ícone — a parte que conseguimos ver de dentro —, mas mesmo esse pouco é totalmente intimidador.

É duro e afiado, metálico e num tom de prata envelhecida.

A superfície parece pulsar, quase como um líquido, girando e fluindo em padrões complexos.

Não ouso tocar nele.

A coisa é como um espinho afiado de uma garra gigante.

Tubos longos e protuberantes como dedos percorrem o interior e o exterior da construção. A parte principal do corpo do Ícone é longa e ampla, e está coberta por nodos, uma faixa vertical de anéis de aço imensos e circulares. É irônico; essa parte do Ícone, o que quer que seja, é a única coisa que parece viva no parque todo.

A máquina — não sei bem de que outra forma chamar — não se parece em nada com o que vimos a qualquer distância, por qualquer telescópio. O que pode ser visto por fora é apenas a cápsula. Aquilo que estamos vendo permanece escondido do mundo, mas é mais poderoso do que qualquer outra coisa nele.

Não encontramos apenas o cérebro. A coisa tem coração próprio, acho. Ficamos de pé ali, observando-o pulsar, sentindo-o pulsar. Lucas leva a mão à testa. Também sinto a energia estranha que vem do Ícone. Sinto que me cutuca, me bate, me ataca.

O poder é incrível.

O poder que tem de parar tudo o que me mantém viva. A coisa pulsa em um ritmo, como batidas do coração.

Existe algo ali — bem no centro desse Ícone. Algo vivo. Algo poderoso. Algo que existe somente para matar.

Levo a mão ao peito e sinto meu coração retumbando.

Sim.

Fecho os olhos e lembro-me do Padre e de Ramona, e vejo o mais ínfimo dos detalhes.

Lembre-se.

Sei que o Ícone deseja controlar cada pulsação do meu corpo, mas também sinto algo dentro de mim que lateja de volta, contra ele.

Meu coração não vai parar hoje.

Concentro-me e me agarro a Lucas, ao meu lado. Mão com mão, coração com coração.

Ele também está assustado, mas não podemos parar aqui, depois de ter chegado tão longe.

Abrimos caminho em meio aos escombros e aos fios. O prédio está em ruínas; a tecnologia do Ícone devastou a estrutura antiga. Finalmente, concordamos que já vimos o bastante e que é hora de ir.

Quando chegamos do lado de fora, vemos que as paredes do Observatório não são fortes o bastante para tolerar tanta fusão, e que os blocos de concreto ruíram sob a pressão do Ícone.

Como a mão na garganta, penso.

— Veja. — Lucas aponta. — Aquela coisa tem raízes.

É verdade. À nossa volta, pedaços de metal preto se erguem do concreto rachado. Há muito mais do que podemos ver, penso enquanto minha cabeça lateja.

Quem sabe onde termina?

Nesse momento, meu pé fica preso em alguma coisa nos escombros, e tropeço. É duro e metálico, e, quando me abaixo para pegá-lo, o tato é frio. Já o estou segurando quando percebo que é um pedaço do Ícone. Ele vibra, irradia seu tipo particular de energia.

Uma respiração. Ou uma pulsação.

— Lucas?

Lucas olha para mim.

— Isso é o que acho que é?

— Deve ter quebrado quando ele aterrissou.

Viro-me para atirar o pedaço pelo muro, para o mar da cidade morta abaixo. Então paro. Não consigo atirá-lo. Não depois de me sentir como sinto.

O que não faz sentido, eu sei. A única coisa que o Ícone trouxe foi morte.

Eu deveria odiá-lo.

Em vez disso, sou atraída para ele.

— Dol? O que está fazendo com essa coisa? Livre-se dela.

Não consigo. Não quero.

Dou de ombros.

— Quem sabe? Talvez Doc consiga usar para descobrir alguma coisa. Talvez ajude. — Obrigo-me a colocar o fragmento na mochila.

— Ajudar para quê? — Lucas se recosta na parede ao meu lado.

Olho ao redor.

— Para o que Fortis está planejando. Fechar este lugar ou explodi-lo? O que quer que funcione, acho. Você ouviu o que ele disse.

Quando viro-me para Lucas, vejo a ferocidade nos olhos dele.

— Dol. Olhe em volta. Você acha mesmo que é possível simplesmente encontrar o botão de liga/desliga de um Ícone? Acha que você ou Fortis ou Ro ou qualquer um consegue simplesmente explodi-lo?

Encaro Lucas, confusa.

— Não é esse o objetivo? Por que estamos aqui?

— Você é realmente tão...

— O quê, Lucas?

— Burra?

Dou um riso de escárnio, mas ele continua.

— Quer mesmo dar ouvidos a Fortis agora? Mergulhar na causa da Rebelião? Apenas esquecer a Embaixada, os Simpas, as armas, a Câmara dos Lordes, tudo e todos que controlam o mundo no qual por acaso vivemos?

Simpas. Jamais ouvi Lucas usar o termo camponês.

— Lucas. Se não é o que você quer, então o que estamos fazendo aqui? No Buraco? No Ícone?

— Não é óbvio? Eu trouxe você aqui para mostrar como era loucura. Para provar que você não poderia vencer. Para acabar com isso, Dol. — Ele olha para mim, triste. — Só quero que isso acabe.

Sei que ele quer. Mas, quando olho para o Ícone, com toda sua feiura, sei também que Lucas está errado.

— Não é assim que termina — digo. — Nossa história. Qualquer que seja ela.

— Poderia ser. Poderíamos encontrar um jeito.

Balanço a cabeça.

— Não podemos.

— E se Fortis estiver mentindo?

— Ele não está. Você sabe que não está. Além disso, olhe ao redor. Isso não é uma mentira. — Viro as costas para a cidade, ficando de frente para o Observatório. Lucas não se vira. Ele fecha os olhos para tudo.

— Não. Isso é um pesadelo.

— E não é apenas Fortis. É Doc também. Você precisa confiar em Doc.

Enquanto encaro o Ícone, sou tomada pela bizarrrice daquilo tudo. Pelo fato de uma máquina ter me ajudado a encontrar o caminho até aqui, até onde outra máquina dominou a cidade.

O maxilar de Lucas está contraído. Ele sacode a cabeça.

— Fortis não é amigo de Doc. Doc é um programa de computador. Ninguém é amigo de Doc.

— Isso não é verdade. Você é.

Agora estamos os dois encarando a cidade. Lucas está em silêncio, então falo de novo:

— Você o conhece desde que era pequeno, você mesmo disse.

— Isso não quer dizer que eu vá explodir o Ícone só porque um Merc doido acha que é uma boa ideia.

— Ele não é um Merc. E não é por isso que você vai fazer.

— É? Diga-me. Por que então?

— Porque você pode. Nós podemos.

— Pare.

— Somente nós. Isso tem de significar alguma coisa.

Quanto mais tempo passamos aqui, mais os murmúrios do Ícone parecem aumentar. Em breve, não conseguirei suportar.

— Tem?

Lucas está pensando, mas já sei a resposta. Ou, pelo menos, a pergunta.

O que significa alguma coisa?

De tudo o que vimos hoje, o que importa?

Fecho os olhos, e o vidente entra na minha cabeça sem ter sido convidado. Consigo sentir as peças de jade na bolsa. Tento me lembrar do que ele disse.

Há uma garota, penso. *Ele disse que preciso encontrá-la. Não sou eu quem importa. É ela. Mas como posso fazer isso? Sequer consigo fazer isso.*

Então me lembro da cruz dourada, aquela que pertencera a minha mãe. Aquela que a Embaixadora colocou em minha mão.

Você viveu para poder pagar a dívida.

Sei por que estou aqui, mesmo que Lucas não saiba.

E eu até diria a ele, mas o ruído do Ícone está tornando impossível pensar, e faço um esforço para segurar a mão dele e puxá-lo de volta, em direção à trilha colina abaixo.

Isso — tudo isso — é mais do que uma pessoa pode suportar em um dia.

Mais do que eu posso suportar.

Há tanto a se fazer, penso, *e ninguém para fazê-lo*. Não é do jeito que eu desejaria que fosse, mas é do jeito que é.

Precisamos ser fortes.

Meus pais estão mortos. Nossa cidade está morrendo Isso diz respeito a muito mais do que nós.

MEMORANDO DE PESQUISA:
PROJETO HUMANIDADE

SIGILO ULTRASSECRETO/
SOMENTE PARA APRECIAÇÃO DA EMBAIXADORA.

Para: Embaixadora Amare

Assunto: Paulo Fortissimo, conhecido como Fortis

Educação: doutorados do MIT e de Columbia em astrofísica, neurologia, genética e inteligência artificial.

Autor de *O poder maior: liberando a energia da emoção.*

Conselheiro científico especial para o Departamento de Defesa dos EUA durante quatro mandatos presidenciais, entre 2040-2056.

Designado especial da Comissão da ONU para Objetos Próximos à Terra, fundamental na detecção e no planejamento de resposta ao OPT Perses.

Suposto arquiteto e autor da pesquisa sobre as Crianças Ícone.

Localização: desconhecida.

Afiliação: incerta, mas sabe-se que é inimigo do Governo da Ocupação.

Extremamente perigoso.

Nota: A ordem da Embaixada é que seja morto caso avistado.

Quando chegamos à base da colina, meu coração está doendo, minha cabeça lateja, minhas orelhas estão ensanguentadas e ouço um apito — e Fortis sumiu.

— Aquele Merc desgraçado. — Lucas está furioso, e eu também. Meu livro, meus segredos desapareceram com ele, por enquanto. Pelo menos ele deixou o bracelete de Lucas pendurado na cerca.

Lucas aponta para o céu, no entanto, e ouço. Freeley está aterrissando, bem além dos portões. O ar se revolta violentamente na rua deserta, o barulho fica tão alto que levo as mãos às orelhas. O helicóptero sopra arbustos mortos ao redor de nós, e não olho para ver quais novos ossos foram revelados.

— Doc deve ter dado as coordenadas a ele — grita Lucas por cima do ruído do motor conforme atravessamos a cerca de volta.

Momentos depois, as portas do helicóptero se fecham atrás de mim e arrancamos para cima e para longe do parque Griff. Começo a tremer — devido à onda de alívio tão forte e à exaustão por sentir o Ícone.

Vejo Lucas fechando os olhos e sei que ele também sente. O alívio. O espaço.

Relutante, o Ícone nos liberta — ele não quer, posso sentir isso — ,e subimos como um último pássaro sortudo.

Freeley nos leva para casa rapidamente, quase mais rápido do que desejo que o faça.

Ro está observando quando o helicóptero aterrissa. Quanto mais nos aproximamos dele, melhor consigo senti-lo. Ele é muito mais do que ódio.

Lucas age como se não o visse. Mais uma vez, Lucas e eu chegamos a um impasse. Não temos o livro, mas sabemos que Fortis o tem. Não temos um plano, mas parece que tanto a Rebelião quanto a Embaixada têm. Não conseguimos compreender totalmente o significado das coisas que vimos. Ou daquelas que não vimos.

Mas.

Embora os eventos do dia tenham sido assoberbantes e inconclusivos, Lucas e eu os compartilhamos. Eles nos silenciaram e nos esconderam — um do outro, das decisões, daquilo que devemos fazer e das pessoas em quem devemos confiar —, mas isso também é algo que compartilhamos.

Ele não sabe o que pensar a meu respeito, e eu me sinto do mesmo jeito em relação a ele. Mas, por enquanto, nossos sentimentos estão completamente fora do objetivo. Os sentimentos de Ro são importantes para mim, e, conforme o helicóptero se aproxima dele — e da Embaixada —, sinto cada pedacinho deles.

Ele está magoado e gostaria que eu estivesse magoada também. Jamais senti isso vindo de Ro, não ele, que mataria qualquer um que pensasse em me ferir. As coisas estão mudando entre nós. Talvez as coisas já tenham mudado. Fecho os olhos. Queria poder dizer a ele. Queria poder fazê-lo entender a confusão de sentimentos dentro de mim. Queria poder entendê-los eu mesma.

O helicóptero baixa em direção ao concreto liso da faixa de pouso — Ro fica cada vez maior —, e sei que não tenho como escapar do que virá a seguir.

Eu o abandonei.

Como sempre, no mundo do certo e errado, bom e ruim de Ro, não há gradações para minha decisão. Eu me preparo adequadamente. Digo a mim mesma que passará, como sempre passa. Mas não é mais verdade. Pelo menos não dá para se ter certeza disso.

Quando o helicóptero finalmente toca o heliporto da Embaixada, Ro vai embora.

As hélices ainda estão rodando quando subo os degraus e me dirijo às portas da Embaixada. Lucas precisa correr para me acompanhar.

Não fico surpresa quando Lucas segue jogando seu charme durante o caminho para além da entrada do complexo da Embaixada — porém Ro não está lá dentro, à porta, como eu esperava que estivesse. Mas os guardas Simpa estão, então nossa aventura do dia chega cessa bruscamente. Ro não está em nenhum dos corredores pelos quais sou conduzida — e também não está na Instalação de Exames nº 9B, fato constatado depois que meu vigia Simpa me tranca dentro dela. Percebo, de súbito, que talvez não consiga consertar as coisas com Ro, e penso no quanto as coisas mudaram desde que saímos da Missão.

Preciso encontrá-lo.

Depois da terceira tentativa com a fechadura, recosto-me na porta. Então me ocorre agora que há modos mais fáceis de abrir portas à minha disposição.

— Doc? Está aí?

— Sim, Doloria.

— Pode abrir a porta para mim, Doc?

— É claro que posso.

Fico de pé e aguardo em silêncio. Nada acontece. Suspiro.

— Doc. O que quis dizer foi: *abra* a porta para mim?

— Sugiro ajustar seus padrões de discurso para dizer o que quer dizer... — A fechadura gira obedientemente.

— Fica para a próxima, Doc. — Passo pela porta antes que ele consiga terminar o sermão.

Não há guardas diante de minha porta — um dos benefícios, imagino, por considerarem que estou seguramente trancada no cômodo. Aprendi a desviar das patrulhas até a biblioteca, mas, quando chego lá, Ro não está. Não o encontro na sala de aula/prisão de vidro também, embora Tima esteja lá e consiga, simultaneamente, não erguer o rosto do digitexto e ainda assim me olhar com ódio. Esgueiro-me para as escadarias dos fundos até a passarela do Presídio, mas nenhum sinal de Ro ainda. Somente quando chego à outra ponta da passarela é que o vejo sentado no litoral rochoso.

Desço até ele — de novo, exatamente como Tima me ensinou — mantendo-me afastada dos vigias, de cabeça baixa, alternando entre as escadas por três vezes até encontrar uma que se conecte à pequena faixa de terra atrás da ala do Presídio da Embaixada. A porta bate atrás de mim, mas o vento está tão alto que Ro não percebe que cheguei.

O ar serpenteia ao redor de nós, tão violentamente quanto se estivéssemos ao lado do helicóptero.

Não é o vento; é Ro. É assim que funciona com ele. Começa dentro dele, até ele não conseguir conter mais. Então a coisa se espalha, o calor vermelho, primeiro para as pessoas mais próximas, depois para as mais distantes. Quando a adrenalina pulsa, ele fica tão forte que conseguiria partir uma viga de aço ao meio.

E é nesse momento que ele também fica química e eletromagneticamente louco.

Afasto as ondas de calor, embora se choquem contra mim, fazendo pressão.

Sento-me ao lado dele. Ro não diz nada.

— Desculpe-me. — É tudo que consigo dizer.

— Doc disse que os Simpas estavam atirando em você. Achei que estivesse morta.

— Mas não estávamos. Doc deveria ter contado. Quando ficamos em segurança.

Olho para as mãos dele. Estão vermelhas e com cicatrizes. Marcas de queimaduras e pancadas nas palmas, feitas pelos punhos do próprio Ro. Eu o feri.

Não.

Ele se feriu.

É o que o Padre diria. Tente encontrar o lugar onde Ro acaba e você começa. Vocês são duas pessoas. Não são a mesma pessoa.

Não somos. Sei que não somos, para mim, mas é difícil me lembrar disso, pois sinto tudo que ele sente, mais do que sinto qualquer outra pessoa no mundo. Talvez todo mundo no mundo ao mesmo tempo.

Duas pessoas. Digo a mim.

Não uma.

Duas.

Mas o Padre sabe — sabia — que com Ro e eu é mais complicado do que isso.

Agora tudo o que posso fazer é reconfortá-lo.

— Eu estava bem. Você não poderia ter feito nada.

— Essa é a questão. Eu não pude fazer nada. Não posso proteger você dele. — A ideia é quase engraçada.

— Dele? De Lucas? Não precisa me proteger de Lucas.

— Você está certa. Não preciso proteger você de alguém que a leva para o Buraco e faz atirarem em você, ou qualquer outro problema no qual vocês tenham se metido hoje.

Lanço um olhar de soslaio, improvisando a história conforme a conto:

— Ele parecia tão chateado. Eu só quis encontrá-lo e conversar com ele. Achei que conseguiria convencê-lo a voltar para a biblioteca. Tentar mais uma vez entender o que estava acontecendo com os dados perdidos. Mas Lucas praticamente correu direto para um helicóptero, e antes que eu me desse conta, estávamos no ar...

É mentira, não das melhores, e ambos sabemos disso.

— Tima está bem magoada. Ela acha que você está atrás de Lucas. Não sei se você notou, mas ela... — Ro dá de ombros.

— Difícil não notar. — Os olhos de Tima jamais deixam Lucas. Ele é tudo em que ela parece pensar, com exceção de alguns desastres terríveis. É, reparei. Mas para Ro também chegar a reparar, significa que a coisa é mesmo óbvia.

Ele deve estar com mais raiva do que imaginei.

— Então. — A palavra é concisa, com toda a força das outras palavras, daquelas que ele não quer dizer.

— Então o quê?

— Rolou?

— Rolou o quê?

— Você e Lucas?

O rosto de Ro está vermelho, e eu o encaro como tenho feito há anos, ainda que ele não olhe para mim. Tento concluir se o rosto de Ro está ficando mais vermelho. É um sinal, de qualquer forma. De como sei o que preciso fazer ou dizer.

Mas meu orgulho levou a melhor sobre mim, e sinto que preciso me defender.

— *Lucas Amare?* Amor? Todos na Terra o amam.

— Então é um sim. — Ro pega um punhado de pedrinhas e atira uma nas ondas revoltas. A água já está tão agitada que não dá para ver nada atingindo-a.

— Ro. Não é assim. As pessoas o seguem e atiram nele. Lucas não é exatamente uma pessoa por quem uma garota pode... — Suspiro, porque quando falo percebo que é verdade. — Não eu, não Tima.

— Ainda não é uma resposta.

Pego uma pedra da mão de Ro e a atiro na água. Estou furiosa. Não consigo falar, apenas gritar.

— Não rolou nada. Pronto. Está feliz? Agora é minha vez. Eis uma pergunta para você, Ro. Desde quando se tornou tão babaca?

Agora ele me encara. Finalmente. E sua expressão é tão franca que desejo que não tivesse olhado.

— Desde que me apaixonei por uma garota chamada Tristeza, acho. Eu devia ter previsto isso.

Pronto.

Ele falou.

Amor.

Ele me ama.

Está revelado agora, ao vento, à água e ao litoral diante de nós. E agora que Ro disse as palavras, eu vejo, saindo dele, em ondas tão reais e tão violentas quanto aquelas que arrebentam contra as rochas diversas vezes diante de nós.

É vermelho e latejante, é distintamente Ro, mas é algo novo. É amor.

Ele está dizendo a verdade. Não está confuso. Mas ele não se sentiu desse jeito em relação a mim sempre. Ro está mudando.

283

— Doloria.

Ele estende a mão, em busca da minha.

— Preciso de você. — A voz dele falha quando diz. — Por favor...

E então ele se inclina para mim, aproxima o rosto do meu. A avidez dele por mim é avassaladora. O desejo dele me envolve, uma nuvem enorme de Ro. Uma nuvem de fúria, como o nome dele. Uma nuvem de velocidade, de suor, de grama e de calor. Então — debaixo de tudo isso — afeição. Constante e real. O batimento mais profundo e mais verdadeiro do coração dele.

— Dol.

Por um instante, esqueço de respirar e fico tonta. Como se minhas pernas pudessem ceder e me atirar às rochas. Eu poderia me afogar nas ondas. Eu poderia perder tudo.

Mas me solto.

Ofereço a boca a ele.

Nós nos beijamos.

Começa fraquinho, tal como o começo de tudo, mas não é bastante. Ele não está satisfeito. O calor está fervilhando dentro de Ro, e sinto como se fosse queimar e dissolver em cinzas. Estou sentindo frio, embora esteja queimando.

As mãos de Ro recaem sobre meus ombros, descem pelos meus braços. Ele puxa minha atadura.

Cerro os dedos. Sei que ele precisa de mim. Sei que eu o acalmo e o tranquilizo e, até mesmo, de certa forma, eu o completo. Mas meu braço está congelado. Meu braço é gelo.

Ro afasta a boca da minha. Ele não tira os olhos dos meus. Sinto-o mexendo em minha atadura. Os dedos dele não parecem funcionar, e ele puxa com mais força. Frustrado, arranca a musselina.

Viro o rosto no momento em que o tecido branco flutua até as rochas abaixo de nós.

— Dol.

Ele me puxa para mais perto. Tento permitir que me puxe. Sinto como se fosse uma boneca, uma coisa.

Não posso.

Não consigo me unir a ele, não assim. Não quando significa algo mais do que o chão da cozinha que compartilhamos, mais do que nossa infância na Missão, mais do que nossa irmandade camponesa.

Não conheço meus sentimentos direito. Não sei nada sobre mim. Só sei que não posso me unir a Lucas e não posso me unir a Ro. Mesmo que parte de mim queira me entregar aos dois.

Qual é o meu problema?

Balanço a cabeça.

— Não posso.

Isso não facilita as coisas. A raiva vermelha não vai embora. Nem o amor. Nada vai embora.

— Ro. Sinto muito. Eu não devia ter deixado você me beijar.

— Você também sente. Não finja que não sente.

— Não sei como me sinto.

— Mas eu sei. Você só está com medo. Não quer se machucar. Acha que, se amar alguém, a pessoa vai partir. Que eu vou partir e você ficará sozinha.

— Sim. — É verdade. Não vou negar.

— Mas estou aqui. Eu fiquei. Sou aquele que ficou.

— Talvez eu queira que tudo seja como sempre foi.

— Olhe ao redor, Dol. As pessoas estão morrendo. O planeta inteiro está morrendo. Nada é igual.

— Eu sei. É por isso que estou tão confusa.

Ro vira o rosto. Então suspira e pega minha atadura nas rochas. Ele me entrega o tecido encardido.

— Tanto faz.

Amo Ro, sempre amei. Nós nos amamos, e ele também sabe disso.

Mas eu não deveria ter de lembrá-lo disso agora. E não é isso o que ele quer dizer, de qualquer forma.

Começo a amarrar a atadura no braço. Quero amarrar tudo. Meus sentimentos, os sentimentos dele. Não desejo nada disso.

Dou um nó tão forte na faixa de musselina que acho que o sangue não vai chegar à minha mão. Talvez seja melhor assim.

— Vamos sair daqui — diz Ro, atirando o restante das pedrinhas no mar. Ele as observa voarem em direção às ondas. Não é o oceano tranquilo da praia da Missão, na subida dos trilhos, em La Purísima. Essa água bate inquieta e caótica como o próprio Buraco. Tão irritada quanto Ro. Tão complicada quanto Lucas. Tão confusa quanto eu.

— Como eu disse, sinto muito.

Não é o que Ro quer ouvir, e também lamento muito por isso. O rosto dele parece sombrio, então ele suspira, sacudindo a cabeça.

— Não importa. — Mais uma mentira. Ele inicia a caminhada curta até o litoral, e saio correndo atrás dele.

— Pelo menos descobriu alguma coisa no Buraco? Ou foi tudo apenas diversão, à exceção da parte em que se perderam?

Assim que voltamos para a ala médica, contei tudo a Ro. Sobre o Ícone. Sobre como ele matou o menino, mas não a mim. E não a Lucas. Sobre como caminhamos até lá em cima, e o que vimos.

Sobre Doc, Hux, Fortis e a Rebelião.

— Então há algo que podemos fazer. — Ro encara o céu, o topo protuberante do Presídio, pensativo. — Precisamos contar a Tima. Ela saberá do que precisamos. E talvez tenha acesso a informações que possamos usar para acertá-lo.

— Acertar o quê?

Ro me olha como se eu fosse burra.

— Pela primeira vez em nossas vidas, podemos fazer algo para, de fato, nos ajudar. Para ajudar a todos.

— Precisamos tomar cuidado, Ro. Há somente quatro de nós.

— Três. Há somente três de nós.

— O quê?

— Você é uma tola se acha que Lucas vai nos ajudar a mandar o emprego da mamãe pelos ares.

— Você não conhece Lucas.

Ro me olha, incrédulo.

— Lucas não importa mais. Nenhum dos de latão são importantes. Isso é uma coisa do Campo. Eu queria estar na Missão. Conheço algumas pessoas que poderiam ajudar.

— Nem mesmo sabemos se ainda existe a Missão.
— Meu coração se aperta quando penso em Grande e Maior, abandonados.

— Não importa. Esta é nossa chance, Dol. Talvez jamais consigamos outra. Precisamos fazer alguma coisa. Eu sairia desta rocha agora mesmo, mas aquilo do qual preciso pode até estar aqui.

Os olhos dele estão determinados, duros como aço. Não há uma fagulha marrom-dourada à vista. Ro finalmente começou a ouvir o som da própria voz irritada. Ele se esqueceu do coração.

O camponês que ama a camponesa é levado com a maré. O revolucionário do campo é trazido por ela.

Talvez exista algo mais assustador do que amor, afinal de contas.

MEMORANDO DE PESQUISA:
PROJETO HUMANIDADE

SIGILO ULTRASSECRETO/
APENAS PARA APRECIAÇÃO DA EMBAIXADORA

Para: Embaixadora Amare
Assunto: Lordes/Origens dos Ícones
Designação no Catálogo: Prova recuperada
  durante batida em esconderijo da Rebelião

Anotações à mão transcritas a seguir:

*SINAL DECIFRADO/DECODIFICADO DE ASTEROIDE QUE SE
APROXIMA (OBJETO DESCONHECIDO 2042/C4)*

...
ANÁLISE DO ALVO CONCLUÍDA...
CIVILIZAÇÃO AVANÇADA DETECTADA
STATUS DE TECNOLOGIA...15.3X-B
INICIAR PROTOCOLO DE PURIFICAÇÃO 1.334AXS39
ALVOS SELECIONADOS...13
PURIFICAÇÃO COMPLETA EM 66 TPU
TENTATIVAS DE CONTATO INICIADAS

...
*Contato é possível...
O que é "purificação"??
...O que eles querem?*

No jantar, naquela noite, nós quatro mal conseguimos nos olhar.

Tima não está falando com Lucas ou comigo. Ro não está falando com Lucas. Lucas não está falando comigo. Não estou falando com ele. Para piorar as coisas, o coronel Catallus caminha em nossa direção. Como se isso não fosse arruinar nossos apetites imediatamente.

Adorável.

— Quer contar a eles o que descobrimos hoje? — Ro olha para Tima enquanto enfia na boca um bom pedaço de maçã. — Depois que eles fugiram e nos deixaram?

— Ro — digo. — Silêncio.

Não há nada que Ro possa dizer diante do coronel Catallus. Não temos liberdade para conversar aqui. Ele sabe disso.

Lucas encara Ro com raiva.

— Na verdade, não. — Tima apoia o garfo. O prato dela está intocado.

O coronel Catallus lança um olhar desanimador para nós quatro e se posiciona em nossa mesa, ao lado de Lucas.

— Eu soube que você saiu do complexo hoje, Lucas. — Ele pega uma faca amolada e a enfia em uma fatia de carne afogada em molho pálido. — Você também Doloria. Embora, devo dizer, fiquei surpreso ao vê-la tomar as mesmas liberdades que o Sr. Amare. Sendo que a senhorita não tem as mesmas, digamos, *proteções* que ele tem.

Uma ameaça. É claro.

Enquanto o coronel mastiga, ouço os lábios dele colidindo e os dentes trincando. Quero dizer-lhe para comer com as mãos. Seria mais civilizado.

— E por falar nisso, já discutiu sua pequena aventura esta tarde com a Embaixadora, Lucas?

— Eu deveria?

— Imediatamente. Não viu nenhuma de minhas mensagens?

Lucas ergue o pulso coberto pelo couro, cauteloso.

— Como se eu ousasse tirar as algemas. Você enviaria toda a guarda Simpa atrás de mim.

O coronel Catallus não sorri. Sua boca está contorcida em uma linha fina e trêmula.

— Ela tentou falar com você durante a tarde toda.

— Engraçado. Você me achou bem facilmente.

— Lucas, por favor.

— Não estou propenso a favores. Mas estou por aqui se ela me requisitar. — Lucas está tão rabugento quanto Ro.

— Ela está muito preocupada, não que eu a culpe por isto. Não consigo imaginar uma mãe feliz ao saber que o único filho fugiu para Cidade da Embaixada, só para terminar levando tiros de rebeldes do Campo.

Quase engasgo com o pão. É verdade? Eram eles que estavam atirando na gente?

O coronel Catallus sacode a cabeça em minha direção. Não está interessado em mim, agora não. Não da mesma forma que está interessado em Lucas.

Olho para as medalhas e faixas no casaco dele mais uma vez. As asas de ouro brilhantes na lapela refletem a luz.

Ro apoia a caneca na mesa.

— Não eram do Campo. — Ele olha para o coronel Catallus, que o encara.

— Fico feliz que você tenha a nós para nos preocuparmos com sua segurança, Furo. É por isso que vou pedir que vocês sejam acompanhados até os quartos assim que terminarem de comer. Ninguém sairá dos respectivos recintos até que investiguemos a fundo o pequeno incidente de hoje. — Ele sorri para todos nós, frio como o inverno. — Fui claro? Porque também tenho alguns quartos separados para vocês na Pen, caso se sintam mais seguros lá.

Prisão. Outra ameaça.

Com isso, o coronel Catallus nos deixa para ficarmos deprimidos em paz.

Tima dobra o guardanapo e o apoia na mesa, diante de si.

— Ro, quer ir até meu quarto depois do jantar? Tenho certeza de que ninguém se importaria, considerando que nós não estamos em apuros.

Ro para a meio caminho de enfiar metade de uma batata assada na boca.

— Eu? Com você? O que eu fiz agora?

— Nada. Achei que pudéssemos ficar juntos, nos conhecer melhor. Pois nos divertimos tanto sozinhos juntos hoje. — Tima tenta tremeluzir os cílios, mas só parece que está com um cisco no olho. — E digo isso pressupondo carícias, caso não tenha ficado perfeitamente claro.

Ela cruza as pernas, e percebo que costurou uma linha em cada panturrilha. Parece que está vestindo meias. Os pontos são precisos, cada um como um pequeno grampo. Vermelhos, brancos, amarelos e verdes. A nova tatuagem me faz pensar.

Tima está enlouquecendo.

Ro tenta não rir diante da estranheza da pergunta.

— Tudo bem. — Ele jamais tocaria nela, não dessa forma, e não por esses motivos. Mas Lucas não sabe disso e acho que Ro não se importa por fazê-lo pensar que rolou alguma coisa.

— Tima... — começa Lucas. Ela o interrompe.

— Ótimo. Vamos. Podemos conversar. E digo isso para pressupor, você sabe. Não conversar. — Tima se levanta para ir embora.

— Sente-se — tenta Lucas, mais uma vez. Ela não obedece.

Ro olha de mim para Tima.

— Claro. Podemos *conversar*. Eu gostaria disso. — Ele sorri e se levanta também, amassando o guardanapo e soltando-o no prato.

Meneio a cabeça em negativa. Lucas parece enojado.

— Por favor, T. Eu disse que lamentava.

Tima o ignora. Os dois desaparecem do salão.

— Bem? — Olho para Lucas.

— Bem o quê? — Ele dá de ombros.

— Temos de ir atrás deles.

— Já pensei nisso. Doc?

— Sim, Lucas?

— Tranque o quarto particular de Tima, sim? Creio que deixei algo tóxico lá dentro e preciso avisá-la. — Lucas suspira, e tento não sorrir.

— Iniciando verificação do quarto em busca de toxinas.

— Não, não. Não é algo que aparecerá em uma verificação, Doc. É... um tipo de veneno diferente. Algo novo. Traiçoeiro. — Lucas contorce a boca, e começo a achar que ele está se divertindo.

— Compreendo. Esse veneno tem nome, Lucas? Eu deveria arquivá-lo no Catálogo e Compêndio de Toxinas, na Wik da Embaixada.

— Sim. Chama-se... *Amici Nex.* — Lucas olha para mim, arqueando uma das sobrancelhas. — E é um verdadeiro pé no saco.

A voz de Doc retorna.

— Entendo. A Morte do Amigo. É um nome estranho, não é? Nada como os outros. *Oleandrina. Amarílis. Nitrilas. Isocianatos. Metanídios.*

— Eu sei. Realmente é diferente de tudo. Ele pega você quando menos se espera, e é definitivamente letal.

Silêncio. Então o gradeado chacoalha e a voz de Doc retorna.

— A porta de vidro reforçado está selada. Coloquei uma classificação de nível dez na entrada. Gostaria que eu alertasse Timora?

— Não. Deixe comigo. Obrigado, Doc. Você salvou minha vida.

— Considerando a sensibilidade natural de Timora para os riscos, entendo que isso seja bastante chato. Por favor, aja com cautela, Lucas.

— Sempre ajo. — Ele se levanta, gesticulando para mim. — Você vem?

Olho para a fileira de soldados Simpa de pé ao lado da porta.

— É claro. Eu e o exército da sua mãe.

Lucas e eu — e pelo menos cinco soldados — fazemos um desvio para a direção do quarto de Tima, a caminho do nosso. Conseguimos ouvir os gritos da escada, dois andares acima. Quando chegamos ao corredor, vejo por uma vidraça na porta que Tima e Ro estão do lado de fora enquanto ela encara o teto, exasperada.

Lucas não sai da escada. Em vez disso, ele se vira para os guardas.

— Deixem-nos. — Lucas fala devagar e com clareza, a voz baixa e contida. — Cinco minutos. É exatamente quanto tempo ficaremos aqui fora. Depois, podem dizer a qualquer um que perguntar que estamos em nossos quartos. Nós quatro.

Não aguento assistir a Lucas enquanto ele concentra o olhar nos Simpas. As pupilas dele começam a se dilatar, e preciso virar o rosto quando sinto a corrente familiar.

Agora que sei o quanto isso custa a Lucas, é difícil olhar.

— Vocês podem jurar que nos trancaram e jogaram a chave fora. Porque é o que terão feito. Sabem que é verdade. — Dou uma última olhada no sorriso atordoante dele. — Fui claro? Alguma pergunta?

Ninguém pergunta nada. Ninguém jamais pergunta.

Alcançamos Tima e Ro assim que os Simpas vão embora. Não tenho certeza se algum deles viu Lucas se livrar dos guardas, e não conto a eles. Ter de fazer esse tipo de coisa já é perturbador o suficiente para Lucas. Ter de falar sobre isso é quase tão ruim quanto.

— *Amici Nex? Isso não existe*, Orwell. — Tima se atira contra a própria porta.

— Não é uma toxina comum, Timora. É nova. Talvez você ainda não tenha ouvido falar dela.

— É uma piada. Uma piada ruim por causa de uma briga entre amigos. Entre mim e Lucas, Orwell. — Tima grita esganiçado. Doc não retruca. Ela fala mais alto: — Como pode ser tão burro?

— A rigor, preciso ressaltar que minha inteligência é artificial, porém ilimitada.

Ouço latidos do outro lado da porta.

— Apenas deixe-me entrar.

— Creio que você não tenha a autorização de segurança para fazer essa exigência, Timora.

— Orwell! Vou matar você!

— Isso não é possível.

— É sim. Encontrarei um modo de fazê-lo, mesmo que tenha de apagar todos os drives da Wik da Embaixada. Você sabe que sou capaz. Então deixe-me entrar no quarto agora!

Ro está tentando não rir, recostado no batente. Quando Tima nos vê, ela se vira e bate na porta de novo.

— Doc. Posso cuidar das coisas a partir de agora. — Lucas sorri.

— Gostaria que uma equipe de substâncias tóxicas o encontrasse no quarto, Lucas?

— Não será necessário.

Há uma longa pausa antes que o gradeado redondo chacoalhe de novo.

— Foi mesmo uma piada, então?

— Algo do tipo. — Lucas dá uma piscadinha para Tima. Ela soca a porta pela última vez.

— Foi engraçada o bastante?

Sorrio e levanto o rosto para o gradeado.

— Muito. Você foi o mais engraçado de todos, Doc.

A porta se abre, e Tima se atira em direção a ela. Vejo um lampejo do quarto dela — de figuras colecionáveis e capas de revistas em quadrinhos a jogos antigos. Tanques em miniatura e soldadinhos de brinquedo.

Brutus, o cachorro, vem saltitando para o corredor e para os braços de Tima, lambendo o rosto dela.

— Se gostou dessa piada, tenho uma ainda melhor. — E, com isso, a porta se fecha e se tranca de novo. — Agora tentem as próprias portas. Todos vocês. — Doc parece divertir-se.

— Estamos ferrados. — Lucas sacode a cabeça.

— Ferrados, mas a sós — observa Tima, embora não tire os olhos do cachorro. — Provavelmente pela última vez em um bom tempo depois da brincadeira que você e... vocês dois... fizeram hoje. — Ela não diz meu nome.

Suspiro.

— Aconteceu mesmo alguma coisa hoje enquanto estávamos fora? — pergunta Lucas diretamente a Tima agora, porque, em meio ao caos, ela se esqueceu de nos ignorar.

— Não — responde Ro.

— Aconteceu sim, na verdade. — Tima ergue o olhar para Ro. — Era o que eu ia contar quando você veio ao meu quarto.

— Sério? Porque achei que você tivesse falado que faríamos outra coisa. Diferente de conversar — provoca Ro, mas Tima o corta com um olhar. Aquele tipo de olhar no qual ela é muito boa.

— Desde que cheguei aqui, passei muito tempo na biblioteca. Literalmente, li milhares de digitextos sobre computadores e sobre como eles funcionam. É meio que incrível. Sabiam que existe uma língua projetada apenas para se comunicar com computadores, para dizer a eles o que fazer? Imagine se fosse fácil assim se comunicar com as pessoas.

— É. Chamam-se palavras. — Ro revira os olhos. Tima lhe belisca o braço até ele gritar.

— Tima? — Lucas está impaciente, passando as mãos nos cabelos. Seu cacoete quando está nervoso.

— Desculpe-me. A questão é que descobri como os computadores da Embaixada funcionam, como estão conectados e onde as coisas estão armazenadas. Coisas sigilosas.

— Como o quê? — provoco-a.

Tima olha para Lucas, envergonhada.

— Eu devia ter contado a você, mas não queria que a Embaixadora descobrisse. É assim que me esquivo das patrulhas de vigias. Descobri um modo de entrar nos registros de segurança.

Lucas ergue uma sobrancelha. Tima continua falando:

— É essa coisa, quando as pessoas costumavam invadir computadores pessoais e olhar informações criptografadas. Chamavam de "ciberpirataria". De toda forma, usei ciberpirataria para acessar coisas que eu não deveria ver. Que nós não deveríamos ver.

Ro volta a prestar atenção.

— Então o que você viu?

— Não tanto quanto gostaria. Usei o terminal de Catallus para vasculhar os arquivos criptografados dele, mas tive só alguns minutos e não cheguei muito longe.

Lucas estoura.

— Você usou o digi pessoal de Catallus? Está maluca? Sabe o que ele teria feito com você se a tivesse descoberto?

— Sim. E não quero pensar nisso. Mas descobri uma coisa. Bem, para ser mais precisa, li uma coisa. Sobre a gente. E os Lordes.

— Que coisa? — pergunta Lucas.

Olho para ela.

— Tima? — A energia está aumentando entre nós. Meu rosto está ficando vermelho, mas o dela também.

— Não tão rápido. — Tima respira fundo. — Também voltei ao Salão dos Registros.

— Como? — Penso nos Simpas na escadaria.

— Orwell e eu voltamos. Quando perguntei, ele disse que estava na hora e me levou. Abriu todas as portas.

— Onde eu estava durante sua pequena missão de reconhecimento? — Ro parece ofendido.

— Você foi para seu quarto sofrer. — Agora ela finalmente me encara. — Ro fica terrível, sabe. Quando você não está por perto. Não sei como ele existe nesse mundo.

Ro fica vermelho.

— Isso não é ver...

Tima o interrompe.

— De toda forma, acho que descobri.

— O quê? — pergunta Lucas.

— Isso. Tudo. — Tima parece presunçosa.

Não resisto:

— Continue.

Ela tenta ficar tranquila, mas posso ver que está empolgada.

— Eu poderia contar a você, mas é melhor mostrar. Você não vai acreditar nisso. — Ela olha para Lucas. — Mas está tudo no meu quarto. Pode dizer a Doc para nos deixar entrar de novo?

Lucas suspira e pensa por um instante.

— Doc?

— Sim, Lucas?

— Preciso entrar no quarto de Tima agora. Há um livro de piadas que eu queria dar a você. Deixei lá dentro.

Nada acontece. Doc está ficando mais esperto, acho.

— Cento e uma piadas — acrescenta Lucas

Nada ainda. Lucas suspira.

— Mil e uma.

A porta se abre, quase relutante.

Tima corre de volta para o quarto, e tudo que podemos fazer é segui-la.

Brutus, o cachorro, vem por último.

TELEGRAMA DA EMBAIXADA

MENSAGEM ASSINALADA COMO CRÍTICA
SIGILO ULTRASSECRETO
SOMENTE PARA APRECIAÇÃO DA EMBAIXADORA

De: Embaixador-geral do planeta Miyazawa
Para: Embaixadora Amare, Ícone de Los Angeles

Leta,

Recebi suas mensagens a respeito das supostas Crianças Ícone. Compreendo que identificou quatro possíveis candidatos.

É imperativo que as supervisione de perto sem levantar suspeitas.

Teste-as. Verifique. Então verifique novamente.

Mais importante: não conte a ninguém. Isso deve ficar entre nós. Se a oposição descobrir, teremos uma rebelião de grande escala.

Se os Lordes descobrirem quem e o que elas são, e o que são capazes de fazer — Deus nos ajude.

— M.

LUCAS

A porta se fecha, e olho ao redor do quarto de Tima. Percebo os gradeados redondos familiares, mas estão arrancados, os fios pendentes.

Tima segue meu olhar e dá de ombros.

— Não gosto de pessoas ou máquinas me escutando.

— Concordo. — Ro assente em aprovação.

— De qualquer forma, podemos conversar aqui.

— Então fale — diz Lucas, impassível. Ele não quer ouvir mais uma palavra, mas não consegue admitir isso. Não para nós.

Tima o fuzila com um olhar magoado.

— Sim. Quero dizer, vou falar. Ouçam isso: nossos aniversários são no mesmo dia porque fomos todos criados no mesmo laboratório, no mesmo dia. — Tima pega um drive da Wik, trêmula, com uma mistura pesada de medo e empolgação.

Brutus lambe a mão dela, e Tima coça as orelhas do cachorro.

— E, com base nesse novo trecho de pesquisa que eu tão inteligentemente descobri, em vez de ficar sofrendo no meu quarto, devo acrescentar, ou de ficar me exibindo para uma garota qualquer — ela faz uma pausa e olha para todos nós com raiva —, tenho alguns palpites informados sobre por que estamos todos aqui. Por que somos todos diferentes. Acho que compartilhamos muito mais do que um aniversário.

Todos nos sentamos no chão, e um digi prateado é aberto entre nós. Quatro outros digis estão empilhados, próximos.

— Espere, volte um pouco. Disse que fomos fabricados? Tipo do mercado de carnes? — Ro é o único que fala.

— Não acredito que não pensamos nisso antes. Explica tudo, pelo menos sobre nosso aniversário. Somos do mesmo ciclo do laboratório.

— Eu não — diz Ro. — Não faço aniversário com vocês.

— Pelo menos não que você saiba. Mas há um Costas no recibo, vou mostrar.

Tima enfia o drive em uma tela de vídeo. O texto surge imediatamente, e ela começa a descer a tela depressa enquanto fala. As palavras saem voando.

— Não sei por que o relatório completo do laboratório está perdido. A Wik não oferece um motivo.

— É claro que está perdido — diz Lucas, sem emoção. Ele parece exausto, como se já soubesse que não quer ouvir nada do que Tima está prestes a dizer.

— Mas encontrei um formulário solicitando pagamento para seus pais. Wandi e Ruther Costas. — Ela olha para Ro. — Maria Margarita e Felipe de la Cruz. — Então olha para mim. — Peter e Lia Li, esses são meus pais — diz Tima, erguendo o rosto. — E uma Leta Amare. Acho que todos sabemos quem é essa.

Brutus late.

— Somos um experimento científico? Algum tipo de... pesquisa? — A cabeça de Ro está apoiada nas mãos, como se ele estivesse tentando evitar que explodisse. — Sou apenas mais um pedaço de tecnologia Simpa?

— Não, não Simpa — diz Tima, bem devagar. — Tecnologia Humana. — Ela olha ao redor. À espera.

Lucas compreende primeiro.

— Não pode ser Simpa. Todos nós nascemos um ano *antes* de os Lordes chegarem — diz ele, baixinho.

Lentamente, as implicações da verdade começam a se revelar para todos nós.

— O que significa que alguém sabia o que iria acontecer, antes que tudo ocorresse. — Quase não consigo acreditar nas palavras que saem de minha boca.

— Alguém sabia que os desgraçados estavam vindo — sussurra Ro.

Tima continua:

— Tem mais. Quando pesquisei os arquivos de Catallus, encontrei uma coisa. Parecia ser a pasta pessoal dele. Havia uma seção enorme chamada "Crianças Ícone". Como estavam todos com o selo "Somente para apreciação da Embaixadora", imagino que sejam roubados. Havia muitos arquivos e só tive tempo de copiar alguns. Eram sobre a gente. E sobre os Lordes. — Tima ergue um drive portátil e o liga na tela de vídeo.

Percebo que estou esquecendo de respirar.

— Alguns dos arquivos estão marcados como se fossem páginas escaneadas do que imagino ser o livro que Dol perdeu. Se forem, ela está certa, era algum tipo de diário.

Tima abre algumas páginas. Vejo o que parecem rabiscos feitos por algum tipo de cientista louco, com borrões e desenhos e coisas que não consigo entender.

— Isso é realmente pesquisa de alto nível, muito além de qualquer coisa que eu tenha estudado. Fórmulas matemáticas, esquemas elétricos, códigos genéticos, um monte de tagarelice sobre DNA.

— Tudo bem, agora você está falando absurdos. — Ro sacode a cabeça.

— Certo, deixe-me simplificar. Para Furo. — Tima suspira e limpa a tela. — Alguém realmente descobriu que os Lordes estavam vindo. Essa pessoa também aprendeu sobre os Ícones e sobre o que eles eram capazes de fazer. — Ela saca um arquivo. — Olhem para isto. Até onde sei, são transcrições de comunicações dos Lordes. Para alguém na Terra *Antes* de eles chegarem.

Lucas examina com mais atenção.

— O quê? Como isso seria possível? O Dia foi um ataque surpresa. Ninguém sabia o que estava acontecendo, até que foi tarde demais.

Tima faz que não com a cabeça.

— Não sei, não tive tempo de ler todos os arquivos. Mas pelo que isto indica parece que alguém de fato se *comunicou* com os Lordes e resolveu auxiliá-los.

Ro se inclina para a frente com um olhar sombrio no rosto.

— Quem? Catallus?

— Não diz. Quem quer que tenha feito essas anotações também sabia muito sobre o funcionamento do cérebro. Sabem como o Ícone pode matar as pessoas e desligar tudo ao redor dele? Vejam isto. — Tima passa para uma nova imagem. — Aqui diz que, com uma pequena ajuda, as pessoas poderiam fazer o mesmo. Ou, na verdade, o oposto. E acho que é isso que somos.

— Então somos algum tipo de anti-Ícone? — Ro ergue o rosto ao dizer as palavras.

Tima assente.

— Quem quer que soubesse que os Lordes estavam vindo, descobriu como projetar pessoas que não apenas eram imunes aos Ícones, mas que poderiam anulá-los.

— Isso é impossível. — O rosto de Lucas ficou pálido.

— Loucura — diz Ro, sacudindo a cabeça.

— Vocês querem dizer que é incrível. — Tima suspira, e sinto uma onda de admiração vindo dela.

Tento fazer a mente compreender tudo isso.

— Pense a respeito, quanto tempo levaria para projetar quatro bombas-relógio emocionais *humanas*? Quantos experimentos fracassados?

— Se isso for verdade, deve ter levado anos somente para chegar ao ponto em que fomos criados. — Os olhos de Tima estão inquietos enquanto ela fala. — Imaginem os recursos, o planejamento, as informações necessárias para saber *como* nos projetar. Ainda mais *quando*. Para saber que fomos feitos para lutar.

— Acha que seus pais sabiam? — Estou zonza.

Ro está sobrecarregado de informações. Ele está fumegante.

— Meus pais foram mortos no Dia. Não estavam cooperando com nenhum plano secreto. Teriam odiado tudo que a Embaixada representa.

— Como você pode ter tanta certeza disso? — dispara Lucas. — Considerando que estão mortos?

— Eu prefiro saber que estão mortos, e não atuando como líderes da Embaixada para um bando de parasitas Sem Rosto. Não sei se conseguiria conviver comigo mesmo, Botões. Se eu acabasse como você...

Lucas salta em cima dele, mas Ro está de prontidão. Em segundos, estão rolando no chão, derrubando pilhas de livros, destruindo o ninho cuidadosamente montado de Tima.

Brutus late como um louco, correndo em círculos ao redor deles.

Tima se agarra à tela de vídeo. A caixa de metal sai voando. Ro pega um pedaço da caixa e se levanta, atacando Lucas.

— Parem com isso! Apenas parem! — berra Tima, saltando entre os dois. Eles não têm tempo de parar, então ela fecha os olhos com força, preparando-se para o impacto.

Ro e Lucas rolam diretamente para cima de Tima — até que são jogados para trás, com força.

Fico de pé observando, chocada. Os meninos também estão confusos.

O nariz de Ro está sangrando, e Lucas tem um corte na boca.

— O que foi aquilo?

— Aquilo foi vocês dois sendo idiotas.

Brutus rosna, e Tima o pega no colo. Embora esteja totalmente crescido agora, não é maior do que um filhote.

— Você me jogou pelo quarto sem me tocar. — Ro olha para Lucas, que dá de ombros. — Nós dois.

— E vocês mereceram. Obviamente, quem quer que os tenha cultivado no laboratório se esqueceu de cultivar o cérebro em vocês dois. — Tima parece a fim de lutar contra os dois.

Agacho ao lado dela cuidadosamente e recolho a caixa do chão. Vejo um flash da imagem de Tima na sala de testes. Não sei como ela conseguiu, mas, de toda forma, não parece compreender o que fez.

— Tima, esqueça. São idiotas.

Lucas franze a testa.

— Acha mesmo que fomos projetados por alguém, e ao mesmo tempo, para ser algum tipo de célula dormente de armas humanas?

— É o que parece. — Tima assente.

Ro está se divertindo.

— Tudo que preciso saber é quem e o quê devemos destruir, onde, quando e como. — Ele olha para Lucas com um sorriso pretensioso. — Tenho uma boa ideia de quem e do quê eu gostaria de me livrar primeiro.

Encaro Ro.

— Pare de brincadeira.

Ele pisca um olho para mim.

— Quem está brincando? Estou pronto. Acho que se pode dizer que nasci pronto.

O humor de Ro está melhorando a cada minuto, e não consigo entender por quê. Ro não consegue dizer mais nada, no entanto, pois Lucas o interrompe:

— Isso é ridículo. Não existe conspiração. Por que todos sempre acham que o planeta inteiro está atrás de nós?

— Lucas — diz Tima, colocando a mão no braço dele.

— Nascemos no mesmo dia. Isso é tudo. É tudo que sabemos. Ponto final. O que isso quer dizer, tirando o fato de os nossos pais terem precisado de ajuda para dar à luz? Minha mãe trabalha no serviço público desde antes de eu nascer. É claro que teria acesso aos melhores médicos de fertilidade. Isso não é um crime.

— Ninguém está dizendo que é. Mas você precisa encarar os fatos, Lucas. — Pelo jeito como fala, Tima parece triste.

— Conheço os fatos, Tima. Você acabou de me contar.

— Não é só isso. Não é só o fato de termos sido feitos em um laboratório. Mas o que isso significa, pense a respeito.

Vejo que a mente de Tima está acelerada. Consigo ver as conexões que está fazendo, de ideia a ideia, pensamento a pensamento.

— Alguém precisa da gente — digo, devagar.

Tima concorda com a cabeça. Ela não fala, mas sei o que está pensando. *Temos um propósito. Temos um significado. Há algo que podemos fazer, ao menos porque alguém acha que podemos fazê-lo.*

Ro parece sombrio.

— Significa que temos de descobrir qual será nosso próximo passo. Porque temos um. Quem quer que nos tenha criado, o fez por um motivo. Só temos de descobrir qual é. — Ro olha para mim de modo significativo. Ele quer que eu conte a Tima o que descobrimos no Ícone, e farei isso. Mesmo assim, a coisa toda ainda não faz sentido para mim.

— Por que a Embaixadora? — digo. — Por que ela iria querer que fôssemos criados quando tudo o que ela e a Embaixada sempre quiseram foi nos controlar? Somos uma ameaça para eles. Sempre fomos uma ameaça. — Penso no dia de hoje quando falo. Até onde sabemos, somos as únicas Crianças Ícone. Somos tudo que pode enfrentar os Ícones e a Câmara dos Lordes.

— Talvez tivessem medo de que todos acabássemos escravos. Talvez eles, alguém, estivessem protegendo suas apostas. Então montaram um tipo de plano B secreto, caso o Dia desse errado. Caso os porta-naves viessem e destruíssem nosso mundo inteiro. — Tima pronuncia as palavras lentamente, mas minha mente está acelerada como a dela.

— O que eles de fato fizeram — diz Ro.

— Mas quem? — falo, embora saiba que Tima não saberá responder.

Nenhum de nós saberá, ainda não. Mas responderemos.

— Vocês são tão loucos quanto ela — diz Lucas.

Coloco a mão no braço dele.

— Lucas. Ela está certa.

Lucas se recusa a encarar qualquer um de nós.

Tima ergue as mãos.

— Não importa o que eu diga a você, não é? Isso não tem lógica. Não ouve a mim nem a ela.

Passa-se um minuto antes que eu perceba que Tima está se referindo a mim.

Lucas olha para mim e sacode a cabeça.

— Isso que vocês estão falando não faz sentido. Você viu o que eu vi, mas não entende. Nenhum de vocês compreende.

— Então conte-me. Ajude-me a compreender, Lucas.

— Não adianta. Você está fora de si, está maluca. Vocês estão todos malucos. Não quero participar disso.

Lucas está certo. Sinto que não sou eu mesma.

Sinto muitas coisas, mas loucura não é uma delas.

———— • ————

Chega a noite, não consigo dormir. Tenho medo de sonhar. Tenho medo de, caso sonhe, ver o Dia. Mas, dessa vez, sei como os Ícones são — e não sobreviverei ao sonho.

À noite, não posso me defender. Caio no sono sentada na cama, beliscando a dobrinha entre os polegares, tentando me manter acordada.

Em vez disso, sonho com Tima.

— Tima? — Vejo a porta do quarto dela se trancando e se destrancando, como se Doc ainda estivesse fazendo uma brincadeira. Tima está de pé, de costas para mim, fina como junco, mais magra do que nunca. Os ombros dela estão protuberantes como lâminas, pálidos como o luar.

Uma sombra se espalha em cima deles, e observo essa sombra se abrir diante de mim.

Linhas percorrem todo o corpo de Tima, como se fossem veias, como água. Riachos de cor brilhante, a partir dos ombros, feito duas dragonas. Ela estica os braços e inclina a cabeça para trás.

Tima está gritando. Brutus está latindo.

As agulhas perfuram a pele de Tima, determinadas, rapidamente. Cem vezes. Mil vezes. Mais.

— Tima — falo de novo. — O que está acontecendo?

Ela faz um ruído estranho, como se engasgasse. Então se volta para mim. Vejo o pescoço de Tima marcado com uma linha vermelha vívida, de orelha a orelha, abaixo da garganta. Um novo desenho.

— Não gosto desse, Tima. Está me assustando. — Os pontos se multiplicam, e a abertura fica mais profunda. Os olhos dela estão arregalados, a respiração está ofegante. Estico o braço para tocar a garganta de Tima. Então vejo que não é uma linha.

É sangue.

Minhas mãos estão cobertas de sangue.

Tento gritar, mas não consigo, pois minha boca está cheia e minha voz está abafada pela linha. Linha vermelha, jorrando incessantemente de dentro de mim. Arquejo e engasgo, meu estômago se revira.

Ainda estou tentando encontrar a voz quando percebo que alguém bate à porta.

———— • ————

— Cometi um erro, Dol.

É o que Lucas diz assim que entra em foco à minha porta. É madrugada, e mal consigo me lembrar de quem ele é, ou de onde estamos, ou de por que estamos de pé aqui.

— O quê?

— Você precisa me ouvir. Contei à minha mãe sobre Fortis e o Observatório. E sobre a gente. Tudo.

O mundo retorna bruscamente ao lugar — ao lugar terrível de sempre.

— O que quer dizer com contou à sua mãe?

— Depois de toda aquela conversa sobre se juntar a Fortis e à Rebelião, e sobre as teorias conspiratórias malucas de Tima, eu não queria que você, que nós acabássemos em uma missão suicida fútil.

— Está brincando? — Sei que ele não está.

— Pensei que ela saberia o que fazer. Mas ela pirou. Começou a gritar e convocou o gabinete e me trancou do lado de fora da sala. Não sei o que aconteceu depois disso, embora eu a tenha ouvido dizer algo sobre o Presídio Pen. — Lucas não consegue olhar para mim, não nos olhos.

O Pen. A cadeia da Embaixada. Ele não precisa verbalizar para que eu entenda.

— Você precisa fugir. Encontrarei Tima, você busca Ro. É tudo que posso contar. Não há muito tempo.

— Por que, Lucas? Por que você faria algo assim?

— Eu disse a você. Eu precisava. Não ficaria sentado assistindo a Fortis provocar a ira dos Lordes sobre a cidade inteira. Você acha que já viu o pior deles, mas não viu. Não sabe como eles são. Não sabe de nada.

— Eu estava com você no parque Griff, Lucas. Sei tudo que você sabe.

Ele gagueja:

— Não, não sabe. Não viu o Pentágono. Não viu a nave mãe deles, o tamanho dela, o poder, o controle total que possuem.

— Lucas. — Minha mente está acelerada. A mãe dele sabe.

A Embaixadora sabe.

— Acha que o Ícone que vimos ontem é o pior de tudo? Acha que destruir aquela... coisa... vai fazer diferença? — Ele parece enjoado.

— Por favor, Lucas. — Preciso pensar, mas não há tempo bastante. Não sei o que fazer.

Lucas não quer ouvir.

— Lembre-se de 06/06, Dol. Do Dia. Eles contra-atacarão e virão com força. Não quero esse peso nos ombros. — Lucas fica mais calmo. — E não quero você em Pen. Então precisamos tirá-la daqui. Agora.

Não consigo me mexer. Não consigo respirar.

Lucas agarra minhas mãos e me puxa porta afora.

— Pelo menos uma vez, pode confiar em mim?

Saímos correndo antes que eu pense em como as palavras são irônicas.

MEMORANDO DE PESQUISA:
PROJETO HUMANIDADE

SIGILO ULTRASSECRETO/
SOMENTE PARA APRECIAÇÃO DA EMBAIXADORA

Para: Embaixadora Amare
Assunto: Lordes/Origens dos Ícones
Designação no Catálogo: Prova recuperada
durante batida em esconderijo da Rebelião

Anotações à mão transcritas a seguir:

COMUNICAÇÕES ANTERIORES COM NOSSOS VISITANTES FORAM PRODUTIVAS.

QUEREM FAZER NEGÓCIOS.

A RESISTÊNCIA NÃO É UMA OPÇÃO EFICIENTE. MELHOR DEIXÁ-LOS VIR E TENTAR OBTER A MAIOR VANTAGEM DA SITUAÇÃO.

O MÉTODO DE SUBMISSÃO É PARTICULARMENTE PERTURBADOR.

CONTRA-ATACAR SERÁ... DIFÍCIL.

PERCEBO FALTA DE EMOÇÃO NAS COMUNICAÇÕES.

I.A.?

POSSÍVEL FRAQUEZA.

FORTIS

Três de nós estamos sentados em uma cela cinzenta e depressiva no Presídio Pen, exatamente como Lucas disse. Nossos únicos companheiros são as paredes de concreto, uma porta metálica sólida, uma pia e um vaso sanitário nojentos.

Estamos à espera no silêncio frio e úmido.

Sou eu quem finalmente quebra o silêncio:

— Eu já devia saber. Não há como fugir dos Simpas.

— Por que não? Já fugimos antes. — Ro dá de ombros.

Tenho um lampejo dos guardas saindo das sombras na base das escadas. Do rosto de Lucas enquanto ele tenta influenciá-los. Dos olhos dele, arregalados, surpresos, quando ele não consegue se concentrar o suficiente para fazê-lo.

Encaro as algemas duras em torno dos pulsos. A pele debaixo delas está rosada e ferida. Cá estou, algemada de novo, exatamente como na primeira noite em que vim para a Embaixada.

As palavras de Tima saem baixinhas:

— Não. Ela está certa. Se você corre, eles o matam.

Depois de tê-los visto matar o Padre, depois de ver a queda do vidente, depois que meu agressor no parque Griff ficou inerte — nem mesmo tentei fugir. Sentada aqui, agora, imagino se deveria ter tentado.

— Desculpe-me — digo, arrasada.

— É? Deveria se desculpar mesmo. Jamais confiei nele. — Ro me encara com raiva, os olhos semicerrados, e se encolhe de dor quando se inclina para a frente. A camisa dele está rasgada e ensanguentada.

Viro o rosto.

— Detesto ver você assim.

— Assim? Isto não é nada. O outro cara... caras... definitivamente levaram a pior. — Ele tenta erguer os braços acima da cabeça, seu gesto de vitória, mas as algemas não permitem, então ele desiste.

Tima está com a cabeça abaixada, encolhida. Está falando consigo mesma.

— Não posso ficar aqui. Preciso voltar para Bru.

Ela encara as algemas, sacudindo-as.

Ela me ignora enquanto fala.

— Dol sabe por que estamos aqui, Ro. Ela esteve com Lucas ontem à noite, e ele não está aqui. Até mesmo você consegue fazer essa conta.

Ele olha para Tima.

— Ou talvez a superesquisita aqui tenha irritado a bibliotecária. Não colocou as caixinhas de volta no lugar?

Ergo a voz:

— Não é o que você pensa. Lucas foi me avisar, avisar a todos nós, mas já era tarde demais.

— Se ele precisava *nos* avisar, por que estava no *seu* quarto em vez de no de Ro ou no meu? *Nós* não fizemos nada. *Nós* não deveríamos estar aqui. — Os olhos de Tima estão incandescentes.

— Ele... Lucas... — Ainda não consigo acreditar enquanto falo. — Ele contou tudo para a Embaixadora. Sobre a visita ao Ícone, sobre o que Tima descobriu nos arquivos, sobre os planos de Fortis. Tudo.

A boca de Tima se escancara.

— D...deve haver um bom motivo — gagueja ela. — Muitos motivos. Ele não queria que nós fôssemos. Não queria que a vida mudasse. Não queria magoar a família.

— Ouça o que está dizendo, Tima. Acorde. — Ro se levanta e começa a andar de um lado a outro. — Eu sabia que não podíamos confiar nele. Ele armou para a gente. Para nós, para a Rebelião, para Fortis. Fomos delatados. — Ele esmurra a porta.

Vejo o metal estufar e amassar. Vejo os punhos de Ro ficarem vermelhos com o sangue. Estou exausta demais para impedi-lo.

Enquanto sentamos à meia-luz, penso nas opções que temos.

— Olhem, sei que não queremos conversar sobre isso, mas com Lucas...

— Dissidente? — Ro soca a porta de novo.

— Acho que precisamos. — Olho para os dois. — Tima, existe uma chance, mesmo pequena, de destruirmos o Ícone?

Tima olha para o chão, organizando os pensamentos.

— Na verdade, sim. Muito pequena. Muitas variáveis. Precisaríamos de ajuda. Não gosto de me arriscar, mas eu tentaria.

— E quanto aos riscos? E se Lucas estiver certo e os Lordes retaliarem? Pense em quantas pessoas morreriam. Há mais gente em perigo aqui além de nós quatro.

— Pensei nisso — responde Tima. — Por outro lado, e se os Lordes precisarem de nós, ou pelo menos de alguns de nós? Pense nos Projetos. — Ela faz uma pausa. — E, taticamente, nossa melhor chance de agir é agora, enquanto ainda temos o elemento surpresa. O que restou dele.

Olho para Ro, que está sentado com os olhos fechados e a cabeça encostada na porta, cuidando das mãos destruídas — bem feito.

— E? — Olho para ele com determinação.

— Por favor, Dol, não precisa me perguntar o que penso. Eu sempre quis uma chance de lutar contra os Sem Rosto. Se a tivermos, direi para aproveitarmos sem pensar. — Ele soca a porta mais uma vez, apenas para provar seu argumento.

Faço que sim com a cabeça.

— Concordo. — Sabemos o que Lucas pensa. Agora sabemos o que o restante de nós pensa.

Então alguém bate do outro lado da porta. Ro congela e a encara. Sinto uma onda familiar de calor e imagino...

Uma voz ecoa para dentro da cela.

— Certo, então. Vou ter de pedir que pare de fazer isso. Se quebrar a porta em cima de minha cabeça, Ro, não conseguirei abri-la.

— Fortis? — Fico de pé, encosto a orelha na porta. Nunca fiquei tão feliz por ouvir a voz do desgraçado do Merc.

Ro sorri — até mesmo Tima parece aliviada.

Ouço-o trabalhando na porta, do outro lado.

— Que bom que não vim de mãos vazias. Esta está um pouco complicada. Quase dá a impressão de que vocês foram trancados aí dentro. Isso não é muito hospitaleiro.

Ouço o ruído de uma pederneira, ou talvez de um fósforo riscando — diversas vezes — seguido pelo leve farfalhar de ignição. O odor de enxofre emana por baixo da porta

— Fique longe, minha querida.

Afasto-me e empurro os outros para trás com os braços

Há um estalo, então um flash de luz. Fumaça serpenteia por baixo da porta, que estremece. Devagar, ela se abre...

E vejo Fortis e Lucas de pé do lado de fora.

— A cavalaria, como dizem, chegou. — Fortis parece deslocado com o equipamento completo de Simpa que está vestindo. Lucas, ao lado dele, parece um pouco melhor no seu.

Ninguém diz nada.

Fortis inclina a cabeça e diz para si:

— Obrigado, Fortis. Devemos nossas vidas a você.

Ele sorri.

— Olá a todos e, mais uma vez, de nada.

Abraço Fortis, embora passe por minha cabeça que, na última vez que o vimos, ele nos abandonou no parque Griff. Fortis mais do que igualou o placar, penso. Mas ninguém diz coisa alguma a Lucas. Nem mesmo Tima.

— O que ele está fazendo aqui? — rosna Ro.

— Estou aqui para salvar você. — Lucas cruza os braços. — É claro, se preferir ficar aqui, à vontade.

— Deixe-me pensar a respeito. É uma decisão difícil. — Ro semicerra os olhos.

Lucas olha para mim.

— Você deveria pensar melhor. Isso que você está fazendo é suicídio

Fortis ergue uma sobrancelha. Ro, um punho.

— Lucas... — começo, mas ele interrompe.

— Não. Você está prestes a fazer a única coisa que poderia devastar o planeta inteiro. Tem de haver um jeito melhor.

Fortis se coloca entre Lucas e Ro dessa vez.

— Tudo bem, crianças. Basta. Estou aqui porque seu *amigo* Lucas contou a meu amigo Doc, que me acordou e tirou meu traseiro quentinho de uma cama aconchegante para vir remando no frio até aqui para salvar vocês. — Ele indica a porta. — Agora, se não se importam. Menos conversa. Mais caminhada. Sigam-me, ou deixarei vocês apodrecendo.

Sinto uma corrente de adrenalina e ansiedade. Os Simpas estão se aproximando.

— Ele está certo, precisamos ir agora.

Caminhamos por um corredor, onde Fortis destranca uma porta que dá para outro corredor e um beco sem saída. Olho para o Merc.

— Esse era o seu plano?

Ele responde casualmente, inspecionando a parede:

— Na verdade, sim. Acho que conseguimos. — Fortis inclina a cabeça em minha direção. — Ah, aliás, camponesinha, este é por conta da casa. — Mal tenho tempo de me encolher no chão quando as paredes explodem e sinto a chuva de escombros de concreto ao redor.

Tusso. A poeira enche meus pulmões e faz meus olhos arderem. Levanto o rosto e vejo que Ro e Tima passaram pela parede, ou pelo buraco que a substituiu. Lucas fica inerte, olhando para a poeira cinzenta que o cobre.

Olho para ele, que me ignora.

Tudo bem.

Dou um passo em direção ao buraco, mas Fortis me impede, segura meu braço antes que eu prossiga.

— Uma coisa... embora eu saiba que precisamos ir. Os Simpas não devem estar muito longe.

— Eles vão saber que você esteve aqui, Fortis. E se tivermos colocado a Rebelião inteira em perigo?

Fortis dá de ombros.

— Eles apenas saberão que um Merc veio e tirou vocês de Pen com algumas explosões. E daí? É nosso ganha-pão, amor. Fortis, o Merc, jamais dispensaria uma oportunidade boa como esta. — Ele olha para Lucas. — O Botões de Latão ali faz tudo valer a pena, até onde as pessoas sabem.

— Ótimo. — Lucas está desolado.

— É o seguinte. Tem uma parte desse plano da qual não vai gostar. — Fortis me encara com seriedade. — Você não vai sobreviver à fuga. Na verdade, terá de deixar Huxley matar você.

— Como é? — Ele não está brincando. — Isso não faz sentido. Hux não vai me matar. Nem Doc ou Orwell. Ele nem mesmo é real.

Fortis abaixa o tom de voz. Pela primeira vez, parece tão sério quanto a situação se apresenta.

— Você não pode achar que vai correr livre e leve entre as peônias depois disso, pode? Você está mexendo com cachorros grandes agora. Você, Doloria, terá de morrer. Você, mais do que qualquer um. — Fortis inclina a cabeça para Ro e Tima. — Mais do que o restante. Acredite em mim, eu sei.

Um pensamento me ocorre. Um vislumbre, algo familiar. Não sei como não enxerguei antes.

— Quer dizer que terei de morrer como você morreu?

— Como é? — Ele sabe o que estou perguntando, mas vai fazer com que eu mesma formule.

— Você projetou Doc, não foi? Você é o amigo dele, o cara que foi embora. Aquele que está morto para ele. — Tento me lembrar das palavras exatas, mas não consigo. Só lembro que Doc tinha um amigo e o perdeu. Fortis. Tem de ser ele.

Fortis dá de ombros, mas não paro:

— Você o batizou. Os livros de ficção científica, as piadas, todo o latim, isso foi você. Doc é seu.

— Ah, tem uma história aí, amor. Uma das boas. Mas primeiro tenho uma perguntinha para você.

— Qual é?

— Você sabe atirar?

Sem mais nenhuma palavra, ele enfia uma pistola da Rebelião em minhas mãos e me empurra pelo buraco na parede, com força.

Há um estampido alto, e a parede ao lado de onde eu estava se transforma em escombros.

Os Simpas chegaram.

Saio correndo enquanto Fortis dispara. Quando viro a esquina, sei que há mais pés vindo atrás de mim além dos de Fortis. De soslaio, vejo que Lucas está bem atrás dele.

———— • ————

Não voltamos a conversar até vermos o barco de Fortis — ou pelo menos o barco que ele sequestrou dos Simpas. Luzes de busca cruzam o espaço acima de nós, cortando a noite com a precisão de um laser.

Tento não olhar para o cais, onde há dois Simpas caídos, rosto para baixo no litoral cheio de espuma.

— Baixas de guerra — diz Fortis sombriamente.

Ele sobe pela água rasa e cheia de pedras, não muito longe de onde estive com Ro ontem.

— Venham. Corram, aqueles malas são rápidos, todos eles. Rápidos e um tanto infelizmente armados. — Fortis fica de pé no centro do esquife, gesticulando para que entremos. O enorme casaco vibra como asas em frangalhos ao redor dele. Ro salta para o barco, quase virando-o. Caminho com dificuldade pelas rochas atrás dele, impulsionando-me cuidadosamente pela lateral da embarcação. Tima e Lucas estão de pé na costa.

— Você vem? — Tima olha para Lucas, então para nós. Ele não diz nada.

— Lucas?

Lucas faz que não com a cabeça.

— Não vou com vocês.

Tima assente.

— Desculpe-me — diz ele.

Ela olha para Lucas por um bom tempo, os cabelos prateados açoitando o vento.

— Eu sei. Mas preciso ir.

Tima se inclina para beijar a bochecha de Lucas, e ele a puxa para si em um abraço desajeitado. Os dois ficam unidos apenas por um instante, no entanto preciso virar o rosto mesmo assim. É tão pessoal e não é algo feito para eu ver.

Ou sentir.

Talvez eles sejam mais como Ro e eu do que pensei.

Estendo a mão para Tima, e ela a agarra. Não somos amigas, mas não somos inimigas. Não mais.

Quando a puxo para dentro do barco, ela grita para Lucas, por cima da minha cabeça:

— Cuide de Brutus para mim...

Ouço-o gritar de volta:

— Prometo.

Brutus. É quando percebo que, entre Lucas e o cachorro, Tima está deixando para trás a única família que já conheceu.

Viro o rosto para Lucas. Os olhos cinza-esverdeados dele encontram meus olhos azul-acinzentados.

Não nos despedimos. Não podemos.

Mas por dentro consigo senti-lo, retraindo-se. É aqui que nossos caminhos distintos devem nos levar.

Minha mãe pode viver no passado, mas ela me puxa para um lado. A dele vive no presente, e puxa Lucas para o outro lado.

Então deixo para lá. É tudo que posso fazer.

Lucas parece pequeno no litoral e vai ficando cada vez menor conforme nos afastamos.

———— • ————

— Você estava falando sério... quero dizer, sobre eu morrer?
— Arrasto-me pelo barco até ficar ao lado de Fortis, ou quase ao lado. O mais perto que os assentos molhados permitem.

Tima olha para Santa Catalina. Ro olha para a outra direção, para Porthole.

Fortis mantém os olhos no litoral e uma das mãos no motor enquanto fala.

— Eu fiz isso, há muito tempo. É muito difícil, com todos esses jeitos de a Embaixada rastrear uma pessoa. Sua assinatura digital está por toda parte. Mas Hux consegue fazer isso. Ele já fez.

— Uma vez? — pergunto, olhando para Fortis.

Ele assente.

— Conforme falei, você jamais será livre. Não até estar morta.

— Você faz parecer tão fácil.

Fortis ergue o pulso. Nele, vejo um bracelete de couro, exatamente como o que Lucas usa.

— Foi você que...? — Aponto para o bracelete.

Fortis concorda.

— Um de meus primeiros projetos. — Ele levanta a voz, falando com o pulso. — O que me diz, Hux? Pode ajudar um amigo?

— Sim, Fortis.

Enquanto olho pela borda do barco para as profundezas escuras, penso em quantas vezes estive tão perto de tornar o registro digital real. Uma bala perdida poderia ter me encontrado, em vez de o velho vidente. O Ícone poderia ter me

323

matado, em vez de o garoto na cerca. Eu poderia ter me afogado nesta água escura, afundando até que o frio e o silêncio me consumissem.

Tenho sorte de só estar morta desse jeito, penso. *Quem sabe o que me aguarda?* Afasto-me do pensamento e retorno ao barco. Os nós dos meus dedos ficam brancos quando me agarro ao assento.

— Quanto tempo levará, Hux? — Fortis parece austero.

— Doloria morrerá em quatro minutos. O registro refletirá isso.

Uma onda acerta a lateral do barco, e me seguro com mais força.

— Super.

— No papel de falecida, você tem alguma preferência a respeito dos termos de sua perda trágica? Uma narrativa heroica? Uma baixa em batalha? Algo que traga aquilo que os gregos antigos chamavam de *kleos*, a glória eterna reservada a todos os guerreiros?

Reflito.

— Apenas algo simples. — Uma morte simples para uma camponesa simples.

— Há tantas escolhas — sugere Hux, com carinho. — Uma eletrocussão. Uma explosão. Uma decapitação. Um afogamento, acredito, seja o mais apropriado.

Imagino cada morte por vez, sobrecarregada. Não respondo.

— Incluirei o registro digital de sua bolsa. Nós a encontraremos no local do acidente. Digitalmente falando.

Não sei o que dizer.

— Obrigada, acho.

— Tudo bem. Compreendo. Sarcasmo. A discussão a respeito da cessação humana é tipicamente desconfortável para os humanos.

— Exatamente. — Viro-me para Fortis. — Mais uma coisa. Por que eu? Por que você disse eu, mais do que os outros?

— Você ainda não descobriu?

Faço que não com a cabeça.

— Espere um pouco. Você vai descobrir, Doloria Maria de la Cruz. — Fortis sorri, mas os olhos dele não estão rindo. — É algo que você carrega dentro de si. A coisa mais importante. A única coisa que espero que salve todos nós.

Minha mente retorna ao velho vidente e à garota de quem ele falara. Aquela que importa — que não sou eu. Tiro a menina dos meus pensamentos, porque neste barco, nesta baía, não há espaço para mais nada.

— E é por isso que tenho de morrer?

Não faz sentido algum, mas ele continua falando:

— Eles também sabem, ou saberão em breve. E, quando souberem, não vão parar até encontrar você. Confie em mim, camponesinha.

Confie em mim, Dol.

Sei que Fortis está falando, mas a voz em minha mente é a de Lucas.

— Doloria — diz Doc.

— Sim?

— Digitalizei e cataloguei o conteúdo de sua bolsa, de acordo com os dados de sua última noite na Embaixada. Será registrado na Wik da Embaixada.

— Tudo bem — digo.

— E Doloria?

— Sim?

— Vou ficar triste por dar fim à sua vida.

Sorrio e olho para Fortis, que se parece cada vez mais com o gêmeo humano de Doc. Ou talvez o irmão dele.

— Eu sei, Doc. Também ficarei triste. — Percebo como é perturbador no momento em que minha morte se torna oficial.

Talvez Fortis esteja certo. Talvez eu tenha mesmo algo dentro de mim, algo a oferecer.

Espero que sim.

— Estou pesquisando em meus drives por algo apropriado a dizer, para marcar este acontecimento.

— Não tenho certeza se há algo nos clássicos que se aplique aqui, Doc.

— Que tal adeus?

Faço que não com a cabeça.

— Não gosto dessa palavra. Às vezes parece que é a única que conheço.

Meus olhos estão cheios d'água. *Deve ser o ar*, penso. *Jamais choraria em meu próprio funeral.* Ao mesmo tempo, sinto uma nova conexão com meus pais, com os milhões que morreram desde que os Lordes chegaram. Penso na insignificância das mortes deles.

Prometo fazer essa morte valer.

— Nada de adeus, Doc.

Ouço a voz estalar.

— Nesse caso, que tal oi? — Pego o bracelete da mão de Fortis e o levo à orelha. É o máximo que posso fazer para assentir.

— *Salve*, Doloria Maria de la Cruz. Verei você de novo em breve.

— *Salve*, Doc.

— Está feito. Seus arquivos foram apagados e substituídos. Até onde o mundo sabe, Doloria Maria de la Cruz morre esta noite. A Rebelião do Campo é culpada.

Encaro a água escura e revolta, e imagino se ele estará certo.

MEMORANDO DE PESQUISA: PROJETO HUMANIDADE

SIGILO ULTRASSECRETO/
SOMENTE PARA APRECIAÇÃO DA EMBAIXADORA

Para: Embaixadora Amare
Assunto: Lordes/Origens dos Ícones
Designação no Catálogo: Prova recuperada
durante batida em esconderijo da Rebelião

Anotações à mão transcritas a seguir:

O QUE ELES FIZERAM—
COMO PODEM MATAR CIDADES INTEIRAS—
MULHERES, CRIANÇAS, INOCENTES—
JULGUEI MAL A CRUELDADE INCOMPREENSÍVEL
DOS MÉTODOS DOS LORDES—
NINGUÉM DEVE SABER—
O QUE FIZ—
—ACELERANDO A PESQUISA—
PRECISO REUNIR AS CRIANÇAS—
TESTAR—
GATILHOS—
NÃO HÁ TEMPO, DEVO ME ANTECIPAR—
ELAS NÃO ESTÃO PRONTAS, MAS—
ISSO PRECISA SER IMPEDIDO—
EU DEVO IMPEDIR

616 616 616 616 616 616

TODOS CAEM

Fortis se vira para mim.

— Agora. Abra sua bolsa.

— Por quê?

— Preciso ver o estilhaço.

— O quê?

— O pedaço quebrado do Ícone. Aquele que você trouxe para Santa Catalina.

— Como sabe sobre isso?

— Hux foi o primeiro a notar. Você acha mesmo que pode levar uma coisa dessas para dentro da Embaixada sem levantar qualquer alarme? Ele o escaneou para mim, imediatamente, e estamos usando os dados para planejar o ataque.

Abro a bolsa.

Ali está, reluzente sob o luar. Não é muito grande, mas sinto o peso peculiar assim que o pego.

— Aí está você — diz Fortis, com brilho nos olhos. Entrego a ele. Fortis passa o estilhaço entre os dedos, então o beija.

— Essa belezinha é absolutamente perigosa. Não temos certeza do que seja exatamente, mas estamos testando todo tipo de explosivos contra o perfil de dados dela. Acho que finalmente acertamos, é leve o bastante para carregar, mas causa danos suficientes para executar a brincadeira.

Ro se aproxima no assento.

— É de nível militar? Tem uma base abandonada perto da Missão, sei que há muitas coisas boas lá.

Fortis assente.

— Acredite, estou bem ciente de seus contatos no Campo, Furo. Metade daqueles doidos está com meus amigos agora. — Ro sorri. — Temos um plano em curso, temos sim. Quando chegarmos à catedral, você vai poder conversar com sua equipe de munição sobre como tudo isso se encaixa. E sobre como o Ícone cairá.

Tima está se agitando, nervosa.

— Pensei muito em como os Ícones funcionam, e tenho quase certeza de que estão todos conectados de alguma forma.

— É o que achamos também — sugere Fortis.

Ela respira fundo.

— Li sobre a invasão inicial, sobre como os Ícones aterrissaram alguns dias antes de 06/06. Do Dia.

— Para se conectarem — pondera Fortis.

Tima assente.

— Como uma rede, cobrindo o planeta. Depois que se conectaram... foi o fim.

Viro-me para Tima.

— Quando estive lá, bem próxima, tive essa sensação esquisita de que estava vivo. Como se tivesse consciência de mim, ou algo assim. — Sei como soa, mas sinto que preciso dizer. — E, bem, coisas vivas podem morrer, não é?

Fortis concorda.

— Garota esperta.

Tima fica tão animada que dá um salto e quase cai do barco.

— Não sei como não vimos antes. É óbvio. Precisamos desconectá-los.

— É possível que você esteja certa. — Fortis acaricia o próprio queixo.

Ro ergue o rosto.

— Então você está dizendo que, se os derrubarmos um a um, a rede se enfraquecerá. E, por fim, cairá por inteiro.

— Até onde sabemos — diz Tima.

— Quantos existem mesmo? — Ro olha para Fortis.

Fortis franze a testa.

— Treze. — A palavra soa como uma sentença de morte. Mas recuso-me a aceitá-la. Já morri uma vez esta noite.

Então, em vez disso, sorrio.

— Tudo bem. Número um, lá vamos nós.

Não dizemos palavra a respeito da Câmara dos Lordes. A respeito de naves prateadas interrompendo o horizonte, deslizando sobre nossa cidade e cruzando nosso sol.

Sobre a possibilidade bastante real de que possamos falhar — de que possamos nos ver responsáveis por sentenciar o Buraco a se tornar nossa própria Cidade Silenciosa.

Morte humana por mãos inumanas, e em escala catastrófica.

Não falamos em retaliação.

Tento nem mesmo pensar na palavra.

Por que deveria?, digo a mim mesma. *O que são palavras para uma Cidade Silenciosa?*

Mas as coisas que não dizemos esta noite falam mais alto do que aquelas que dizemos.

* * *

A catedral está viva com atividade. Mal conseguimos acompanhar Fortis conforme ele abre caminho através do que antes era a capela.

— Esperávamos ter um pouco mais de tempo para nos preparar, é claro, mas Lucas nos deu um novo prazo quando teve a conversinha sincera com a querida mamãe. — Fortis suspira. — Eles não poderão agir contra nós sem autorização do EGP, mas precisamos ir agora.

— Agora mesmo? — Ro está esperançoso.

— Antes de o dia raiar, meu amigo.

Tima compreende onde Fortis quer chegar.

— Concordo. E a morte de Dol não os impedirá de aumentar a segurança em torno do Ícone, em breve.

Fortis assente.

— Triste, mas é verdade. As pessoas não têm modos. — Ele dá um tapinha nas costas de Tima. — Então não há tempo a perder.

Fortis aponta para um grupo ao redor de uma mesa larga.

— Mapas, esquemas, comunicações. Tima, você fica com eles. — Ela assente e segue naquela direção.

Fortis pega Ro pelo braço e gesticula para o lado oposto do salão, onde as pessoas estão empilhando mochilas.

— Equipamentos, camuflagem, explosivos. Arme-se e esteja pronto. — Ro desaparece.

— E quanto a mim? — Fico hesitante. O salão inteiro parece avassalador esta noite.

— Você? Esvazie a mente. Você é aquela com o grande *finale*.

— Eu? O que eu faço?

— Você explode o local, querida.

Com isso, Fortis se vai.

Olho ao redor do salão lotado, tentando me controlar. Tudo está diferente desde a última vez que estive aqui. As pessoas estão se movimentando com propósito. Caixas de madeira são empilhadas em um canto, cheias de equipamento resgatado. Em outro canto há uma cozinha improvisada, no ponto que costumava ser um altar há montes de pão e pratos, cercando o que parece ser um ensopado de batata com queijo.

Meu preferido.

Inspiro o cheiro com uma pontada de arrependimento, pois isso me leva de volta à Missão. Meu jantar de aniversário parece ter sido uma vida atrás.

Dez vidas.

Um homem mais velho com cabelos grisalhos caminha com dificuldade em direção à comida, e percebo que me lança um olhar de soslaio, como se soubesse quem sou.

Como se eu fosse algo especial.

Sorrio para ele, que retribui, esticando muito mais as costas. A sensação que capto dele — do salão inteiro — é tão positiva que tento não lutar contra ela. É quase como se, pela primeira vez, eu estivesse ajudando as pessoas. Olhando para cima, não para baixo — para a frente, não para trás.

Qual é o problema de se ter um pouco de esperança?

Não respondo, em vez disso, pego um pedaço de pão.

Restam três horas.

Três horas até enfrentarmos o Ícone. Alguém ergueu um cronômetro em contagem regressiva, fixando-o com lã ao redor do órgão, acima do altar.

Sempre que vou procurar por Tima ou Ro, eles estão em algum lugar diferente. De repente, em poucas horas, nossas vidas se expandiram de maneira imensurável.

Tima conversa com cinco pessoas ao mesmo tempo, lê mapas, desenha esquemas e faz fileiras de cálculos cuidadosamente registrados. Com base em minha descrição do Ícone — e dos escaneamentos que Doc fez do estilhaço — Tima está trabalhando junto a Fortis para tornar ideal os ajustes finais do explosivo e da localização. O movimento perpétuo do corpo dela, o voo de seus dedos que não voam, de repente encontrou um propósito. Ela está radiante, linda de um jeito que nunca vi. A confiança recém-descoberta combina com Tima. Queria que Lucas pudesse vê-la assim.

Queria que Lucas estivesse aqui para ver tudo isso.

A mesa principal não é para Ro. Ele prefere ficar de lado, encontrar seu caminho pelas beiradas da multidão. E encontra outras coisa lá também. Soldados. Catadores. Rebeldes — alguns de seus velhos amigos do Campo. Ro está reluzente como uma vela, cheio de energia. Ele circula pelo lugar aprendendo tudo que pode, preparando-se para derrotar o Ícone ele mesmo — com ou sem o restante de nós. Ro estuda gatilhos, alcance de impactos, detonadores.

Esse é o momento dele. Não fico em seu caminho. Esta é a turma dele. As pessoas com quem queimar.

Não eu.

Mas vejo como a energia de Ro é contagiosa. Imagino uma fogueira espalhando-se pela catedral, de pessoa em pessoa, e sei que Ro é a origem.

Faltam duas horas. Quando chego perto da mesa de Tima e de Fortis, ela quase parece feliz.

— Há tanto para se fazer — diz Tima, erguendo o rosto para mim. — Estrategicamente falando.

— Há mesmo?

— Tática. Munição. Apoio. Precisamos fazer com que você entre e saia antes que notem. Você e Ro. Antes que a Embaixada consiga iniciar o ataque. — Percebo a mente de Tima acelerada.

Eu. Ro. Eles.

É claro. É claro que somos nós. Apenas uma Criança Ícone pode se aproximar o suficiente. Somos nós contra a Embaixada e a Câmara dos Lordes.

Nós contra Lucas e a Embaixadora.

Como sempre foi.

— Certo — digo, de modo que Tima não repare que estou tremendo. — Por onde vamos entrar?

— Basicamente, vão refazer seu caminho da última vez. Pelo portão, colina acima, direto para o Observatório, até o Ícone. Se tivermos sorte, a Embaixadora não terá se aproximado dele ainda. Fortis e eu pensamos em um plano, e é meio que genial. Embora ajudasse muito se Lucas estivesse aqui.

— Nós podemos fazer isso. Ficaremos bem.

Vejo Fortis de relance em meio ao ambiente lotado da catedral. Ele está imerso em uma conversa com Ro.

— Diga-me, o que você sabe sobre Ro e seus contatos com as Facções do Campo? — Tima se aproxima de modo que ninguém consiga ouvir o que diz.

— Nada. Ele não gosta de conversar sobre isso comigo.

— Podemos confiar neles? Agora que estão aqui? Dizem que eles têm explosivos, mas não tenho tanta certeza.

— Não sei.

Tima olha para mim com determinação e pega minha mão. A dela é minúscula, e está fria e trêmula sob meus dedos.

— Sim, Doloria. Você sabe. Ou pelo menos pode saber. Verifique para mim, está bem?

Não quero; não gosto de fazer isso com Ro. Mas Tima não solta minha mão e sei que ela só está tentando ajudar, então obedeço mesmo assim.

Tranquilizo a mente e, relutante, permito-me sentir. Abro o coração e sou inundada, afogo-me na tristeza dentro de mim, ao redor. Percorro o caminho entre as centenas de pessoas na sala mal iluminada, a qual cheira a cera de vela, fumaça, sujeira e galinhas. Cheiros da Missão. Cheiros do Campo.

Deixo os odores se dissiparem primeiro, depois as pessoas.

Elas desaparecem, uma a uma, até que apenas Ro permaneça de pé ali. Ro e eu.

Vejo os flashes em uma fração de momento único.

A *pistola* do Padre. Um porão sob um velho café. Montes de dinamite e tijolos do que parece ser barro onde deveria haver vinho. Um grupo de homens e mulheres maltrapilhos agachados sob uma mesa cheia de parafernália tecnológica, restos industriais e rolos de fio.

Ro contorce a boca num sorriso e assente para mim, de lá do outro lado do salão.

— Sim — falo. — Pode confiar neles. Eu confio.

Tima me puxa para si em um abraço esquisito, desengonçado. É uma sensação estranha, como ser agarrada por um graveto.

— Tudo vai ficar bem.

— Eu sei — digo, embora seja mentira.

— Melhor. Pelo menos melhor. — Quando ela se afasta, vejo que seus olhos estão reluzentes e molhados. — Ele vai voltar — diz, sem olhar para mim.

Faço que sim com a cabeça, mas ambas sabemos que isso também é mentira.

* * *

A apenas uma hora do ataque, Fortis chama nós três até a área de munições.

— Tente medir duas vezes e cortar uma, e coisa e tal. Vocês não podem descortar, e certamente não podem desexplodir, então vamos fazer isso direito. — Ele olha para Ro. — Você tem tudo de que precisa?

Ro ergue duas mochilas cheias de explosivos plásticos e uma segunda, menor.

— Explosivos e detonador.

Tima entrega um esquema do Ícone para Ro.

— É aqui que você precisa montar os explosivos. — Ela entrega um mapa para mim. — Esta é a rota, você conhece o caminho, então irá na frente.

Fortis assente.

— Quando chegar lá, Dol, precisa ficar de olho na entrada, certifique-se de que não vai haver nenhum visitante surpresa. Não sabemos o que os Lordes farão, ou se eles sequer monitoram os Ícones o tempo todo. Não acreditamos que monitorem, pois já existe um tipo de defesa infalível armada...

— Está falando daquela coisa toda de cair morto? — Ro se encolhe.

— Isso. Mas eles já nos surpreenderam em outra ocasião.

Lembro-me das plantas inertes, dos ossos, da desolação.

— Não sei quem poderiam enviar para nos impedir. Lucas e eu mal conseguimos suportar. Nenhum Simpa conseguiria.

Nesse momento, Tima, Ro e eu nos entreolhamos.

Lucas.

— Você não acha que ele faria isso, acha?

— Ele é o único capaz de fazê-lo — diz Tima, austera.

— Espero que faça. — Ro sacode a cabeça. — Lucas, Simpas, os próprios Lordes. Podem mandar ver. Vamos em frente com isso.

— Tima e eu manteremos o máximo de contato possível. Conforme vocês já sabem, depois que as coisas forem interrompidas, vocês estarão sozinhos. — Fortis fica mais gentil. — Não se preocupem, filhotinhos. Vocês estão mais do que preparados. — Ele se aproxima. — Não sou do tipo sentimental, mas não vou negar que seria um pouco triste se vocês se explodissem com o Ícone.

— Puxa. Obrigada, Fortis. — Eu riria se não fosse verdade.

Fortis dá um sorriso sem graça.

— É, tudo bem. Apenas atenham-se ao plano, fiquem alerta e tentem voltar vivos.

Ro olha para mim.

— Prometo.

Cinco minutos depois, estamos nos despedindo.

O teto da catedral de Nossa Senhora dos Anjos é tão alto que é possível achar que ele segura qualquer coisa. Não é verdade. Mal consegue conter o barulho. O que começa com arrastões e murmúrios se transforma em passadas fortes e gritaria. Agora, Fortis está socando o antigo altar. Não é o tipo de missa que o Padre reconheceria, e Fortis não se parece em nada com um padre. Imagino o que o Padre diria se pudesse me ver aqui esta noite.

Fortis ergue a voz para ser ouvido acima dos demais em nossa nova congregação.

— Esta é a noite, meus amigos. Vestimos as coleiras e carregamos os jugos deles por tempo suficiente. Graças a uma reviravolta estranha do destino — diz ele, e olha para nós — temos uma chance de derrubar o Ícone e mostrar aos Sem Rosto que ainda não desistimos.

Ele ergue o copo para Tima primeiro, que está de pé ao lado dele — então para mim e Ro, que estamos lado a lado.

— À raça humana, então.

Ro encontra meus olhos à luz fraca e me encara.

— Aí está — diz ele.

Aí está, penso.

Podemos fazer isso. Estamos juntos — exatamente como sempre, como na Missão.

Em casa.

Mas finalmente é hora de ir. Ro e eu estamos cercados por aqueles cujos desejos mais desesperados pelo futuro vão conosco.

— Você consegue — diz Fortis, agarrando meu ombro. — Você também — diz ele a Ro.

— Estarei lá com vocês — diz Tima, e encaixa o fone atrás da orelha. — Até o último segundo, antes de a pulsação nos bloquear. — Ela sorri para mim, uma coisa breve e rara. — Não tenha medo.

— Não terei — respondo. — Não tenho.

Encaro Tima e vejo que ela está chorando.

— Você foi destinada para isso, sabe. — Ela limpa o rosto com a mão.

— Você também — digo, e meneio a cabeça para o fone dela. Coloco a mão em seu ombro e aperto. — Vejo você em breve.

Ela se vira para Ro e estende a mão para ele — mas, em vez de apertá-la, Ro lhe dá um abraço de urso, tirando-a do chão.

Sorrio, mas não consigo suportar mais despedidas. Então, sem esperar que Ro me acompanhe, saio para a noite.

Toco as paredes abaixo da Nossa Senhora entalhada na pedra. À noite, o halo dela se perde na sombra. Penso em Lucas desaparecendo no litoral longínquo, em Tima e na linha vermelha como sangue. No cordão de minha mãe. Em Ramona. No Padre. Tudo desaparece, cedo ou tarde.

Tudo pode sumir, a qualquer momento.

Acho que essa é a questão com os gatilhos e sentimentos. O coronel Catallus estava errado. O truque não é possuí-los. É mantê-los. É dominá-los.

Eles não tornam você fraco ou triste, irritado ou medroso, ou mesmo desolado.

Eles formam você.

Sou poderosa por causa de quem e do que sou. Não por causa de quem não sou.

Não vou pedir desculpas pelo que sinto.

Não mais.

Nossos sentimentos — pelo menos os meus, de Ro e de Tima — são nossa única chance de reconquistar a liberdade.

E depois dessa noite, a única coisa que desaparecerá será o Ícone.

É isso que digo a mim, afinal, quando Ro emerge da catedral atrás de mim e desaparecemos na escuridão do Buraco.

———•———

Estou realmente aqui e estou mesmo carregando uma mochila cheia de tijolos de explosivos plásticos, resgatados de bases militares abandonadas. CL-20, de acordo com Ro, o explosivo preferido por Fortis. Parece massinha ou argila, algo que pertenceria a uma criança, não a uma tropa de guerrilheiros.

A mochila está pesada, mas não me importo com o peso.

Ro, que não parou para respirar ou descansar desde que começamos a andar, está tão à frente que desaparece na curva.

— Rápido. Não temos muito tempo. — Ouço a voz de Ro flutuando atrás dele. — Qual é o seu problema? Você nunca é tão lenta. Aposto uma corrida até o topo. — Ro sai correndo, mesmo com a mochila pesada. Está animado, e o andar saltitante me lembra de nossa infância juntos, das corridas e brincadeiras nas colinas da Missão.

Construindo fortes, não bombas.

Ele está certo, nunca sou tão lenta.

Mas não me apresso. Algo parece errado.

Paro.

Porque assim que dou um passo para o luar na curva da trilha, vejo uma figura escura sentada no alto de uma pedra. Antes que meus olhos consigam se acostumar, já sei quem é.

Eu o reconheceria em qualquer lugar.

Fico assustada e surpresa, e me contenho para não começar a chorar.

— Lucas?

Conforme me aproximo, ele desce da pedra, parecendo mais pueril do que jamais reparei. Está vestindo camuflagem de Simpa e carrega uma mochila.

— Dol. Estava esperando você.

Afasto-me instintivamente. Em minha cabeça, ouço Ro, Fortis e Tima.

Lucas pode entrar no raio do Ícone.

Lucas é o único que eles mandariam para nos impedir.

Não podemos confiar em Lucas.

Ele dá um passo em minha direção, na escuridão, e tenta me abraçar, de um jeito meio estranho.

Afasto-o, pois não sei se está aqui para me ajudar ou para me matar.

Que belo trio nós somos.

Eu, recentemente morta. Esse garoto que só quer ser amado. O outro garoto, que aposta corrida comigo colina acima. *Quem resolveu que nós deveríamos carregar esse fardo? Que importância o destino deste lugar tem para nós? Ou ainda, o destino do Buraco em si, de nossa gente, de nosso planeta?*

Não sei o que dizer, então viro-me e caminho até Lucas me alcançar.

— Por que está aqui, Lucas?

— Vim tentar dissuadi-la disso. Uma última vez.

— Recado recebido. Agora se manda daqui. — Continuo andando.

— Olha — diz ele, alcançando-me —, tirei você de Pen, certo? Vim até aqui para ver você. Mas minha mãe sabe de tudo.

— Obrigada por isso. — Não olho para ele.

— Logo estarão aqui, em peso. A Embaixada, ou pior. *Os Lordes.*

Lucas não precisa dizer. Todos sabemos.

— Então volte para casa.

— Não. — Lucas segura meu braço, e eu o puxo com o máximo de força que consigo.

— Lucas. É claro que sua mãe não quer que isso aconteça. Ela não quer chatear os Lordes, talvez eles até cheguem à conclusão de que ela é dispensável.

— A questão não é essa.

— Entendo. Ela está confortável. Tem de pensar em você. Por que não faria todo o possível para manter as coisas do modo como são?

— Você não conhece minha mãe — diz Lucas, baixinho, mas consigo perceber que minhas palavras estão surtindo efeito.

— Eu sei que ela nos manteve reféns. Sei que está tentando nos impedir de fazer o que, se Tima estiver certa, literalmente nascemos para fazer. Sei que ela trabalha para os Lordes, Lucas. A Embaixadora e toda a Embaixada. O EGP Miyazawa, todos eles. Sei que eles não estão nos mantendo a salvo.

— É, então o que estão fazendo? — O rosto dele fica vermelho.

— Estão nos mantendo escravizados, porque têm medo de abrir mão da pequena quantidade de poder e de privilégio que têm. E você...

Percebo que estou gritando.

Lucas me encara, desafiando-me a dizer.

Então digo:

— Você não é tão diferente quanto pensa.

É tarde demais para essa ou para qualquer outro tipo de conversa. Escolhemos nossos lados e não somos aliados. Estou cansada de fingir que a verdade não é verdade.

Lucas não desiste, no entanto. Ele apressa a caminhada até estar praticamente andando de costas, diante de mim, na trilha.

— Por favor, Dol. Ouça a si mesma. Você diz que nascemos para fazer isso, mas não sabe o porquê. Não sabemos quem arquitetou isso. Não é o destino, é uma piada. Uma piada cruel. Temos escolha. Você nasceu para ser Doloria de la Cruz, e nada mais. Suba aquela colina e estará escolhendo acabar com tudo. Não suporto ver isso acontecer.

— Maria. — Paro de andar.

— O quê?

— Doloria Maria de la Cruz. Recebi o nome de minha mãe e estou fazendo isso por ela.

Vejo o rosto de Lucas ao luar e percebo que está chorando.

— Por meu pai e pelos meus irmãos. Pelo Padre e por Ro. Por Tima e por Fortis. Por Grande, por Maior e por Ramona. Por todos os remanescentes que foram enviados aos Projetos.

Olho para ele.

— E por você, Lucas.

Vejo seu rosto estremecer. Com essas palavras, percebo que concluí meu discurso. Pelo silêncio que me cerca, vejo que Lucas parou de me seguir.

O Observatório surge diante de mim. Os domos de pedras brancas, o obelisco, os degraus largos — tudo dominado pela cicatriz feia que é o Ícone. Além dos escombros em ruínas está a amplidão fria da cidade, um tanto escura onde deveria haver luz. Apenas a linha fina e irregular que é a ilha de Santa Catalina, muito, muito afastada, brilha ao luar.

Ro já deve estar lá dentro.

Quanto mais me aproximo, mais alto ecoa o murmúrio do Ícone em minha mente. Parece mais forte do que da última vez, zumbindo como uma vespa irritada, como se soubesse o motivo de estarmos aqui.

A caminhada fica mais árdua, e a mochila parece mais pesada, mas não paro.

Recuso-me a parar.

— Dol, espere...

Viro-me e vejo Lucas correndo atrás de mim. Gesticulo para que vá embora; não tenho mais energia para ele.

— É tarde demais. Você não pode impedir que isso aconteça.

Ele para ao meu lado, sem fôlego.

— Dol. Não quero que você se machuque. Eu não poderia... não quero viver com isso.

— Lucas. Por favor.

— É perigoso demais.

— Um de nós tem de fazer isso. Não tenho medo. Preferiria que fosse eu. — Dou meia-volta e saio andando, pois, assim que digo as palavras, sei que são verdadeiras. Não quero que nada aconteça a Ro ou Tima. Ou a Lucas.

Mesmo agora.

— Tudo bem, está certo. Você está certa. — Ouço atrás de mim, a voz de Lucas está falhando. Paro e olho para ele.

Ele fala mais alto:

— Fui um covarde. Tive medo demais de perder o que tenho... e de decepcionar a Embaixadora.

— Sua mãe.

Ele assente.

— Só fiz o que fiz porque tive medo do que aconteceria caso as coisas mudassem.

— Isso não torna as coisas certas.

Lucas assente de novo, esfregando os olhos com a manga da camisa, e respira fundo.

— Tem mais. Sobre minha *mãe* — diz ele. — Quando você foi embora, fui até o escritório dela. Fui direto ao cofre, aquele escondido atrás de nosso retrato de família.

— E?

— Digitextos particulares. Os arquivos cujo sigilo minha mãe alterou, redirecionados ao escritório dela. Doc arrombou o cofre. Tinha algo a ver com calcular a média de tempo na qual cada tecla numérica era pressionada. Algum tipo de impressão digital permanente. Ao que parece, sempre que um teclado é ativado, há um...

— Ande logo, Lucas. Preciso ir embora. — Não tenho tempo para ficar ouvindo isso.

344

— Encontrei outra caixa de drives. Poderia muito bem estar nomeada "tudo que jamais quero que Lucas leia". Havia registros, mais do que você desejaria saber. Coisas eu mesmo não quereria saber.

— Como?

— Tima estava certa.

— Sobre nossos pais?

— Sobre tudo.

— O que isso quer dizer?

— Quer dizer que há mais a respeito de nós do que achávamos. Mais do que o que Tima sabe. E mais do que aquilo que Fortis contou a você. — A expressão de Lucas é sombria.

— O que está dizendo?

— Não deveríamos ser apenas uma arma. Conforme, Tima disse, quem quer que nos tenha fabricado também fez uma barganha com a Câmara dos Lordes. E como Tima não disse, acho que a Embaixadora sabe quem foi.

Congelo. Sinto os pelos de minha nuca se eriçando, como se houvesse milhares de agulhas minúsculas na pele.

Como é possível? Como pode haver um tipo de humanidade tão baixa? Tão vil que nem mesmo merece ser chamada de humana?

— Que tipo de barganha?

— O tipo que trouxe os Lordes para nosso planeta, para início de conversa.

É verdade?

Poderia ser?

Quero chorar, mas seguro as lágrimas. Não podemos parar agora. Tenho certeza disso, estou mais determinada do que nunca.

Olho para Lucas.

— Está me dizendo que podemos ter algo a ver com a razão para os Sem Rosto terem vindo? — Ele assente. — Então também seremos o motivo pelo qual os Sem Rosto irão embora.

Lucas não responde.

Observamos o luar refletir na pedra branca da construção diante de mim. Minha cabeça está latejando, mas meu coração dói diante de tal visão.

— É lindo, não é? Pena que teremos de explodi-lo. — Seguro a mochila com força.

— Nós?

— Ro e eu.

— Como?

Indico a mochila.

— Tenho CL-20 suficiente aqui para partir este lado da montanha em dois.

Lucas faz que não com a cabeça.

— Você não pode fazer isso.

— Não comece. Já falei. Eu posso, Lucas. Preciso.

— Não sem mim. — Ele estende a mão para minha mochila e a coloca no próprio ombro.

Sorrio, apesar de tudo.

— Você faria isso? Ficaria para ajudar?

Lucas dá de ombros.

— Não há muito para mim na Embaixada. Considerando que, de acordo com eles, ajudei três fugitivos a escaparem de Pen.

Seguimos em direção aos domos brancos.

— Não se preocupe — falo. — Se você for preso, voltarei para seu julgamento e para testemunhar. A verdade é que você não foi nada útil.

A gargalhada de Lucas é abafada quando a pulsação do barulho da máquina toma conta do meu cérebro. Tento não me encolher conforme atravessamos para a atmosfera espessa e ruidosa do prédio em ruínas. Todas as células no meu corpo começam a se contorcer.

Quero gritar.

Que droga, penso. É isso.

Eu quase preferiria estar morta.

— Botões? O que ele está fazendo aqui? — Ro segura um tubo espesso de explosivos plásticos em cada mão. Ele parece tão surpreso por ver o outro que tenho medo que deixe um dos tubos cair. Ou que o atire em Lucas.

— Está tudo bem, sério. Ele veio ajudar. — Olho para Lucas. — Certo?

Lucas indica as orelhas de Ro, de onde escorre sangue até os ombros.

— Vamos acabar logo com isso antes que nossas cabeças explodam.

Ro avalia Lucas por um bom tempo, então lhe entrega o mapa de Tima.

Um a um, posicionamos os tubos de explosivos.

Cada explosivo é preso a uma das gavinhas pretas cilíndricas que descem até a rocha e ao solo do penhasco abaixo da construção.

Ligamos a maioria deles ao corpo do próprio Ícone, enfiando-os nos pontos de pressão que Tima tão cuidadosamente mapeou. Tudo é arrumado perfeitamente, como algum tipo de projeto artístico.

Colocamos os tubos remanescentes na base do Ícone, só para garantir.

E então ligamos um detonador a tudo.

Ro apoia o detonador com cautela, uma engenhoca cuidadosamente construída, com mecanismo de mola e que funciona com um timer mecânico — sem eletricidade. Com um senso de orgulho, Ro explica o processo enquanto ajusta o aparelhinho:

— Fortis é um gênio. Como os Ícones interferem com reações químicas, ele reprojetou o detonador para funcionar incrivelmente rápido, antes que o campo do Ícone possa interferir. Depois que o detonador for ativado, a reação em cadeia assumirá o processo e tudo vai explodir antes que o Ícone possa desativá-la. Ele nem saberá o que o atingiu.

Só precisamos ajustar o contador e sair.

Nós três ficamos de pé ali, por apenas um momento. Pa rece loucura — ficar tão perto de um Ícone, com o poder de destruí-lo. Seguro apenas um cronômetro. Uma mola contraída, como o detonador. Muito simples. A tecnologia tem mais de cem anos e ainda é confiável.

— Prontos? — diz Ro.

— Pronta — repito.

Lucas assente em silêncio.

— A detonação ocorrerá em 120 segundos, a partir do meu sinal. — A voz de Ro, equilibrada e segura, ecoa por cima de tudo o que fazemos e dizemos.

— Agora. — Ro liga um interruptor e fica de pé, satisfeito.

Ativo o cronômetro. Os números giram, descendo pela tela.

Um apertar de um botão, e tudo muda.

———— • ————

Corremos. Não olho para trás enquanto sigo aos tropeços pelo corredor, descendo os degraus de concreto, ou enquanto passo correndo pelas placas de latão dos planetas de nosso sistema solar embutidas no caminho, nem mesmo ao cruzar a grama próxima ao obelisco que marca o caminho para o estacionamento deserto.

Continuo correndo até estar no meio do atalho, na traseira da colina, em direção ao local onde Tima prometeu que nos encontraria a fim de nos levar a um esconderijo da Rebelião. Nada de Freeley. Nada de helicóptero da Embaixada. Não esta noite.

Lucas está logo atrás de mim, e nós dois nos viramos para olhar para trás.

— Um minuto — digo, quase que para mim mesma.

— Esse lugar todo está prestes a virar uma nuvem de cinzas.

Volto-me para Lucas e limpo com a mão o sangue que pinga do nariz dele. Então tiro uma mecha de cabelo dos olhos dele.

Ro vem correndo atrás de nós, sem fôlego.

— O que está fazendo? Vamos! — Ele me puxa com o máximo de força que consegue. Saio voando. Ro sequer nota Lucas. Não liga se Lucas está vindo ou não.

Ro continua correndo, puxando-me. Não vai parar para ninguém, não agora.

Descemos a colina em disparada, saímos pela cerca e nos afastamos do Ícone. Corremos para bem longe da zona de impacto e nos abaixamos atrás de uma rocha enorme.

Olho para o cronômetro.

10

5

1

Só ouvimos silêncio.

Não há fumaça ou cinza onde deveria haver fumaça e cinza.

— Tem algo errado. As primeiras explosões já deveriam ter acontecido. Alternei o intervalo de tempo. Um apoio por vez. — Ro mal consegue dizer as palavras.

Estamos todos ofegantes.

— Talvez você tenha marcado o tempo errado. Talvez o detonador tenha errado. Talvez haja uma conexão solta. — Tento não imaginar o pior, que os Lordes tenham descoberto o que estávamos fazendo e encontraram um modo de impedir. — Ainda pode explodir a qualquer segundo. E a Embaixada estará aqui em breve. Precisamos ir embora. Podemos tentar de novo a qualquer hora.

— Não — atesta Lucas. — Fomos longe demais, arriscamos muito para ir embora sem ter certeza de que vai funcionar.

Ro tenta o fone.

— Não ouço nada.

Bato no meu, mas não há sinal.

Lucas ergue o pulso e grita para o bracelete:

— Doc, Fortis, o que está acontecendo?

Ouvimos estática, então a voz de Fortis irrompe no ar.

— Bem, meus queridos, acho que a pergunta melhor é o que não está acontecendo e por quê.

Mais estática.

Fortis fala novamente:

— Hux, você verificou os números diversas vezes, qual é o problema?

Ouço um chiado alto — depois a voz de Doc:

— É bastante possível que as presunções que embasaram meus cálculos estivessem equivocadas. Testei a amostra e medi exaustivamente o efeito do Ícone, mas há sempre uma pequena margem de erro.

Apenas silêncio na linha.

Silêncio e estática.

Agarro o pulso de Lucas.

— Doc? Fortis?

Finalmente ouço a voz de Fortis:

— Sim, Dol. Não vou mentir. São más notícias.

— O que está dizendo? — Mal consigo pensar. — Deve haver alguma coisa que possamos fazer.

Ouço Fortis hesitar em meio à estática.

— A decisão é de vocês. Não posso obrigá-los a isso. A única maneira de explodir é...

— Um de nós terá de detonar. — É Ro quem diz as palavras.

— É isso. Manual.

Meu coração fica pesado. Lucas abaixa a cabeça entre as mãos. Ro fica de pé.

— Eu farei. É minha responsabilidade.

Não. Ro não. Não meu amigo mais antigo. Não consigo imaginar a vida sem ele, mesmo que o Ícone seja destruído.

— Fortis, não vale a pena. Precisamos descobrir outro jeito. — Bato no fone de ouvido. — Tima, está aí? Doc?

Ninguém responde.

Ro pega minha mão.

— Dol, não. Você vê que não tem outro jeito. Precisa ser um de nós. Não vai ser você, e não vou deixar o Botões aqui levar toda a glória.

— Por favor, Ro. — Lucas está pálido.

Ro nem mesmo olha para ele.

— Esqueça. É minha paixão. Eu preciso acendê-la.

Puxo a mão.

351

— Ro, ouça.

Então paro porque ouço algo.

— Isso foi...

Ro escuta.

— Latidos?

— Aqui? — Penso no Simpa morto e no sangue que sai de nossas orelhas. Nada seria capaz de sobreviver ali onde estávamos. Nós mesmos mal conseguíamos.

Mas é verdade. O som vem de uma de nossas mochilas. Ro se abaixa e abre a mais próxima — e Brutus coloca a cabeça para fora e lambe a boca de Ro.

— O que Lucas está fazendo com o cachorro?

— Como é que este cachorro está vivo? — É um milagre, penso. Enroscado na mochila, nas costas de Lucas, aquele cachorro pequeno e desengonçado sobreviveu ao Ícone.

— Brutus! — Tima aparece na colina atrás de nós. Está segurando um punhado de máscaras e o que parece um kit de suprimentos médicos. Reconheço a cruz no equipamento.

Tima tira Brutus da mochila, e ele lambe o rosto da dona, aí uiva.

— Bom garoto. Como Lucas colocou você aí?

Ela se volta para mim:

— O que está acontecendo? Por que não houve explosão? Onde está Lucas?

Ro e eu nos entreolhamos, chocados.

Porque Lucas sumiu.

Tima entende na mesma hora o que está acontecendo.

— Não. De jeito nenhum. Ele não pode fazer isso. Não vou permitir.

Antes que eu consiga dizer qualquer coisa, Tima enfia Brutus no meu colo e sai correndo mais rápido do que eu achava que ela conseguiria. Então desaparece na encosta da colina, na escuridão, subindo para o Observatório.

Brutus uiva.

— Espere! — grita Ro, e sobe atrás dela.

— Ro, pare. — Puxo o braço dele. Não posso deixá-lo ir. — Por favor, Ro, é tarde demais. Jamais a impediremos e Lucas está muito à frente.

Ro fica de pé, punhos cerrados e maxilar contraído.

— Isso não está acontecendo.

Puxo-o para baixo, não consigo mais ficar de pé. O cachorro se agarra ao meu peito, choramingando.

— Está. E não vou deixá-lo jogar a vida fora. Ainda não, pelo menos.

Ro se agacha ao meu lado, derrotado. Coloco o braço em volta dele e entro em desespero total e completo.

Não aguento mais. Não tenho mais vontade de me proteger da dor de minha tristeza e tudo desaba.

Meus pais, centenas de milhares de pessoas que morreram, o Padre, Ramona e agora Lucas e Tima. Sinto o poder da tristeza crescendo, maior do que eu; não consigo contê-la.

Choro.

Não paro quando ouço a primeira explosão. Ou a seguinte. Ou a seguinte.

Não paro quando chovem escombros ao redor e sinto cheiro de fumaça.

Não paro quando Ro, coberto de cinzas, fica de pé para ver se o Ícone está no lugar.

Nem depois disso...

Silêncio.

TELEGRAMA DA EMBAIXADA

MENSAGEM GERAL
SIGILO ULTRASSECRETO

De: EGP Miyazawa
Para: Todos os Embaixadores dos Ícones

Caros,
Recebi a seguinte mensagem dos Lordes a respeito da produtividade do Projeto. Não estão felizes. As ordens são para aumentar os funcionários do Projeto em 20% a fim de elevar a produção. Não me importa onde vocês vão conseguir as pessoas.

Se valorizam seus postos e suas vidas, façam acontecer. Amare e Rousseau, refiro-me a vocês.

— M

INÍCIO DA MENSAGEM

PRODUÇÃO ATUAL DO PROJETO ÍCONE É
INSATISFATÓRIA.
SAÍDA GLOBAL É DE 84,7%.
MÍNIMO É 90%.

LOS ANGELES: 78%
NORDESTE: 95%
LONDRES: 84%
PARIS: 75%
MOSCOU: 81%

XANGAI: 89%
TÓQUIO: 91%

FIM DA MENSAGEM

O VÍRUS

Não sei por quanto tempo fico sentada, em estupor e choque.

Brutus choraminga até me tirar do devaneio, e somente então olho ao redor.

Uma cinza espessa, branco-acinzentada, está se acumulando por todo lado, cobrindo as árvores, as pedras, o chão. Uma fumaça preta paira no ambiente, e não consigo enxergar mais do que alguns metros adiante.

Ro está em silêncio, encarando a colina.

Penso na enorme vala que abrimos na lateral da montanha. Penso nas pessoas que morreram aqui por causa dos Lordes, e de quantas mais podem morrer agora por causa do que fizemos.

Se Lucas estiver certo.

Estivesse certo.

O que você fez, Doloria Maria? Haverá represálias. Consequências. A Câmara dos Lordes jamais permitirá que isso siga sem punição. Se encontrarem você. Se atacarem.

Se.

Tudo se resume, de novo, a essas duas letrinhas. Se eu fiz o que acho que fiz. Se os Lordes fizerem o que Lucas achava que fariam.

É quando me viro e começo a subir a colina pelo caminho de onde viemos.

Não consigo ver nada até chegar ao topo. E então vejo tudo.

Ou melhor, quase nada.

Nenhum prédio. Nenhum Ícone. Nenhum amigo.

Lucas não está em lugar nenhum. Não há qualquer sinal dele ou de Tima.

— Lucas! Tima! — grito, embora saiba que é inútil. Lágrimas estão secando em minhas bochechas, borrões de poeira cobrem meu rosto, e preciso de um momento para perceber que não sinto a dor ou a pressão da energia do Ícone.

Fecho os olhos.

Em meio ao luto, sinto uma enorme onda de alívio. Nosso plano funcionou.

O Ícone foi destroçado, arrancado da terra, e os Lordes perderam o poder sobre nós.

Pelo menos aqui, pelo menos por enquanto.

Mas agora sabemos que podemos fazer isso. Faremos isso.

Um Ícone por vez.

Lucas e Tima, o sacrifício deles significa alguma coisa.

Tem de significar.

Coloco Brutus no chão, e ele corre na frente, fumaça adentro. No lugar onde o Ícone estava apenas minutos antes há só uma cratera preta. Parece que um gigante agarrou o Ícone e o arrancou do chão — e então o usou para destruir tudo à vista. Fogueiras queimam onde ainda há pedaços da construção de pé. As árvores mortas que cercavam o prédio caíram. Tudo — o céu, os escombros, o que sobrou da vegetação de arbustos secos, eu —, tudo cheira a fumaça.

Cinzas flutuam como neve. E caem em pilhas espalhadas de concreto e pedaços do Ícone, cobrindo o chão lentamente. Quase torna tudo pacífico.

Quase.

Chego mais perto do centro da explosão, onde o Ícone estava. Onde o detonador estava.

Onde Lucas estava.

Tudo que resta dele e de Tima está nas cinzas flutuando ao redor.

Eles se foram.

Como o Padre, como Ramona Jamona.

Como tudo que amo.

Sinto meus olhos começando a arder.

— Não podemos deixá-los — falo em voz alta, porque posso sentir Ro de pé ao meu lado. Ele deve ter me seguido colina acima.

Minha expectativa é que Ro esteja comemorando. Fogo e força derrubaram o Ícone — exatamente como ele sempre quis.

Em vez disso, quando me volto para Ro, ele está chorando.

Passo por ele em direção ao deque, onde a varanda de pedra em ruínas dá lugar a colinas fumegantes e à cidade silenciosa abaixo. Chuto alguma coisa e paro. Um estilhaço, o último pedaço que resta do velho Ícone. Exatamente como aquele que encontrei antes.

Pego-o, sentindo o peso.

Sinto o estilhaço queimar e chiar, pulsando na própria vida silenciosa, quieto.

Sinto a perda de Lucas. Sinto o sacrifício de Tima. Sinto toda a dor que tranquei dentro de mim. Meus pais, meu Padre, Ramona. Um bilhão de pessoas não estão mais no mundo. Pais, filhos, avós — nossa história invisível agora·

Um bilhão de rostos esquecidos. Um bilhão de histórias perdidas. Um bilhão de motivos para odiar e matar.

A fagulha dentro de mim cresce. O estilhaço do Ícone está esquentando em minhas mãos.

Sinto tristeza, mas também sinto ódio. Sinto medo, porém sinto amor, e é mais forte, talvez o mais forte de todos. Sinto tudo que já senti em todos que já amei.

Estendo os braços para o céu, para a cidade e para a água distante. Não os afasto. Quero sentir, quero me permitir sentir tudo que há para sentir. Todos.

Levanto o último estilhaço do Ícone acima de mim.

Durante a vida toda tive medo de que tomassem conta de mim. De que os sentimentos fossem grandes demais para mim, de que as pessoas fossem muitas, de que a dor fosse forte demais. Passei todos os minutos de todas as horas de todos os dias protegendo-me de ter de sentir toda a vida que há ao meu redor.

Porque sentimentos são memórias, e não quero me lembrar.

Porque sentimentos são perigosos, e não quero morrer.

Esta noite é diferente. Agora é diferente. Tudo que perdemos, perdemos juntos. Quero sentir a perda. Quero sentir o Buraco. Quero sentir a enorme bondade da vida, das coisas que restam quando o Ícone se vai.

Quero sentir tudo.

— Dol? Você está bem? O que está havendo? Não podemos ficar aqui.

Não falo. Não consigo.

Sinto como se minhas mãos estivessem pegando fogo. Entre os braços, onde seguro o estilhaço, uma enorme bola de energia se forma. Ela abandona meu corpo, espalha-se pela colina, pela cidade, pelo horizonte. Pulsa tão forte quanto a fagulha da vida em si.

Sou um Ícone.

Não um Ícone da Câmara dos Lordes, mas seu Ícone.

Sinta o que sinto, penso.

Sinta o que você é.

Esta tristeza é tão sua quanto minha. Seu amor, seu ódio, seu medo. Esses dons são nossos, e são nosso dom para você.

Ouço o pulsar da energia conforme irradia, agitando-se em crescentes e em ondas, tal como as asas de um pássaro. Como os batimentos coletivos do coração da cidade.

Estou me espalhando feito um vírus. Não eu — a sensação. A ideia. Sorrio comigo mesma, pensando que alguém deveria contar isso ao coronel Catallus. Sou mais do que perigosa. Sou contagiosa. Ele não fazia ideia do quanto sou contagiosa.

Agora compreendo. Sei o que fazer com meu dom. Parecia demais para uma pessoa, porque era.

Essa sensação não pertence apenas a mim.

Eu estava predestinada a compartilhá-la.

Pego meu dom e projeto-o além. Não sou o Chorão, não agora. Todos somos. Somos todos Chorões e Furiosos e Temidos e Amantes.

Venham.

Venham e sejam livres.

Eu pertenço a vocês. Isso também é vocês.

Um a um, eu os sinto. Curiosos. Lentos.

Estão maltrapilhos e arquejantes. Estão chorando e com medo. Estão preocupados e cautelosos. Apanharam como cachorros e estão com medo de apanhar de novo. Estão doentes. São pobres. Perderam a mãe, o filho, o irmão. Aninham-se em um colchão sem lençóis, em um quarto escuro, atrás de uma janela gradeada. Dói respirar. Dói ter esperanças.

Mas eles conseguem sentir.

Isso é o que somos. Isso é o que nos tornamos. Essa enorme dor é a vida. Essa alegria e esse medo e esse ódio.

Essa esperança.

Ela pertence a nós.

Chumash rancheros *espanhóis californianos norte-americanos camponeses os Lordes o Buraco. Nós.*

O padrão pertence a nós.

Estamos aqui de novo, como nossas mães estavam, assim como estavam as mães delas antes. Vivemos e morremos e revivemos.

Estávamos aqui primeiro e estaremos aqui por último.

Sintam o que perderam, penso.

Sintam o que perderam e não percam de novo.

Ouçam as próprias vozes.

Vocês não são os Sem Rosto.

Vocês não são a Cidade Silenciosa.

Deixem seus corações baterem.

Sejam corajosos. Sobrevivam. Sejam livres.

Baixo as mãos e caio contra o que restou da parede rochosa diante de mim. A onda passa.

Ela me abandona.

Consigo sentir as lágrimas descendo. Até mesmo Ro ainda está chorando, ao meu lado. Sei disso com a mesma clareza que saberia se estivesse olhando para ele.

— Meu Deus, Dol. O que você fez?

Não consigo encontrar as palavras. Estendo as mãos para Ro, e ele me puxa para si com seus braços fortes. Estou exausta.

Choro no colo dele, não como Doloria Maria de la Cruz, a Criança Ícone, mas como Doloria Maria de la Cruz, a garota.

Sou as duas.

Ouço Brutus latindo e choramingando atrás de mim.

— Bru, você está preso? — Caminho até o ruído, por cima de escombros e fumaça.

Ro me segue.

Vejo Brutus cavando a terra e os escombros. Ele ergue a cara para mim e continua cavando.

— Vamos tirar você daqui. — Abaixo-me para pegá-lo. — Vamos, Brutus. — Quando me abaixo, meu coração para, não consigo respirar.

Vejo a mão de alguém saindo de uma fenda entre os escombros. Um pulso, com três pontinhos.

Eles estão aqui.

Gastei as lágrimas, tudo que consigo sentir é uma dor aguda no peito.

— Ro — falo, baixinho.

— Eu sei. Estou vendo, Dol. Sinto muito.

Com cuidado, Ro levanta uma viga rachada que parece estar cobrindo Lucas.

Reconheço o piso de azulejo e sei que estamos perto de onde o detonador deve ter estado.

A fenda sob a viga está escura.

Nas sombras, vemos Tima enroscada ao redor de Lucas. Eles não viraram cinzas, mas também não estão se mexendo. Parecem quase estar dormindo. Sem vida, mas congelados.

Lágrimas rolam pelas minhas bochechas quando Brutus salta dos meus braços e corre até Tima, lambendo o rosto dela.

Ela está deitada li, inerte, mas o cachorro não parece reparar. Ele não desiste da dona.

Então Tima se assusta e empurra Brutus.

Antes que ela possa dizer uma palavra, Ro e eu estamos em cima deles. Seguro a mão de Tima quando ela abre os olhos.

Momentos depois, também seguramos as mãos de Lucas quando ele abre os olhos.

Não solto nenhum dos dois, mas leio as imagens nas mentes deles como páginas de um livro.

Lucas, religando o detonador.

Tima, passando os braços em volta dele.

Um clarão, então nada.

Sorrio, mas as lágrimas não param.

Não param para nenhum de nós.

As luzes chegam devagar, uma de cada vez. Ro as vê antes de mim.

— Está vendo aquilo? O que é? — Ele aponta para além do topo das árvores em chamas e da colina fumegante.

Tima olha para onde ele aponta.

— Tochas, acho. Ou sinalizadores.

Ao meu lado, Lucas semicerra os olhos.

— Quem tem um sinalizador?

Encaro, espantada.

— O que está acontecendo?

Observamos as luzes conforme aparecem abaixo de nós. Primeiro uma, depois outra, até que fileiras inteiras emergem nas ruas e vielas do Buraco, como uma enchente, como sangue. Elas abrem caminho entre as trilhas sinuosas do parque Griff. Cobrem Las Ramblas, os becos e as ruas.

Nada as impede.

Nada e ninguém.

Têm poder. São poder. Agora elas sentem.

Chegam às dezenas, às centenas. Senhores com olhos escuros, mãos enrugadas e unhas pretas, com saliva nos lábios. Senhores com pele morena e sem queixo, mal dando conta de caminhar. Os cabelos grisalhos presos em um coque baixo e oleoso. Caminhando com os quadris, rígidos, como se cada passo com os tornozelos inchados lhes causasse dor. E provavelmente causa. O mundo é formado por esses homens e mulheres, penso, exércitos inteiros deles. Mulheres que carregaram filhos e os enterraram. Homens que suportaram a marcha do tempo e ainda marcham.

E também os homens e mulheres jovens, com cabeças cobertas e chapéus de palha, com pernas musculosas, com ou sem óculos. Alguns andam, outros correm. São gordos e são ossudos. Até mesmo crianças menores correm entre eles. Tudo que têm em comum é o movimento de avanço e o olhar.

É o suficiente.

Observamos enquanto a luz se movimenta pela cidade, nada paranormal, nada sobrenatural. Apenas algo natural, algo distintamente humano.

Mas...

As luzes piscam com a eletricidade. Olhamos para cima, para o céu. Tima contrai o rosto de preocupação.

— Isso foi... um relâmpago? Mas não há tempestade.

O chão começa a chacoalhar sob nossos pés.

— Dol? Está sentindo alguma coisa... — grita Ro para mim. Caio sobre um joelho na terra.

Não sinto nada, nada humano.

Apenas energia em sua forma mais pura. Calor, energia e conexão. Largo o pedaço do Ícone, rapidamente, repelindo a queimadura.

— Não sei. Tem algo errado.

Lucas encara o céu, horrorizado.

— São eles. Estão aqui.

Então as nuvens se abrem e, uma a uma, as naves prateadas chegam. Pairam sobre a cidade, baixas, deslizando pelo horizonte, bloqueando a lua baixa.

Era isso o que mais temíamos. Eu apenas não esperava que fosse chegar tão depressa. Os Lordes reuniram as naves tal como fizeram no Dia. Vieram acabar com essa Rebelião. Fazer de nós um exemplo.

Vieram usar sua arma mais poderosa, nosso maior medo.

— Eles conseguem fazer sem o Ícone? — sussurro.

Ninguém ousa responder.

Fizemos o bastante?

O silêncio recai sobre o Buraco. Nas ruas, as pessoas ficam imóveis.

— Ro! Lucas! — Estendo as mãos, mas Tima já está encolhida de encontro a Lucas. Ro desliza até mim como se pudesse me proteger dos Lordes.

— Não olhe — grita Lucas. Como se isso pudesse impedir que o Dia acontecesse de novo.

Meu coração está acelerado.

Observo enquanto as porta-naves se alinham em um círculo perfeito sobre o Buraco.

Meu coração está acelerado.

Observo conforme uma corrente de luzes une as naves, como os raios de uma roda.

Meu coração está acelerado.

Meu coração para.

Meu coração.

Meu

Um ruído como um trovão ecoa pelo céu. Sinto uma descarga de energia percorrer meu corpo, quase me erguendo do chão. É como se toda a energia das naves dos Lordes estivesse fluindo pela população inteira do Buraco, até mim.

Estamos todos conectados. E aceito isso. Absorvo a energia e solto-a de volta ao céu.

As nuvens se partem, e o ar se enche de chuva.

Exalo, e devagar, bem devagar... meu coração começa a bater de novo.

Silêncio.

Então observo, espantada, conforme as naves, lenta e relutantemente, se erguem até as nuvens e desaparecem.

A comemoração emerge da cidade abaixo, as ruas cantam e gritam, gargalham assobiam.

Eles falharam. Os Lordes. Eles recuaram.

Ro me agarra em um abraço do tamanho da cidade, e rolamos pelos destroços como cachorrinhos.

Porque o Buraco ainda existe.

Tima salta nas costas de Lucas, gritando a plenos pulmões. Consigo ouvir a voz dela subir pela colina e atravessar a cidade. Brutus late, seguindo a dona, descontrolado.

Porque hoje não é o Dia.

Lucas tropeça em Ro, e Tima cai em cima de mim, e nós quatro nos transformamos em uma pilha de braços e pernas enroscados, gargalhando.

Porque não somos uma Cidade Silenciosa — hoje não, nem nunca mais.

Ficamos deitados na terra, encarando o céu, ofegantes. Percebo-me presa entre Lucas e Ro, uma das mãos enroscada no cabelo dourado de Lucas, a outra debaixo das costas de Ro.

Hoje, nesse momento, os dois parecem exatamente iguais para mim.

Vivos.

Ficamos assim por um momento. Quietos. Então Tima senta-se e ergue os braços para receber a chuva.

— Até o céu está feliz por nós. — Ro sorri para mim com um olhar maravilhado.

— O que você fez, Dol? — Tima se volta para mim, um choque de cabelos prateados e olhos arregalados, curiosa.

Tento colocar a resposta em palavras:

— Não sei. Acho que, de algum modo, passei nossa imunidade para eles.

Lucas senta-se.

— Para a cidade inteira?

Faço que sim com a cabeça.

— Com isto. — Ergo o estilhaço do Ícone, agora escurecido em minha mão.

— E com isto — diz Ro, tocando meu coração com um sorriso sábio. É impossível não retribuir o sorriso.

— A cidade é nossa agora — diz Tima. Lucas assente, mas quando vira o rosto em direção à costa, para Santa Catalina, vejo os olhos dele, daí sinto o mesmo que ele.

Há muitos modos de se perder uma família, lembro-me.

Ro fica de pé e estende a mão para mim.

— Um a menos. Restam apenas mais 12.

Pego a mão de Ro e ofereço a minha a Lucas, que agarra Tima. Nós nos levantamos.

Conforme desço a colina, grudo-me aos meus amigos, de mãos dadas, e sei que Tima está certa.

Não há como parar as demonstrações agora. Eles dirão o que quiserem. Dirão a verdade e nada mais.

Os Projetos ficarão vazios, penso.

A Embaixada não terá poder, tenho esperanças.

Pelo menos no Buraco.

Por enquanto, por um momento, neste momento — o Buraco encontrou sua voz.

Conhecemos o plano. Fazemos como dissemos que faríamos. Quando o dia nasce, retornamos à catedral, além das fogueiras, das tochas, da cantoria e das comemorações. Quando olho para o Observatório, noto que ainda está aceso, com uma fogueira tão grande quanto o próprio Ícone.

Dentro dos portões de Nossa Senhora dos Anjos, Tima fica tão feliz ao ver Fortis que enrosca os braços nele e o beija nas bochechas — mesmo que o Merc já esteja equilibrando uma garrafa em cada mão.

Ro desaparece em um círculo fechado de amigos da Rebelião. Eles o agarram, erguendo-o, e ele mergulha de volta para o grupo, como se fossem todos feitos da mesma energia selvagem.

Não preciso ouvir para saber que está ocupado floreando nossa história, observando-a crescer como fogo descontrolado cada vez que é recontada.

Deixe-o.

Cambaleio em direção aos outros, mas vejo que minhas pernas não me aguentam mais. Estou tão exausta que não consigo falar, não consigo me mexer.

Lucas vê minhas pernas fraquejarem antes que eu atinja o chão de pedra. Sem dizer nada, ele me levanta e me carrega pela multidão. Ele sabe. Seu peito está quente, e a respiração é tranquila, mesmo queimado e ferido por causa da explosão. Ouço a batida do coração de Lucas, até que ele me deixa, encolhida na cama baixa.

— Pronto — diz Lucas, e puxa um cobertor militar fino até meu queixo. Ele me olha com afeição.

Pronto, penso.

Em casa.

Não consigo dizer nada agora — não para Lucas ou para ninguém —, e ele não me obriga a tentar. Então, em vez disso, fico deitada ali, na escuridão, dormente e imóvel, até Fortis me acordar.

Hora de deixar o Buraco para trás.

À luz do meio-dia, encontramos o caminho de volta aos trilhos. Não há vagões de remanescentes maltrapilhos em direção aos Projetos. No entanto, os Simpas estão em alerta total, e os trilhos ainda são perigosos. Nós nos esgueiramos para dentro do último vagão da prisão, onde um determinado Merc, um casaco de explosivos e um saco contendo quatro mil dígitos certificam-se de que quatro prisioneiros exaustos sejam transportados de volta para uma Missão há muito esquecida no Campo.

La Purísima.

O que restou dela. Os campos estão queimados. Os rebanhos foram espalhados e se foram. As árvores são galhos pretos chamuscados.

Todavia, quando chegamos a Grande e Maior estão comendo tigelas de pão com leite na cozinha. O vidro das janelas foi quebrado, mas Grande os cobriu com aniagem. Grande deixa a tigela cair da mesa, de tão surpreso. Não consigo dizer qual de nós está mais feliz por ver o outro.

Maior, como sempre, olha bem para mim e prepara a cama diante do fogão.

As cabras saltam pelo leite derramado e tento desengasgar as palavras para apresentar Grande e Maior aos meus amigos.

Naquela noite, durmo ao lado de Ro, Tima, Lucas e Fortis nos azulejos quentinhos do chão da cozinha. Acordo e vejo que Fortis me cobriu com o casaco maluco, cheio de maravilhas esquisitas e curiosidades secretas. Estou tão exausta que só consigo ficar deitada ali e respirar. Apenas um pensamento consegue chegar à minha mente.

Eles não são perfeitos. Não são nada demais. Não cresci na barriga deles, não me cultivaram em um laboratório ou me adotaram pela Embaixada. Não conheço a verdade toda a respeito deles, ou a verdade por trás das verdades.

Mas não importa. Para melhor ou para pior, aqui estamos. Temos um ao outro, é isso que temos.

Essa é minha família agora.

AUTÓPSIA VIRTUAL DE CIDADE DA EMBAIXADA: DESCRIÇÃO DOS BENS PESSOAIS DA FALECIDA (DBPF)

SIGILO ULTRASSECRETO

Realizada pelo Dr. O. Brad Huxley-Clarke, DFHV
Nota: Conduzida a pedido pessoal da Embaixadora Amare
Instalação de exames nº 9B de Santa Catalina
Vide Autópsia do Tribunal anexa.

DBPF (CONTINUAÇÃO DA PÁGINA ANTERIOR)

45. Panfleto de propaganda da Rebelião do Campo, segue texto escaneado:

> PARA UM LORDE QUE NÃO MOSTRA O ROSTO
> NÃO VOU ME AJOELHAR.
>
> PARA UM DEUS QUE ODEIA A RAÇA HUMANA
> NÃO VOU REZAR.

PÁSSAROS

Pássaros costumavam soar como brinquedinhos de apertar, do tipo que se dá a um cachorro. Eles soavam como o farfalhar veloz de asas ou de um cata-vento de papel. Como o pneu de uma bicicleta que fazia o mesmo ruído no mesmo lugar onde girava, incessantemente. Um macaco dando um chilique, alguns deles. Um colchão velho quando se senta nele Às vezes, de manhã cedo, eles soavam como todas essas coisas de uma só vez.

Isso é o que o Padre me contou.

Penso a respeito enquanto esfrego a sujeira dos braços e pernas sob a torneira que pinga no celeiro. Pego mais um punhado de palha e sorrio ao me lembrar dos banhos quentes e do encanamento impecável da Embaixada. No entanto, quando penso na Embaixadora meu estômago se revira, e fecho os olhos, desejando que as memórias vão embora.

Faz um dia que Lucas se foi, quase 24 horas. Ele foi verificar a mãe, ver se há alguma coisa ou alguém para ver. Quando sou sincera comigo mesma — sincera de verdade — não sei se ele vai voltar um dia.

Obrigo-me a pensar nos pássaros de novo.

Pássaros.

Imagino se meu pai ouviu muitos pássaros. Passei uma hora essa manhã vasculhando a mesa do Padre, aprendendo o que podia sobre minha família, vendo as fotografias antigas que o Padre guardou para mim. Fotografias antigas e papéis ainda mais velhos. Meu pai trabalhava para o Serviço Florestal das Califórnias. Aparentemente, ficava horas sentado no meio do Campo, segurando binóculos, esperando manter as árvores e os animais a salvo de incêndios florestais. Minha mãe o desenhou dessa forma, sentado a uma árvore.

Meu próprio pai estava esperando pelo desastre, mas procurando no lugar errado. Ele não estava olhando para o céu. Estava olhando para as árvores.

Fecho a torneira que pinga.

Enquanto visto as roupas e enxugo a água do cabelo, perguntou-me: o que levou meu pai à natureza?

Talvez o mesmo que o levou a minha mãe. Imagino o sol se pondo e nascendo diversas vezes entre eles, entre todos nós, na vida não vivida que perdi.

Mamãe teria me ensinado a desenhar. Papai teria me ensinado como usar os binóculos. Eu teria ouvido os sons de muitos milhares de pássaros.

Imagino do que sentirei falta quando tudo isso se for. Como os pássaros. Se as coisas não derem certo para nós, ou para a cidade, ou para a Rebelião.

Ro e Lucas. Quando não estão se atacando.

As mãos de Tima.

Fortis e o casaco mágico.

Doc e suas piadas.

Penso em tudo que perdemos e tudo que os Lordes deixaram para nós.

De alguma forma, ainda há muito mais a se perder.

Tento ouvir os pássaros no silêncio, quando então ouço o som de passos atrás de mim. Sinto o calor familiar se espalhando de fora para dentro, então de dentro de mim para fora.

Não consigo acreditar, mas não há outra sensação exatamente como essa. Tem de ser verdade.

Digo antes mesmo de vê-lo:

— Lucas? — Atiro-me em cima dele, chocando-me contra seu corpo. — Eu estava começando a achar que você estivesse morto. — As palavras não têm peso suficiente. Não podem. São apenas palavras. Não machucam do modo como o não-saber machucava.

Ele sorri.

— Não estou morto. Estou aqui.

A alegria se arrasta do meu coração para as bochechas.

— O que aconteceu? — Ergo o rosto para ele, fechando os braços ao redor do seu pescoço com mais força.

— Achei o caminho até Santa Catalina, mas não pude atravessar. Dizem que a Embaixada está vazia. Não me demorei lá e levei um tempinho para sair. Fecharam os trilhos de vez agora, Dol. No dia seguinte à explosão.

— E sua mãe? — Prendo a respiração.

— Ela se foi. O EGP Miyazawa a convocou para o Pentágono. Não sei o que vai acontecer agora. — As palavras de Lucas são sombrias, mas não inesperadas.

Baixas da guerra, diria Fortis. Sei que significa algo diferente para Lucas, independentemente do que ela era ou deixava de ser para ele.

— Sinto muito.

Coloco a mão no rosto dele, que contorce a boca em um sorriso. Um sorriso ínfimo.

— Gosto de você — diz Lucas. — Por quanto tempo terei de agir como se não gostasse?

— Você não está fazendo um trabalho muito bom. — Retribuo o sorriso.

— Não estou? — Ele parece surpreso; gargalho.

Afasto a cabeça de modo que possamos nos encarar.

— Também gosto de você, Lucas. — Sorrio.

Nós nos beijamos.

Beijamos de verdade.

Beijar Lucas é como beijar o próprio beijo. Não tem como explicar melhor do que isso. Nem mesmo quero tentar.

Só quero beijá-lo.

Isso é mais do que um beijo, penso. É real e está acontecendo comigo.

Recaiu sobre mim, tão de repente quanto naves do céu azul. Como monstros. Como anjos.

Sinto a mão dele conforme ele solta minha atadura, desenrola a faixa de musselina longa e fina do meu pulso.

Deixo que o faça. Quero que ele faça. Com a outra mão, remexo o tecido, ajudando Lucas a desatá-lo.

Então as mãos dele cobrem as minhas e ele me detém antes que minha atadura caia no chão.

— Doloria.

Ergo o rosto e o observo, o cabelo loiro-escuro que cai sobre seu rosto. Os diversos cortes e ferimentos que ele ganhou na explosão. A preocupação nos olhos e o carinho no sorriso. É tão lindo quanto o Observatório, quanto a catedral, quanto o próprio Buraco. E ele está aqui, no celeiro da minha Missão, o que significa que não está em Santa Catalina.

— Todos acham que você morreu, sabe.

Sorrio para ele com tristeza.

— Talvez estejam certos. Talvez eu tenha morrido. Talvez tenha me tornado outra pessoa. — *Como uma borboleta e um casulo. Como o ciclo da água. Como os chumash*, penso.

Lucas assente. Há sempre uma parte dele que parece compreender as palavras que não consigo dizer.

Então meu sorriso se desfaz, pois, à distância, de relance, vejo Ro nos observando. Ele está sozinho no campo, e nós estamos sozinhos no celeiro.

Mesmo assim, vejo a emoção no rosto dele, crua e inconfundível.

Ro quer matar Lucas.

E, por mais que meu coração doa, sei que algumas coisas jamais mudarão.

AUTÓPSIA VIRTUAL DE CIDADE DA EMBAIXADA: ATUALIZAÇÃO

SIGILO ULTRASSECRETO

Reunida pelo Dr. O. Brad Huxley-Clarke, DFHV
Nota: Conduzida a pedido pessoal da Embaixadora Amare
Instalação de exames nº 9B de Santa Catalina

Falecida foi positivamente identificada como Doloria Maria de la Cruz, uma jovem adolescente da comunidade periférica do Campo de La Purísima.

Identidade confirmada pelo Dr. Huxley-Clarke e verificada pelos laboratórios da Embaixada.

Informações adicionais foram lacradas como Sigilosas.

Este caso foi encerrado.

Mais perguntas podem ser direcionadas ao Dr. Huxley-Clarke, DFHV.

Obrigado.

EPÍLOGO: O CAMPO

Sentimentos são memórias. Lembranças também são sentimentos. Sei agora que o que sentimos é tudo o que temos. É a única coisa que temos que a Câmara dos Lordes jamais terá.

Queremos nos lembrar de tudo conforme seguimos pela velha Rota 66, a leste, pelo calor sombrio do deserto Mojave, à noite. O deserto esconde os últimos helicópteros restantes da Rebelião; Fortis diz que iremos até Nellis, para conhecer aquele que nos espera. Nossos burros estão lentos e cansados, mas não paramos, e eu não paro de me lembrar e de sentir.

Nuvens se acomodam e pairam sobre montanhas como chapéus, como cachos de cabelo. Pairam baixas sobre a vegetação arenosa, se expandindo nas montanhas que estão abaixo delas. Há tons de cinza, verde e prata nos arbustos, a terra aparece apenas aqui e ali em meio à vegetação. Diante de mim, uma estrada vermelho-amarronzada leva a colinas vermelho-amarronzadas à distância.

Conforme seguimos, fica mais escuro. Tudo se divide e se alinha em fileiras organizadas, assim como as montanhas sem cume. A neve cai em faixas brancas nas encostas de terra das colinas. A neve branca e terra vermelha ladeiam o planalto do outro lado do vale, do outro lado das linhas da estrada e das linhas de eletricidade. Pedaços de pompom branco surgem no topo de cactos, nos arbustos.

Chegamos à placa do Vale da Morte. A placa feita à mão é velha, um pedaço solitário de entulho de uma época menos complicada, antes do Dia.

Então penso no livro em minha bolsa, aquele pelos quais os Simpas mataram e os camponeses morreram. Aquele que Fortis me devolveu, apenas dias antes. Aquele que carregarei comigo, aonde quer que essa estrada me leve.

Os outros estão aguardando por nós em cavalos próprios, os camponeses do deserto. Quando pegamos o retorno para o acampamento deles, Riacho da Caldeira, penso na placa mais uma vez, em como parece velha. Como uma lembrança importante que não possuo, de uma viagem em família que jamais fiz. Um lugar que poderia ter visitado há muito com meus irmãos caso as coisas tivessem sido diferentes.

Não importa mais se aconteceu comigo ou não. Aconteceu com alguns de nós, então aconteceu comigo. Sei disso agora. Aceito isso.

É quem eu sou.

Tenho lembranças, da mesma forma que me lembro *de chumash* rancheiros *espanhóis californianos norte-americanos camponeses os Lordes o Buraco.*

Talvez Tima esteja certa em ter aquela tatuagem. Talvez exista algo como uma alma do mundo, afinal de contas.

Lembro-me de tudo.

Lembro-me de meus pais, de meus irmãos, da dor de não saber. Do Padre, da Missão e de Ramona Jamona. De Grande e de Maior em La Purísima. De Doc. De Fortis. De Tima, com os cabelos prateados, à mesa do refeitório. De Ro caindo no sono ao meu lado, quente como a luz do sol. De Lucas com um sorriso nos lábios e nuvens nos olhos.

Mais do que tudo, lembro-me dessa sensação.

Quero me lembrar dessa sensação.

Lembro-me da esperança.

TELEGRAMA DA EMBAIXADA

SIGILO ULTRASSECRETO

De: EGP Miyazawa
Para: Todos os Embaixadores dos Ícones
Aviso de Promoção

O coronel Virgil William Catallus foi designado para a posição de Embaixador-provisório dos Projetos de Los Angeles.

A presença militar será reforçada até que a Rebelião seja reprimida e os projetos estejam prontos.

Não seremos detidos estando tão perto da meta de Unificação.

A Embaixadora Leta Amare foi considerada culpada de traição e sentenciada à morte, por ordem da Câmara dos Lordes, Escritório da Origem, Lorde-comandante Null. O Embaixador-provisório Catallus executará a sentença a seu critério.

Que o silêncio lhe traga paz.

AGRADECIMENTOS

UM OBRIGADA ESPECIAL AOS MEUS ÍCONES PESSOAIS

Ícones foi representado pela sempre inteligente Sarah Burnes, da The Gernet Company, que, por sua vez, foi auxiliada pelo sempre astuto Logan Garrison. Internacionalmente, foi representado pela obstinada Rebecca Gardner e por Will Roberts. Foi representado para o cinema pela tenaz Sally Willcox, CAA.

Editado pela incomparável Julie Scheina, a qual é assistida pela incansável Pam Garfinkel. Editorialmente, foi dirigido pela generosa Alvina Ling. A direção de arte foi do talentoso Dave Caplan. (*Aquela capa! Aquela capa!*) O design da capa original foi do inovador Sean Freeman. O livro foi direcionado para o copidesque e para a revisão pela (tão!) paciente Barbara Bakowski. A publicidade foi da destemida Hallie Patterson, supervisionada pela perspicaz Melanie Chang. O marketing foi da sempre original Jennifer LaBracio. O apoio a livrarias e a escolas foi das singulares (dupla singular?) Victoria Stapleton e Zoe Luderitz. Foi publicado por Megan Tingley e por VP Andrew Smith, cada um icônico à sua maneira.

Adotado e adaptado para o cinema por meus amigos geniais da Alcon Entertainment, Broderick Johnson e Andrew Kosove; e na 3 Arts por Erwin Stoff; na Belle Pictures por Molly Smith, os quais estavam felizes por continuar a parceria que haviam começado no filme *Dezesseis luas*.

Ícones foi lido e avaliado em toda sua infância de rascunho por — cronologicamente, para que saibam — Kami Garcia, Melissa Marr,

Raphael Simon, Ally Condie, Carrie Ryan e Diane Peterfreund. Obrigada a todos!

Promovido online por Victoria Hill, da Giant Squid Media ("Get Kracken!") Fotografado para a web por Ashly Stohl.

Persuadido a existir por Dave Stohl, Burton Stohl e Marilyn Stohl, Virginia Stock, Jean Kaplan, a Cabo Collective e todos os leitores, bibliotecários, professores, alunos, jornalistas e bloggers rock stars que me apoiaram desde os romances da série Beautiful Creatures.

Continuidade da produção garantida via Linda Vista Local 134 por: Melissa de la Cruz, Pseudonymous Bosch e Deb Harkness, com ajuda de P, N e I. Via capítulo de Nova York por: Hilary Reyl, Gayle Forman, Lev Grossman e os (mesmo que honorários) Punks. Via capítulo de SC/GA por: Jonathan Sanchez, Vania Stoyanova e todos do YALLFest.

Um agradecimento especial à Dra. Sara Lindheim pelos conhecimentos de tradução de latim.

E, é claro, um agradecimento especial à minha genial família, Lewis, Emma, May e Kate Peterson, e para minha família honorária Motel Stohl — vocês sabem quem são — que sempre foram e sempre serão o principal.

Este livro foi composto na tipologia Simoncini Garamond Std,
em corpo 11/15,2, e impresso em papel off-white
no Sistema Cameron da Divisão Gráfica
da Distribuidora Record.